莎士比亚全集 3

[英] 威廉·莎士比亚 著
朱生豪 译

中国文史出版社

图书在版编目（CIP）数据

莎士比亚全集：全 8 册 /（英）威廉·莎士比亚著；朱生豪译．— 北京：中国文史出版社，2013.8（2018.6 重印）

ISBN 978-7-5034-4200-1

Ⅰ．①莎… Ⅱ．①威… ②朱… Ⅲ．①莎士比亚（Shakespeare, William 1564-1616）—全集 Ⅳ．①I561.13

中国版本图书馆 CIP 数据核字（2018）第 089838 号

责任编辑：刘　夏
封面设计：李四月

出版发行：中国文史出版社
网　　址：www.wenshipress.com
社　　址：北京市西城区太平桥大街 23 号　　邮编：100811
电　　话：010-66173572　66168268　66192736（发行部）
传　　真：010-66192703
印　　装：三河市天润建兴印务有限公司
经　　销：全国新华书店
开　　本：880×1230　1/32
印　　张：88.5　　字数：1800 千字
版　　次：2013 年 9 月北京第 1 版
印　　次：2018 年 8 月第 3 次印刷
定　　价：528.00 元（全 8 册）

目　录

William Shakespeare
COMPLETE WORKS

威尼斯商人

朱生豪　译

莎士比亚
全集

剧中人物

威尼斯公爵

摩洛哥亲王、阿拉贡亲王　鲍西娅的求婚者

安东尼奥　威尼斯商人

巴萨尼奥　安东尼奥的朋友

葛莱西安诺、萨莱尼奥、萨拉里诺　安东尼奥和巴萨尼奥的朋友

罗兰佐　杰西卡的恋人

夏洛克　犹太富翁

杜伯尔　犹太人，夏洛克的朋友

朗斯洛特·高波　小丑，夏洛克的仆人

老高波　朗斯洛特的父亲

里奥那多　巴萨尼奥的仆人

鲍尔萨泽、斯丹法诺　鲍西娅的仆人

鲍西娅　富家嗣女

尼莉莎　鲍西娅的侍女

杰西卡　夏洛克的女儿

威尼斯众士绅、法庭官吏、狱吏、鲍西娅家中的仆人及其他侍从

地　点

一部分在威尼斯；一部分在大陆上的贝尔蒙特，鲍西娅邸宅所在地

第一幕

第一场　威尼斯。街道

安东尼奥、萨拉里诺及萨莱尼奥上。

安东尼奥　真的，我不知道我为什么这样闷闷不乐。你们说你们见我这样子，心里觉得很厌烦，其实我自己也觉得很厌烦呢；可是我怎样会让忧愁沾上身，这种忧愁究竟是怎么一种东西，它是从什么地方产生的，我却全不知道；忧愁已经使我变成了一个傻子，我简直有点自己不了解自己了。

萨拉里诺　您的心是跟着您那些扯着满帆的大船在海洋上簸荡着呢；它们就像水上的达官富绅，炫示着它们的豪华，那些小商船向它们点头敬礼，它们却睬也不睬，凌风直驶。

萨莱尼奥　相信我，老兄，要是我也有这么一笔买卖在外洋，我一定要用大部分的心思牵挂它，我一定常常拔草观测风吹的方向，在地图上查看港口码头的名字；凡是足以使我担心那些货物的命运的一切事情，不用说都会引起我的忧愁。

萨拉里诺　吹凉我的粥的一口气，也会吹痛我的心，只要我想到海面上的一阵暴风将会造成怎样一场灾祸。我一看见沙漏的时计，就会想起海边的沙滩，仿佛看见我那艘满载货物的商船倒插在沙里，船底朝天，它的高高的桅樯吻着它的葬身之地。要是我到教堂里去，看见那用石块筑成的神圣的殿堂，我怎么会不立刻想起那些危险的礁石，它们只要略微碰一碰我那艘好船的船舷，就会把满船的香料倾泻在水里，让汹涌的波涛披戴着我的绸缎绫罗；方才还是价值连城的，一转瞬间尽归乌有？要是我想到了这种情形，我怎么会不担心这种情形也许会果然发生，从而发起愁来呢？不用对我说，我知道安东尼奥是因为担心他的货物而忧愁。

安东尼奥　不，相信我；感谢我的命运，我的买卖的成败并不完全寄托在一艘船上，更不是倚赖着一处地方！我的全部财产，也不会因为这一年的盈亏而受到影响，所以我的货物并不能使我忧愁。

萨拉里诺　啊，那么您是在恋爱了。

安东尼奥　呸！哪儿的话！

萨拉里诺　也不是在恋爱吗？那么让我们说，您忧愁，因为您不快乐；就像您笑笑跳跳，说您很快乐，因为您不忧愁，实在再简单也没有了。凭二脸神雅努斯起誓，老天造下人来，真是无奇不有：有的人老是眯着眼睛笑，好像鹦鹉见了吹风笛的人一样；有的人终日皱着眉头，即使涅斯托发誓说那笑话很可笑，他听了也不肯露一露他的牙齿，装出一个笑容来。

巴萨尼奥、罗兰佐及葛莱西安诺上。

萨莱尼奥　您的最尊贵的朋友，巴萨尼奥跟葛莱西安诺、罗兰佐都来了，再见；您现在有了更好的同伴，我们可以少陪啦。

萨拉里诺　倘不是因为您的好朋友来了，我一定要叫您快乐了才走。

安东尼奥　你们的友谊我是十分看重的。照我看来，恐怕还是你们自己有事，所以借着这个机会想抽身出去吧？

萨拉里诺　早安，各位大爷。

巴萨尼奥　两位先生，咱们什么时候再聚在一起谈谈笑笑？你们近来跟我十分疏远了。难道非走不可吗？

萨拉里诺　您什么时候有空，我们一定奉陪。（萨拉里诺、萨莱尼奥下。）

罗兰佐　巴萨尼奥大爷，您现在已经找到安东尼奥，我们也要少陪啦，可是请您千万别忘记吃饭的时候咱们在什么地方会面。

巴萨尼奥　我一定不失约。

葛莱西安诺　安东尼奥先生，您的脸色不大好，您把世间的事情看得太认真了；一个人思虑太多，就会失却做人的乐趣。相信我，您近来真是变的太厉害啦。

安东尼奥　葛莱西安诺，我把这世界不过看作一个世界，每一个人必须在这舞台上扮演一个角色，我扮演的是一个悲哀的角色。

葛莱西安诺　让我扮演一个小丑吧。让我在嘻嘻哈哈的欢笑声中不知不觉地老去；宁可用酒温暖我的肠胃，不要用折磨自己的呻吟冰冷我的心。为什么一个身体里面流着热血的人，要那么正襟危坐，就像他祖宗爷爷的石膏像一样呢？明明醒着的时候，为什么偏要像睡去了一般？为什么动不动翻脸生气，把自己气出了一场黄疸病来？我告诉你吧，安东尼奥——因为我爱你，所以我才对你说这样的话：世界上有一种人，他们的脸上装出一副心如止水的神气，故意表示他们的冷静，好让人家称赞他们一声智慧深沉，思想渊博，他们的神气之间，好像说，“我的说话都是纶音天语，我要是一张开嘴唇来，不许有一头狗乱叫！”啊，我的安东尼奥，我看透这一种人，他们只是因为不说话，博得了智慧的名声，可是我可以确定地说一句，要是他们说起话来，听见的人，谁都会骂他们是傻瓜的！等有机会的时候，我再告诉你关于这种人的笑话吧；可是请你千万别再用悲哀做钓饵，去钓这种无聊的名誉了。来，好罗兰佐。回头见，等我吃完了饭，再来向你结束我的劝告。

罗兰佐　好，咱们在吃饭的时候再见吧。我大概也就是他所说的那种以不说话为聪明的人，因为葛莱西安诺不让我有说话的机会。

葛莱西安诺　嘿，你只要再跟我两年，就会连你自己说话的口音也听不出来。

安东尼奥　再见，我会把自己慢慢儿训练得多说话一点的。

葛莱西安诺　那就再好没有了；只有干牛舌和没人要的老处女，才是应该沉默的。（葛莱西安诺、罗兰佐下。）

安东尼奥　他说的这一番话有些什么意思？

巴萨尼奥　葛莱西安诺比全威尼斯城里无论哪一个人都更会拉上一大堆废话，他的道理就像藏在两桶砻糠里的两粒麦子，你必须费去整天工夫才能够把它们找到，可是找到了它们以后，会觉得费这许多气力找它们出来，是一点不值得的。

安东尼奥　好，您今天答应告诉我您立誓要去秘密拜访的那位姑娘的名字，现在请您告诉我吧。

巴萨尼奥　安东尼奥，您知道得很清楚，我怎样为了维持我外强中干的体面，把一份微薄的资产都挥霍光了；现在我对于家道中落、生活紧缩，倒也不怎么在乎了；我最大的烦恼是怎样可以解脱我背上这一重重由于挥霍而积欠下来的债务。无论在钱财方面或是友谊方面，安东尼奥！我欠您的债都是顶多的；因为你我交情深厚，我才敢大胆把我心里所打算的怎样了清这一切债务的计划全部告诉您。

安东尼奥　好巴萨尼奥，请您告诉我吧。只要您的计划跟您向来的立身行事一样光明正大，那么我的钱囊可以让您任意取用，我自己也可以供您驱使；我愿意用我所有的力量，帮助您达到目的。

巴萨尼奥　我在学校里练习射箭的时候，每次把一支箭射得不知去向，便用另一支同样射程的箭向着同一方向射去，眼睛看准了它掉在什么地方，就往往可以把那失去的箭找回来；这样，冒着双重的险，就能找到两支箭。我提起这一件儿童时代的往事作为譬喻，因为我将要对您说的话，完全是一种很天真的思想。我欠了您很多的债，而且像一个不听话的孩子一样，把借来的钱一起挥霍完了；可是您要是愿意向着您放射第一支箭的方向，再射出您的第二支箭，那么这一回我一定会把目标看准，即使不把两支箭一起找回来，至少也可以把第二枝箭交还给您，让我仍旧对于您先前给我的援助做一个知恩图报的负债者。

安东尼奥　您是知道我的为人的，现在您用这种譬喻的话来试探我的友谊，不过是浪费时间罢了；您要是怀疑我不肯尽力相助，那就比花掉我所有的钱还要对不起我。所以您只要对我说我应该怎么做，如果您知道哪件事是我的力量所能办到的，我一定会给您办到。您说吧。

巴萨尼奥　在贝尔蒙特有一位富家的嗣女，长得非常美貌，尤其值得称道的，她有非常卓越的德性；从她的眼睛里，我有时接到她的脉脉含情的流盼。她的名字叫作鲍西娅，比起古代凯图的女儿，勃鲁托斯的贤妻鲍西娅来，毫无逊色。这广大的世界也没有漠视她的好处，四方的风从每一处海岸上带来了声名赫赫的求婚者；她的光亮的长发就像是传说中的金羊毛，把她所住的贝尔蒙特变做了神话中的王国，引诱着无数的伊阿宋①前来向她追求。啊，我的安东尼奥！只要我有相当的财力，可以和他们中间无论哪一个人匹敌，那么我觉得我有充分的把握，一定会达到愿望的。

安东尼奥　你知道我的全部财产都在海上；我现在既没有钱，也没有可以变换现款的货物。所以我们还是去试一试我的信用，看它在威尼斯城里有些什么效力吧；我一定凭着我这一点面子，能借多少就借多少，尽我最大的力量供给你到贝尔蒙特去见那位美貌的

① 伊阿宋（Iason）：希腊神话中的英雄，曾远征黑海东面的科尔喀斯取金羊毛，克服重重困难，终于成功。

鲍西娅。去,我们两人就去分头打听什么地方可以借到钱!我就用我的信用做担保,或者用我自己的名义给你借下来。(同下。)

第二场　贝尔蒙特。鲍西娅家中一室

鲍西娅及尼莉莎上。

鲍西娅　真的,尼莉莎,我这小小的身体已经厌倦了这个广大的世界了。

尼莉莎　好小姐,您的不幸要是跟您的好运气一样大,那么无怪您会厌倦这个世界的;可是照我的愚见看来,吃得太饱的人,跟挨饿不吃东西的人,一样是会害病的,所以中庸之道才是最大的幸福:富贵催人生白发,布衣蔬食易长年。

鲍西娅　很好的句子。

尼莉莎　要是能够照着它做去,那就更好了。

鲍西娅　倘使做一件事情就跟知道应该做什么事情一样容易。那么小教堂都要变成大礼拜堂,穷人的草屋都要变成王侯的宫殿了。一个好的说教师才会遵从他自己的训诲;我可以教训二十个人!吩咐他们应该做些什么事,可是要我做这二十个人中间的一个,履行我自己的教训,我就要敬谢不敏了。理智可以制定法律来约束感情,可是热情激动起来,就会把冷酷的法令蔑弃不顾;年轻人是一头不受拘束的野兔,会跳过老年人所设立的理智的藩篱。可是我这样大发议论,是不会帮助我选择一个丈夫的。唉,说什么选择!我既不能选择我所中意的人,又不能拒绝我所憎厌的人;一个活着的女儿的意志,却要被一个死了的父亲的遗嘱所箝制。尼莉莎,像我这样不能选择,也不能拒绝,不是太叫人难堪了吗?

尼莉莎　老太爷生前道高德重,大凡有道君子临终之时,必有神悟;他既然定下这抽签取决的方法，只要谁能够在这金、银、铅三匣之中选中了他预定的一只，便可以跟您匹配成亲，那么能够选中的人，一定是值得您倾心相爱的，可是在这些已经到来向您求婚的王孙公子中间，您对于哪一个最有好感呢？

鲍西娅　请你列举他们的名字，当你提到什么人的时候，我就对他下几句评语；凭着我的评语，你就可以知道我对于他们各人的印象。

尼莉莎　第一个是那不勒斯的亲王。

鲍西娅　嗯，他真是一匹小马；他不讲话则已，讲起话来，老是说他的马怎么怎么；他因为能够亲自替自己的马装上蹄铁，算是一件天大的本领。我很有点儿疑心他的令堂太太是跟铁匠有过勾搭的。

尼莉莎　还有那位巴拉廷伯爵呢？

鲍西娅　他一天到晚皱着眉头，好像说，"你要是不爱我，随你的便。"他听见笑话也不露一丝笑容。我看他年纪轻轻，就这么愁眉苦脸，到老来只好一天到晚痛哭流涕了。我宁愿嫁给一个骷髅，也不愿嫁给这两人中间的任何一个；上帝保佑我不要落在这两个人手里！

尼莉莎　您说那位法国贵族勒·滂先生怎样？

鲍西娅　既然上帝造下他来，就算他是个人吧。凭良心说，我知道讥笑人是一桩罪过，可是他！嘿！他的马比那不勒斯亲王那一匹好一点！他的皱眉头的坏脾气也胜过那位巴拉廷伯爵。什么人的坏处他都有一点，可是一点没有他自己的特色；听见画眉唱歌，他就会手舞足蹈；见了自己的影子，也会跟它比剑。我倘然嫁给他，等于嫁给二十个丈夫；要是他瞧不起我，我会原谅他，因为即使他爱我爱到发狂，我也是永远不会报答他的。

尼莉莎　那么您说那个英国的少年男爵，福康勃立琪呢？

鲍西娅　你知道我没有对他说过一句话，因为我的话他听不懂，他的话我也听不懂；他不会说拉丁话、法国话、意大利话；至于我的英国话是如何高明，你是可以替我出席法庭作证的。他的模样倒还长得不错，可是唉！谁高兴跟一个哑巴做手势谈话呀？他的装束多么古怪！我想他的紧身衣是在意大利买的，他的裤子是在法国买的，他的软帽是在德国买的，至于他的行为举止，那是他从四面八方学来的。

尼莉莎　您觉得他的邻居，那位苏格兰贵族怎样？

鲍西娅　他很懂得礼尚往来的睦邻之道，因为那个英国人曾经赏给他一记耳光，他就发誓说，一有机会，立即奉还；我想那法国人是他的保人，他已经签署契约，声明将来加倍报偿哩。

尼莉莎　您看那位德国少爷，萨克逊公爵的侄子怎样？

鲍西娅　他在早上清醒的时候，就已经很坏了，一到下午喝醉了酒，尤其坏透；当他顶好的时候，叫他是个人还有点不够资格，当他顶坏的时候，他简直比畜生好不了多少。要是最不幸的祸事降临到我身上，我也希望永远不要跟他在一起。

尼莉莎　要是他要求选择，结果居然给他选中了预定的匣子，那时候您倘然拒绝嫁给他，那不是违背老太爷的遗命了吗？

鲍西娅　为了预防万一起见，我要请你替我在错误的匣子上放好一杯满满的莱因河葡萄酒；要是魔鬼在他的心里，诱惑在他的面前，我相信他一定会选中那一只匣子的。什么事情我都愿意做，尼莉莎，只要别让我嫁给一个酒鬼。

尼莉莎　小姐，您放心吧，您再也不会嫁给这些贵人中间的任何一个的。他们已经把他们的决心告诉了我，说除了您父亲所规定的用选择匣子决定取舍的办法以外，要是他们不能用别的方法得到您的应允，那么他们决定动身回国，不再麻烦您了。

鲍西娅　要是没有人愿意照我父亲的遗命把我娶去，那么即使我活到一千岁，也只好终身不嫁。我很高兴这一群求婚者都是这么懂事，因为他们中间没有一个人我不是唯望其速去的；求上帝赐给他们一路顺风吧！

尼莉莎　小姐，您还记不记得，当老太爷在世的时候！有一个跟着蒙特佛拉侯爵到这儿来的文武双全的威尼斯人？

鲍西娅　是的，是的，那是巴萨尼奥；我想这是他的名字。

尼莉莎　正是，小姐；照我这双痴人的眼睛看起来，他是一切男子中间最值得匹配一位佳人的。

鲍西娅　我很记得他，他果然值得你的夸奖。

一仆人上。

鲍西娅　啊！什么事？

仆　人　小姐，那四位客人要来向您告别；另外还有第五位客人，摩洛哥亲王，差了一个人先来报信，说他的主人亲王殿下今天晚上就要到这儿来了。

鲍西娅　要是我能够竭诚欢迎这第五位客人，就像我竭诚欢送那四位客人一样，那就好了。假如他有圣人般的德性，偏偏生着一副魔鬼样的面貌，那么与其让他做我的丈夫，还不如让他听我的忏悔。来，尼莉莎。喂，你前面走。正是——

垂翅狂蜂方出户，寻芳浪蝶又登门。（同下。）

第三场　威尼斯。广场

巴萨尼奥及夏洛克上。

夏洛克　三千块钱,嗯?

巴萨尼奥　是的!大叔!三个月为期,

夏洛克　三个月为期,嗯?

巴萨尼奥　我已经对你说过了,这一笔钱可以由安东尼奥签立借据。

夏洛克　安东尼奥签立借据,嗯?

巴萨尼奥　你愿意帮助我吗?你愿意应承我吗?可不可以让我知道你的答复?

夏洛克　三千块钱,借三个月,安东尼奥签立借据。

巴萨尼奥　你的答复呢?

夏洛克　安东尼奥是个好人。

巴萨尼奥　你有没有听见人家说过他不是个好人?

夏洛克　啊,不,不,不,不;我说他是个好人,我的意思是说他是个有身价的人。可是他的财产却还有些问题:他有一艘商船开到特里坡利斯,另外一艘开到西印度群岛,我在交易所里还听人说起,他有第三艘船在墨西哥,第四艘到英国去了,此外还有遍布在海外各国的买卖;可是船不过是几块木板钉起来的东西,水手也不过是些血肉之躯,岸上有旱老鼠,水里也有水老鼠,有陆地的强盗,也有海上的强盗,还有风波礁石各种危险。不过虽然这么说,他这个人是靠得住的。三千块钱,我想我可以接受他的契约。

巴萨尼奥　你放心吧,不会有错的。

夏洛克　我一定要放了心才敢把债放出去,所以还是让我再考虑考虑吧。我可不可以跟安东尼奥谈谈?

巴萨尼奥　不知道你愿不愿意陪我们吃一顿饭?

夏洛克　是的,叫我去闻猪肉的味道,吃你们拿撒勒先知[①] 把魔鬼赶进去的脏东西的身体!我可以跟你们做买卖,讲交易,谈天散步,以及诸如此类的事情,可是我不能陪你们吃东西喝酒做祷告。交易所里有些什么消息?那边来的是谁?

安东尼奥上。

巴萨尼奥　这位就是安东尼奥先生。

夏洛克　(旁白)他的样子多么像一个摇尾乞怜的税吏!我恨他因为他是个基督徒,可是尤其因为他是个傻子,借钱给人不取利钱,把咱们在威尼斯城里干放债这一行的利息都压低了。要是我有一天抓住他的把柄,一定要痛痛快快地向他报复我的深仇宿怨。他憎恶我们神圣的民族,甚至在商人会集的地方当众辱骂我,辱骂我的交易,辱骂我辛辛苦苦赚下来的钱,说那些都是盘剥得来的腌臜钱。要是我饶过了他,那我们的民族永远没有翻身的日子。

巴萨尼奥　夏洛克,你听见吗?

夏洛克　我正在估计我手头的现款,照我大概记得起来的数目,要一时凑足三千块钱,恐怕办不到。可是那没有关系,我们族里有一个犹太富翁杜伯乐,可以供给我必要的数目。且慢!您打算借几个月?(向安东尼奥)您好,好先生;哪一阵好风把尊驾吹来啦?

安东尼奥　夏洛克,虽然我跟人家互通有无,从来不讲利息,可是为了我的朋友的急需,这回我要破一次例。(向巴萨尼奥)他有没有知道你需要多少?

夏洛克　嗯,嗯,三千块钱。

---

① 拿撒勒先知即耶稣。

安东尼奥　三个月为期。

夏洛克　我倒忘了，正是三个月，您对我说过的。您的借据呢？让我瞧一瞧。可是听着，好像您说您从来借钱不讲利息。

安东尼奥　我从来不讲利息。

夏洛克　当雅各替他的舅父拉班牧羊的时候[①]——这个雅各是我们圣祖亚伯兰的后裔，他的聪明的母亲设计使他做第三代的族长，是的，他是第三代——

安东尼奥　为什么说起他呢？他也是取利息的吗？

夏洛克　不，不是取利息，不是像你们所说的那样直接取利息。听好雅各用些什么手段：拉班跟他约定！生下来的小羊凡是有条纹斑点的，都归雅各所有，作为他牧羊的酬劳；到晚秋的时候，那些母羊因为淫情发动，跟公羊交合，这个狡猾的牧人就乘着这些毛畜正在进行传种工作的当儿，削好了几根木棒！插在淫浪的母羊的面前，它们这样怀上了孕，一到生产的时候，产下的小羊都是有斑纹的，所以都归雅各所有，这是致富的妙法，上帝也祝福他；只要不是偷窃，会打算盘总是好事。

安东尼奥　雅各虽然幸而获中，可是这也是他按约应得的酬报；上天的意旨成全了他，却不是出于他自己的力量。你提起这一件事，是不是要证明取利息是一件好事？还是说金子银子就是你的公羊母羊？

夏洛克　这我倒不能说；我只是叫它像母羊生小羊一样地快快生利息。可是先生，您听我说。

安东尼奥　你听，巴萨尼奥，魔鬼也会引证《圣经》来替自己辩护哩。一个指着神圣的名字作证的恶人，就像一个脸带笑容的奸徒，又

① 见《旧约》：《创世记》。

像一只外观美好、心中腐烂的苹果。唉，奸伪的表面是多么动人！

夏洛克　三千块钱，这是一笔可观的整数。三个月——一年照十二个月计算——让我看看利钱应该有多少。

安东尼奥　好，夏洛克！我们可不可以仰仗你这一次？

夏洛克　安东尼奥先生，好多次您在交易所里骂我，说我盘剥取利，我总是忍气吞声，耸耸肩膀，没有跟您争辩，因为忍受迫害本来是我们民族的特色。您骂我是异教徒，杀人的狗，把唾沫吐在我的犹太长袍上，只因为我用我自己的钱博取几个利息。好，看来现在是您来向我求助了；您跑来见我，您说，"夏洛克，我们要几个钱，"您这样对我说。您把唾沫吐在我的胡子上，用您的脚踢我，好像我是您门口的一条野狗一样；现在您却来问我要钱，我应该怎样对您说呢？我要不要这样说，"一条狗会有钱吗？一条恶狗能够借人三千块钱吗？"或者我应不应该弯下身子，像一个奴才似的低声下气，恭恭敬敬地说。"好先生，您在上星期三用唾沫吐在我身上；有一天您用脚踢我；还有一天您骂我是狗；为了报答您这许多恩典，所以我应该借给您这么些钱吗？"

安东尼奥　我恨不得再这样骂你、唾你、踢你。要是你愿意把这钱借给我，不要把它当作借给你的朋友——哪有朋友之间通融几个钱也要斤斤计较地计算利息的道理？——你就把它当作借给你的仇人吧；倘使我失了信用，你尽管拉下脸来照约处罚就是了。

夏洛克　哎哟，瞧您生这么大的气！我愿意跟您交个朋友，得到您的友情；您从前加在我身上的种种羞辱，我愿意完全忘掉；您现在需要多少钱，我愿意如数供给您，而且不要您一个子儿的利息；可是您却不愿意听我说下去。我这完全是一片好心哩。

安东尼奥　这倒果然是一片好心。

夏洛克　我要叫你们看看我到底是不是一片好心。跟我去找一个公证人，就在那儿签好了约；我们不妨开个玩笑，在约里载明要是您不能按照约中所规定的条件，在什么日子、什么地点还给我一笔什么数目的钱，就得随我的意思，在您身上的任何部分割下整整一磅白肉，作为处罚。

安东尼奥　很好，就这么办吧；我愿意签下这样一张约，还要对人家说这个犹太人的心肠倒不坏呢。

巴萨尼奥　我宁愿安守贫困，不能让你为了我的缘故签这样的约。

安东尼奥　老兄，你怕什么；我决不会受罚的。就在这两个月之内，离开签约满期还有一个月，我就可以有九倍这笔借款的数目进门。

夏洛克　亚伯兰老祖宗啊！瞧这些基督徒因为自己待人刻薄，所以疑心人家对他们不怀好意。请您告诉我，要是他到期不还，我照着约上规定的条款向他执行处罚了，那对我又有什么好处，从人身上割下来的一磅肉，它的价值可以比得上一磅羊肉、牛肉或是山羊肉吗？我为了要博得他的好感，所以才向他卖这样一个交情；要是他愿意接受我的条件，很好，否则就算了。千万请你们不要误会我这一番诚意。

安东尼奥　好，夏洛克，我愿意签约。

夏洛克　那么就请您先到公证人的地方等我，告诉他这一张游戏的契约怎样写法；我就去马上把钱凑起来，还要回到家里去瞧瞧，让一个靠不住的奴才看守着门户，有点放心不下；然后我立刻就来瞧您。

安东尼奥　那么你去吧，善良的犹太人。（夏洛克下）这犹太人快要变做基督徒了，他的心肠变得好多啦。

巴萨尼奥　我不喜欢口蜜腹剑的人。

安东尼奥　好了好了，这又有什么要紧？再过两个月，我的船就要回来了。（同下。）

第二幕

第一场　贝尔蒙特。鲍西娅家中一室

喇叭奏花腔。摩洛哥亲王率侍从；鲍西娅、尼莉莎及婢仆等同上。

摩洛哥亲王　不要因为我的肤色而憎厌我；我是骄阳的近邻，我这一身黝黑的制服，便是它的威焰的赐予。给我在终年不见阳光、冰山、雪柱的极北找一个最白皙姣好的人来，让我们刺血查验对您的爱情，看看究竟是他的血红还是我的血红。我告诉你，小姐，我这副容貌曾经吓破了勇士的肝胆；凭着我的爱情起誓，我们国土里最有声誉的少女也曾为它害过相思。我不愿变更我的肤色，除非为了博得您的欢心，我的温柔的女王！

鲍西娅　讲到选择这一件事，我倒并不单单凭信一双善于挑剔的少女的眼睛；而且我的命运由抽签决定，自己也没有任意取舍的权力，可是我的父亲倘不曾用他的远见把我束缚住了，使我只能委身于按照他所规定的方法赢得我的男子，那么您，声名卓著的王子，您的容貌在我的心目之中，并不比我所已经看到的那些求婚者有什么逊色。

摩洛哥亲王　单是您这一番美意，已经使我万分感激了；所以请您带我去瞧瞧那几个匣子，试一试我的命运吧。凭着这一柄曾经手刃波斯王并且使一个三次战败苏里曼苏丹的波斯王子授首的宝剑起誓，我要瞪眼吓退世间最狰狞的猛汉，跟全世界最勇武的壮士比赛胆量，从母熊的胸前夺下哺乳的小熊，当一头饿狮咆哮攫食的时候，我要向它揶揄侮弄，为了要博得你的垂青，小姐。可是唉！即使像赫剌克勒斯那样的盖世英雄，要是跟他的奴仆赌起骰子来，也许他的运气还不如一个下贱之人——而赫剌克勒斯终于在他的奴仆的手里送了命[①]。我现在听从着盲目的命运的指挥，也许结果终将失望，眼看着一个不如我的人把我的意中人挟走，而自己在悲哀中死去。

鲍西娅　您必须信任命运，或者死了心放弃选择的尝试，或者当您开始选择以前，先立下一个誓言，要是选得不对，终身不再向任何女子求婚；所以还是请您考虑考虑吧。

摩洛哥亲王　我的主意已决，不必考虑了；来，带我去试我的运气吧。

鲍西娅　第一先到教堂里去；吃过了饭！您就可以试试您的命运。

摩洛哥亲王　好，成功失败，在此一举！正是不挟美人归，壮士无颜色。（奏喇叭；众下。）

第二场　威尼斯。街道

朗斯洛特·高波上。

朗斯洛特　要是我从我的主人这个犹太人的家里逃走，我的良心是一定要责备我的。可是魔鬼拉着我的臂膀，引诱着我，对我说，“高波，朗斯洛特，高波，好朗斯洛特，拔起你的腿来，开步，走！”我的良心说，“不，留心，老实的朗斯洛特，留心，老实的高波！”或者就是这么说，“老实的朗斯洛特·高波，别逃跑；用你的脚跟把逃跑的念头踢得远远的。”好，那个大胆的魔鬼却劝我卷起铺盖滚蛋；

① 希腊英雄赫剌克勒斯从其侍从手里穿上一件毒衣，因而致死。

"去呀！"魔鬼说，"去呀！看在老天的面上，鼓起勇气来，跑吧！"好，我的良心挽住我心里的脖子，很聪明地对我说，"朗斯洛特我的老实朋友，你是一个老实人的儿子，"——或者还不如说一个老实妇人的儿子，因为我的父亲的确有点儿不大那个，有点儿很丢脸的坏脾气——好，我的良心说，"朗斯洛特，别动！"魔鬼说，"动！"我的良心说，："别动！""良心，"我说，"你说得不错；""魔鬼，"我说，"你说得有理。"要是听良心的话，我就应该留在我的主人那个犹太人家里，上帝恕我这样说，他也是一个魔鬼；要是从犹太人的地方逃走，那么我就要听从魔鬼的话，对不住，他本身就是魔鬼。可是我说！那犹太人一定就是魔鬼的化身；凭良心说话，我的良心劝我留在犹太人的地方，未免良心太狠。还是魔鬼的话说得像个朋友。我要跑，魔鬼；我的脚跟听从着你的指挥；我一定要逃跑。

老高波携篮上。

老高波　年轻的先生，请问一声，到犹太老爷的家里怎么走？

朗斯洛特　（旁白）天啊！这是我的亲生的父亲，他的眼睛因为有八九分盲，所以不认识我。待我戏弄他一下。

老高波　年轻的少爷先生，请问一声，到犹太老爷的家里怎么走？

朗斯洛特　你在转下一个弯的时候，往右手转过去；临了一次转弯的时候，往左手转过去，再下一次转弯的时候，什么手也不用转，曲曲弯弯地转下去，就转到那犹太人的家里了。

老高波　哎哟，这条路可不容易走哩！您知道不知道有一个住在他家里的朗斯洛特，现在还在不在他家里？

朗斯洛特　你说的是朗斯洛特少爷吗？（旁白）瞧着我吧，现在我要诱他流起眼泪来了。——你说的是朗斯洛特少爷吗？

老高波　不是什么少爷，先生，他是一个穷人的儿子；他的父亲，不是我说一句,是个老老实实的穷光蛋,多谢上帝,他还活得好好的。

朗斯洛特　好,不要管他的父亲是个什么人,咱们讲的是朗斯洛特少爷?

老高波　他是您少爷的朋友,他就叫朗斯洛特。

朗斯洛特　对不住,老人家,所以我要问你,你说的是朗斯洛特少爷吗?

老高波　是朗斯洛特,少爷。

朗斯洛特　所以就是朗斯洛特少爷。老人家,你别提起朗斯洛特少爷啦;因为这位年轻的少爷,根据天命气数鬼神这一类阴阳怪气的说法,是已经去世啦,或者说得明白一点是已经归天啦。

老高波　哎哟,天哪!这孩子是我老年的拐杖,我的唯一的靠傍哩。

朗斯洛特　(旁白)我难道像一根棒儿,或是一根柱子?一根撑棒,或是一根拐杖?——爸爸,您不认识我吗?

老高波　唉,我不认识您,年轻的少爷;可是请您告诉我,我的孩子——上帝安息他的灵魂——!究竟是活着还是死了?

朗斯洛特　您不认识我吗,爸爸?

老高波　唉,少爷,我是个瞎子;我不认识您。

朗斯洛特　真的,您就是眼睛明亮,也许会不认识我,只有聪明的父亲才会知道自己的儿子。好,老人家,让我告诉您关于您儿子的消息吧。请您给我祝福;真理总会显露出来,杀人的凶手总会给人捉住;儿子虽然会暂时躲过去,事实到最后总是瞒不过的。

老高波　少爷,请您站起来。我相信您一定不会是朗斯洛特,我的孩子。

朗斯洛特　废话少说,请您给我祝福:我是朗斯洛特,从前是您的孩子,现在是您的儿子,将来也还是您的小子。

老高波　我不能想象您是我的儿子。

朗斯洛特　那我倒不知道应该怎样想法了;可是我的确是在犹太人家

里当仆人的朗斯洛特,我也相信您的妻子玛格蕾就是我的母亲。

老高波　她的名字果真是玛格蕾。你倘然真的就是朗斯洛特,那么你就是我亲生血肉了。上帝果然灵圣!你长了多长的一把胡子啦!你脸上的毛,比我那拖车子的马儿道平尾巴上的毛还多呐!

朗斯洛特　这样看起来,那么道平的尾巴一定是越长越短了;我还清楚记得,上一次我看见它的时候,它尾巴上的毛比我脸上的毛多得多哩。

老高波　上帝啊!你真是变了样子啦!你跟主人合得来吗?我给他带了点儿礼物来了。你们现在合得来吗?

朗斯洛特　合得来,合得来;可是从我自己这一方面讲,我既然已经决定逃跑,那么非到跑了一程路之后,我是决不会停下来的。我的主人是个十足的犹太人;给他礼物!还是给他一根上吊的绳子吧。我替他做事情,把身体都饿瘦了;您可以用我的肋骨摸出我的每一条手指来。爸爸,您来了我很高兴。把您的礼物送给一位巴萨尼奥大爷吧,他是会赏漂亮的新衣服给佣人穿的。我要是不能服侍他,我宁愿跑到地球的尽头去。啊,运气真好!正是他来了。到他跟前去,爸爸。我要是再继续服侍这个犹太人,连我自己都要变做犹太人了。

巴萨尼奥率里奥那多及其他侍从上。

巴萨尼奥　你们就这样做吧,可是要赶快点儿,晚饭顶迟必须在五点钟预备好。这几封信替我分别送出;叫裁缝把制服做起来;回头再请葛莱西安诺立刻到我的寓所里来。(一仆下。)

朗斯洛特　上去,爸爸。

老高波　上帝保佑大爷!

巴萨尼奥　谢谢你,有什么事?

老高波　大爷,这一个是我的儿子,一个苦命的孩子——

朗斯洛特　不是苦命的孩子，大爷，我是犹太富翁的跟班，不瞒大爷说，我想要——我的父亲可以给我证明——

老高波　大爷，正像人家说的，他一心一意地想要侍候——

朗斯洛特　总而言之一句话，我本来是侍候那个犹太人的，可是我很想要——我的父亲可以给我证明——

老高波　不瞒大爷说，他的主人跟他有点儿意见不合——

朗斯洛特　干脆一句话，实实在在说，这犹太人欺侮了我，他叫我——我的父亲是个老头子！我希望他可以替我向您证明——

老高波　我这儿有一盘烹好的鸽子送给大爷，我要请求大爷一件事——

朗斯洛特　废话少说，这请求是关于我的事情，这位老实的老人家可以告诉您；不是我说一句，我这父亲虽然是个老头子，却是个苦人儿。

巴萨尼奥　让一个人说话。你们究竟要什么？

朗斯洛特　侍候您，大爷。

老高波　正是这一件事，大爷。

巴萨尼奥　我认识你；我可以答应你的要求；你的主人夏洛克今天曾经向我说起，要把你举荐给我。可是你不去侍候一个有钱的犹太人，反要来做一个穷绅士的跟班，恐怕没有什么好处吧。

朗斯洛特　大爷，一句老话刚好说着我的主人夏洛克跟您：他有的是钱，您有的是上帝的恩惠。

巴萨尼奥　你说得很好。老人家，你带着你的儿子，先去向他的旧主人告别，然后再来打听我的住址。（向侍从）给他做一身比别人格外鲜艳一点的制服，不可有误。

朗斯洛特　爸爸，进去吧。我不能得到一个好差使吗？我生了嘴不会说话吗？好，（视手掌）在意大利要是有谁生得一手比我还好的掌纹，我一定会交好运的，好，这儿是一条笔直的寿命线；这儿有不多几个老婆,唉!十五个老婆算得什么,十一个寡妇,再加上九个黄花闺女,对于一个男人来说也不算太多啊。还要三次溺水不死,有一次几乎在一张天鹅绒的床边送了性命,好险呀好险!好,要是命运之神是个女的,这一回她倒是个很好的娘们儿。爸爸,来,我要用一眨眼的工夫向那犹太人告别。(朗斯洛特及老高波下。)

巴萨尼奥　好,里奥那多,请你记好,这些东西买到以后,把它们安排停当,就赶紧回来,因为我今晚要宴请我的最有名望的相识,快去吧。

里奥那多　我一定给您尽力去办。

葛莱西安诺上。

葛莱西安诺　你家主人呢?

里奥那多　他就在那边走着,先生。(下。)

葛莱西安诺　巴萨尼奥大爷!

巴萨尼奥　葛莱西安诺!

葛莱西安诺　我要向您提出一个要求。

巴萨尼奥　我答应你。

葛莱西安诺　您不能拒绝我,我一定要跟您到贝尔蒙特去。

巴萨尼奥　啊,那么我只好让你去了。可是听着,葛莱西安诺,你这个人太随便,太不拘礼节,太爱高声说话了;这几点本来对于你是再合适不过的,在我们的眼睛里也不以为嫌,可是在陌生人家里,那就好像有点儿放肆啦。请你千万留心在你的活泼的天性里尽力放进去几分冷静,否则人家见了你这样狂放的行为,也许会对我发生误会,害我不能达到我的希望。

葛莱西安诺　巴萨尼奥大爷,听我说。我一定会装出一副安详的态度,说起话来恭而敬之,难得诅一两句咒,口袋里放一本祈祷书,脸孔上堆满了庄严;不但如此,在念食前祈祷的时候,我还要把帽子拉下来遮住我的眼睛,叹一口气,说一句"阿门!";我一定遵守一切礼仪,就像人家有意装得循规蹈矩去讨他老祖母的欢喜一样。要是我不照这样的话做去,您以后不用相信我好了。

巴萨尼奥　好,我们倒要瞧瞧你装得像不像。

葛莱西安诺　今天晚上可不算,您不能按照我今天晚上的行动来判断我。

巴萨尼奥　不,今天晚上就这样做,那未免太煞风景了。我倒要请你今天晚上痛痛快快地欢畅一下,因为我已经跟几个朋友约定,大家都要尽兴狂欢!现在我还有点事情,等会儿见。

葛莱西安诺　我也要去找罗兰佐,还有那些人;晚饭的时候我们一定来看您。(各下。)

第三场　同前。夏洛克家中一室

杰西卡及朗斯洛特上。

杰西卡　你这样离开我的父亲,使我很不高兴;我们这个家是一座地狱,幸亏有你这淘气的小鬼,多少解除了几分闷气。可是再会吧,朗斯洛特,这一块钱你且拿了去;你在晚饭的时候,可以看见一位叫作罗兰佐的,是你新主人的客人,这封信你替我交给他,留心别让旁人看见。现在你快去吧,我不敢让我的父亲瞧见我跟你谈话。

朗斯洛特　再见!眼泪哽住了我的舌头。顶美丽的异教徒,顶温柔的犹太人!要不是有个基督徒来把你拐跑,就算我有眼无珠!再会吧!这些傻气的泪点,快要把我的男子气概都淹没啦。再见!

杰西卡　再见,好朗斯洛特。(朗斯洛特下)唉,我真是罪恶深重,竟会羞于做我父亲的孩子!可是虽然我在血统上是他的女儿,在行为上却不是他的女儿。罗兰佐啊!你要是能够守信不渝,我将要结束我内心的冲突,皈依基督教,做你的亲爱的妻子。(下。)

第四场　同前。街道

葛莱西安诺、罗兰佐、萨拉里诺及萨莱尼奥同上。

罗兰佐　不,咱们就在吃晚饭的时候溜了出去,在我的寓所里化装好了,只消一点钟工夫就可以把事情办好回来。

葛莱西安诺　咱们还没有好好儿准备呢。

萨拉里诺　咱们还没有提到过拿火炬的人。

萨莱尼奥　那一定要经过一番训练,否则叫人瞧着笑话;依我看来,还是不用了吧。

罗兰佐　现在还不到四点钟;咱们还有两个钟头可以准备起来。

朗斯洛特持函上。

罗兰佐　朗斯洛特朋友,你带什么消息来了?

朗斯洛特　请您把这封信拆开来,好像它会告诉您。

罗兰佐　我认识这笔迹,这几个字写得真好看,写这封信的那双手,是比这信纸还要洁白的。

葛莱西安诺　一定是情书。

朗斯洛特　大爷,小的告辞了。

罗兰佐　你还要到哪儿去?

朗斯洛特　呃,大爷,我要去请我的旧主人犹太人今天晚上陪我的新主人基督徒吃饭。

罗兰佐　慢着,这几个钱赏给你,你去回复温柔的杰西卡,我不会误她的约,留心说话的时候别给旁人听见。各位,去吧。(朗斯洛特下)你们愿意去准备今天晚上的假面跳舞会吗?我已经有了一个拿火炬的人了。

萨拉里诺　是，我立刻就去准备。

萨莱尼奥　我也就去。

罗兰佐　再过一点钟左右，咱们大家在葛莱西安诺的寓所里相会。

萨拉里诺　很好。（萨拉里诺、萨莱尼奥同下。）

葛莱西安诺　那封信不是杰西卡写给你的吗？

罗兰佐　我必须把一切都告诉你。她已经教我怎样带着她逃出她父亲的家，告诉我她随身带了多少金银珠宝，已经准备好怎样一身小童的服装。要是她的父亲那个犹太人有一天会上天堂！那一定因为上帝看在他善良的女儿面上特别开恩；恶运再也不敢侵犯她，除非因为她的父亲是一个奸诈的犹太人。来，跟我一块儿去；你可以一边走一边读这封信。美丽的杰西卡将要替我拿着火炬。（同下。）

第五场　同前。夏洛克家门前

夏洛克及朗斯洛特上。

夏洛克　好，你就可以知道，你就可以亲眼瞧瞧夏洛克老头子跟巴萨尼奥有什么不同啦。——喂，杰西卡！——我家里容得你狼吞虎咽，别人家里是不许你这样放肆的——喂，杰西卡！——我家里还让你睡觉打鼾，把衣服胡乱撕破——喂，杰西卡！

朗斯洛特　喂，杰西卡！

夏洛克　谁叫你喊的？我没有叫你喊呀。

朗斯洛特　您老人家不是常常怪我一定要等人家吩咐了才做事吗？

杰西卡上。

杰西卡　您叫我吗？有什么吩咐？

夏洛克　杰西卡，人家请我去吃晚饭；这儿是我的钥匙，你好生收管着。可是我去干吗呢？人家又不是真心邀请我，他们不过拍拍我的马屁而已。可是我因为恨他们，倒要去这一趟，受用受用这个浪子基督徒的酒食。杰西卡，我的孩子，留心照看门户。我实在有点不愿意去；昨天晚上我做梦看见钱袋，恐怕不是个吉兆，叫我心神难安。

朗斯洛特　老爷，请您一定去；我家少爷在等着您赏光呢。

夏洛克　我也在等着他赏我一记耳光哩。

朗斯洛特　他们已经商量好了；我并不说您可以看到一场假面跳舞，可是您要是果然看到了，那就怪不得我在上一个黑曜日[①]早上六点钟会流起鼻血来啦，那一年正是在圣灰节星期三第四年的下午。

夏洛克　怎么！还有假面跳舞吗？听好，杰西卡，把家里的门锁上了；听见鼓声和弯笛子的怪叫声音，不许爬到窗槅子上张望，也不要伸出头去，瞧那些脸上涂得花花绿绿的傻基督徒们从街道上走过，把我这屋子的耳朵都封起来——我说的是那些窗子；别让那些无聊的胡闹的声音钻进我的清静的屋子。凭着雅各的牧羊杖发誓，我今晚真有点不想出去参加什么宴会，可是就去这一次吧，小子，你先回去，说我就来了。

朗斯洛特　那么我先去了，老爷，小姐，留心看好窗外——跑来一个基督徒，不要错过好姻缘。（下。）

夏洛克　嘿，那个夏甲的傻瓜后裔[②]说些什么？

---

① 黑曜日（Black-Momday）：即复活节礼拜一。此名的由来，据说是因一三六〇年四月十四日的复活节礼拜一，英王爱德华三世进攻巴黎，正值暴风雨，兵士多冻死。流鼻血为不吉之兆，故云。

② 夏甲（Hagar）为犹太人始祖亚伯兰（后上帝改其名为亚伯拉罕）正妻撒拉的婢女，撒拉因无子，劝亚伯兰纳夏甲为次妻；夏甲生子后，遭撒拉之妒，与其子并遭斥逐。见《旧约》：《创世记》。此处所云"夏甲后裔"，系表示"贱种"之意。

杰西卡　没有说什么，他只是说，“再会，小姐。”

夏洛克　这蠢材人倒还好，就是食量太大！做起事来，慢腾腾的像只蜗牛一般；白天睡觉的本领，比野猫还胜过几分；我家里可容不得懒惰的黄蜂，所以才打发他走了，让他去跟着那个靠借债过日子的败家精，正好帮他消费。好，杰西卡，进去吧；也许我一会儿就回来，记住我的话，把门随手关了。“缚得牢，跑不了”，这是一句千古不灭的至理名言。（下。）

杰西卡　再会；要是我的命运不跟我作梗，那么我将要失去一个父亲，你也要失去一个女儿了。（下。）

第六场　同前

葛莱西安诺及萨拉里诺戴假面同上。

葛莱西安诺　这儿的屋檐下便是罗兰佐叫我们守望的地方。

萨拉里诺　他约定的时间快要过去了。

葛莱西安诺　他会迟到真是件怪事，因为恋人们总是赶在时钟的前面的。

萨拉里诺　啊！维纳斯的鸽子飞去缔结新欢的盟约，比之履行旧日的诺言，总是要快上十倍。

葛莱西安诺　那有一定的道理。谁在席终人散以后，他的食欲还像初入座时候那么强烈？哪一匹马在冗长的归途上，会像它起程时那么长驱疾驰？世间的任何事物，追求时候的兴致总要比享用时候的兴致浓烈。一艘新下水的船只扬帆出港的当儿，多么像一个娇美的少年，给那轻狂的风儿爱抚搂抱！可是等到它回来的时候，船身已遭风日的侵蚀，船帆也变成了百结的破衲，它又多么像一个落魄的浪子，给那轻狂的风儿肆意欺凌！

萨拉里诺　罗兰佐来啦，这些话你留着以后再说吧。

罗兰佐上。

罗兰佐　两位好朋友，累你们久等了，对不起得很；实在是因为我有点事情，急切里抽身不出。等你们将来也要偷妻子的时候，我一定也替你们守这么些时候。过来，这儿就是我的犹太岳父所住的地方。喂！里面有人吗？

杰西卡男装自上方上。

杰西卡　你是哪一个？我虽然认识你的声音，可是为了免得错认人，请你把名字告诉我。

罗兰佐　我是罗兰佐，你的爱人。

杰西卡　你果然是罗兰佐，也的确是我的爱人；除了你，谁会使我爱成这个样子呢？罗兰佐，除了你之外，谁还知道我究竟是不是属于你的呢？

罗兰佐　上天和你的思想，都可以证明你是属于我的。

杰西卡　来，把这匣子接住了，你拿了去会大有好处。幸亏在夜里，你瞧不见我，我改扮成这个怪样子，怪不好意思哩。可是恋爱是盲目的，恋人们瞧不见他们自己所干的傻事；要是他们瞧得见的话，那么丘比特瞧见我变成了一个男孩子，也会红起脸来哩。

罗兰佐　下来吧，你必须替我拿着火炬。

杰西卡　怎么！我必须拿着烛火，照亮自己的羞耻吗？像我这样子，已经太轻狂了，应该遮掩遮掩才是，怎么反而要在别人面前露脸？

罗兰佐　亲爱的，你穿上这一身漂亮的男孩子衣服，人家不会认出你来的。快来吧，夜色已经在不知不觉中浓了起来，巴萨尼奥在等着我们去赴宴呢。

杰西卡　让我把门窗关好，再收拾些银钱带在身边！然后立刻就来。

（自上方下。）

葛莱西安诺　凭着我的头巾发誓，她真是个基督徒，不是个犹太人。

罗兰佐　我从心底里爱着她。要是我有判断的能力，那么她是聪明的，要是我的眼睛没有欺骗我，那么她是美貌的；她已经替自己证明她是忠诚的；像她这样又聪明、又美丽、又忠诚，怎么不叫我把她永远放在自己的灵魂里呢？

杰西卡上。

罗兰佐　啊，你来了吗？朋友们，走吧！我们的舞伴们现在一定在那儿等着我们了。（罗兰佐、杰西卡、萨拉里诺同下。）

安东尼奥上。

安东尼奥　那边是谁？

葛莱西安诺　安东尼奥先生！

安东尼奥　咦，葛莱西安诺！还有那些人呢？现在已经九点钟啦，我们的朋友们大家在那儿等着你们。今天晚上的假面跳舞会取消了，风势已转，巴萨尼奥就要立刻上船。我已经差了二十个人来找你们了。

葛莱西安诺　那好极了！我巴不得今天晚上就开船出发。（同下。）

第七场　贝尔蒙特。鲍西娅家中一室

喇叭奏花腔。鲍西娅及摩洛哥亲王各率侍从上。

鲍西娅　去把帐幕揭开，让这位尊贵的王子瞧瞧那几个匣子。现在请殿下自己选择吧。

摩洛哥亲王　第一只匣子是金的，上面刻着这几个字：“谁选择了我，将要得到众人所希求的东西。”第二只匣子是银的，上面刻着这样的约许：“谁选择了我，将要得到他所应得的东西。”第三只匣子是用沉重的铅打成的，上面刻着像铅一样冷酷的警告：“谁选择了我，必须准备把他所有的一切作为牺牲。”我怎么可以知道我选得错不错呢？

鲍西娅　这三只匣子中间，有一只里面藏着我的小像；您要是选中了那一只，我就是属于您的了。

摩洛哥亲王　求神明指示我！让我看；我且先把匣子上面刻着的字句再推敲一遍。这一个铅匣子上面说些什么？“谁选择了我，必须准备把他所有的一切作为牺牲。”必须准备牺牲；为什么，为了铅吗？为了铅而牺牲一切吗？这匣子说的话儿倒有些吓人。人们为了希望得到重大的利益，才会不惜牺牲一切；一颗贵重的心，决不会屈躬俯就鄙贱的外表；我不愿为了铅的缘故而作任何的牺牲。那个色泽皎洁的银匣子上面说些什么？“谁选择了我，将要得到他所应得的东西，将得到他所应得的东西！且慢，摩洛哥，把你自己的价值作一下公正的估计吧。照你自己判断起来，你应该得到很高的评价，可是也许凭着你这几分长处，还不配娶到这样一位小姐；然而我要是疑心我自己不够资格，那未免太小看自己了。得到我所应得的东西。当然那就是指这位小姐而说的；讲到家世、财产、人品、教养，我哪一点也配不上她？可是超乎这一切之上，凭着我这一片深情，也就应该配得上她了。那么我不必迟疑，就选了这一个匣子吧。让我再瞧瞧那金匣子上说些什么话：“谁选择了我，将要得到众人所希求的东西。”啊，那正是这位小姐了；整个儿的世界都希求着她，他们从地球的四角迢迢而来，顶礼这位尘世的仙真赫堪尼亚的沙漠和广大的阿拉伯的辽阔的荒野，现在已经成为各国王子们前来瞻仰美貌的鲍西娅的通衢大道；把唾沫吐在天庭面上的傲慢不逊的海洋，也不能阻止外邦的远客，他们越过汹涌的波涛，就像跨过一条小河一样，为了要看一看鲍西娅的绝世姿容。在这三只匣子中间，有一只里面藏着她的天仙似的小像。难道那铅匣子里会藏着她吗？想起这样一个卑劣的思想，就是一种亵渎；就算这是个黑暗的坟，里面放的是她的寿衣，也都嫌罪过，那么她是会藏在那价值只及纯金十分之一的银匣子里面吗？啊，罪恶的思想！这样一颗珍贵的珠宝，决不会装在比金子低贱的匣子里。英国有一种金子铸成的钱币，表面上刻着天使的形象；这儿的天使，拿金子做床，却躲在黑暗里。把钥匙交给我；我已经选定了，但愿我的希望能够实现！

鲍西娅　亲王，请您拿着这钥匙；要是这里边有我的小像，我就是您的了。（摩洛哥亲王开金匣。）

摩洛哥亲王　哎哟，该死！这是什么？一个死人的骷髅，那空空的眼眶里藏着一张有字的纸卷。让我读一读上面写着什么。

发闪光的不全是黄金，
古人的说话没有骗人；
多少世人出卖了一生，
不过看到了我的外形，
蛆虫占据着镀金的坟。
你要是又大胆又聪明，
手脚壮健！见识却老成，
就不会得到这样回音：
再见！劝你冷却这片心。

冷却这片心；真的是枉费辛劳！
永别了，热情！欢迎，凛冽的寒飚！
再见，鲍西娅；悲伤塞满了心胸，
莫怪我这败军之将去得匆匆。（率侍从下；喇叭奏花腔。）

鲍西娅　他去得倒还知趣。把帐幕拉下。但愿像他一样肤色的人，都像他一样选不中。（同下。）

第八场　威尼斯。街道

萨拉里诺及萨莱尼奥上。

萨拉里诺　啊，朋友，我看见巴萨尼奥开船，葛莱西安诺也跟他同船去；我相信罗兰佐一定不在他们船里。

萨莱尼奥　那个恶犹太人大呼小叫地吵到公爵那儿去，公爵已经跟着他去搜巴萨尼奥的船了。

萨拉里诺　他去迟了一步，船已经开出。可是有人告诉公爵，说他们曾经看见罗兰佐跟他的多情的杰西卡在一艘平底船里；而且安东尼奥也向公爵证明他们并不在巴萨尼奥的船上。

萨莱尼奥　那犹太狗像发疯似的，样子都变了，在街上一路乱叫乱跳乱喊，“我的女儿！啊，我的银钱！啊，我的女儿！跟一个基督徒逃走啦！啊，我的基督徒的银钱！公道啊！法律啊！我的银钱，我的女儿！一袋封好的、两袋封好的银钱，给我的女儿偷去了！还有珠宝！两颗宝石，两颗珍贵的宝石，都给我的女儿偷去了，公道啊！把那女孩子找出来！她身边带着宝石，还有银钱。”

萨拉里诺　威尼斯城里所有的小孩子们，都跟在他背后，喊着：他的宝石呀，他的女儿呀，他的银钱呀。

萨莱尼奥　安东尼奥应该留心那笔债款不要误了期，否则他要在他身上报复的。

萨拉里诺　对了，你想起得不错。昨天我跟一个法国人谈天，他对我说起，在英、法两国之间狭隘的海面上，有一艘从咱们国里开出去的满载着货物的船只出事了。我一听见这句话，就想起安东尼奥，但愿那艘船不是他的才好。

萨莱尼奥　你最好把你听见的消息告诉安东尼奥；可是你要轻描淡写地说，免得害他着急。

萨拉里诺　世上没有一个比他更仁厚的君子。我看见巴萨尼奥跟安东尼奥分别，巴萨尼奥对他说他一定尽早回来，他就回答说，“不必，巴萨尼奥，不要为了我的缘故而误了你的正事，你等到一切事情圆满完成以后再回来吧；至于我在那犹太人那里签下的约，你不必放在心上，你只管高高兴兴、一心一意地进行着你的好事，施展你的全副精神，去博得美人的欢心吧。”说到这里，他的眼睛里已经噙着一包眼泪，他就回转身去，把他的手伸到背后，亲亲热热地握着巴萨尼奥的手；他们就这样分别了。

萨莱尼奥　我看他只是为了他的缘故才爱这世界的。咱们现在就去找他，想些开心的事儿替他解解愁闷，你看好不好？

萨拉里诺　很好很好。（同下。）

第九场　贝尔蒙特。鲍西娅家中一室

尼莉莎及一仆人上。

尼莉莎　赶快，赶快，扯开那帐幕；阿拉贡亲王已经宣过誓，就要来选匣子啦。

喇叭奏花腔。阿拉贡亲王及鲍西娅各率侍从上。

鲍西娅　瞧，尊贵的王子，那三个匣子就在这儿；您要是选中了有我的小相藏在里头的那一个，我们就可以立刻举行婚礼；可是您要是失败了的话，那么殿下，不必多言，您必须立刻离开这儿。

阿拉贡亲王　我已经宣誓遵守三项条件：第一，不得告诉任何人我所选的是哪一个匣子；第二，要是我选错了匣子，终身不得再向任何女子求婚；第三，要是我选不中，必须立刻离开此地。

鲍西娅　为了我这微贱的身子来此冒险的人，没有一个不曾立誓遵守这几个条件。

阿拉贡亲王　我已经有所准备了。但愿命运满足我的心愿！一只是金的，一只是银的，还有一只是下贱的铅的。"谁选择了我，必须准备把他所有的一切作为牺牲。"你要我为你牺牲，应该再好看一点才是。那个金匣子上面说的什么？哈！让我来看吧："谁选择了我，将要得到众人所希求的东西。"众人所希求的东西！那"众人"也许是指那无知的群众，他们只知道凭着外表取人，信赖着一双愚妄的眼睛，不知道窥察到内心，就像燕子把巢筑在风吹雨淋的屋外的墙壁上，自以为可保万全，不想到灾祸就会接踵而至。我不愿选择众人所希求的东西，因为我不愿随波逐流，与庸俗的群众为伍。那么还是让我瞧瞧你吧，你这白银的宝库；待我再看一遍刻在你上面的字句："谁选择了我，将要得到他所应得的东西。"说得好，一个人要是自己没有几分长处，怎么可以妄图非份？尊荣显贵，原来不是无德之人所可以忝窃的。唉！要是世间的爵禄官职！都能够因功授赏，不藉钻营，那么多少脱帽侍立的人将会高冠盛服，多少发号施令的人将会唯唯听命，多少卑劣鄙贱的渣滓可以从高贵的种子中间筛分出来，多少隐不彰的贤才异能，可以从世俗的糠中间剔选出来，大放它们的光泽！闲话少说，还是让我考虑考虑怎样选择吧。"谁选择了我，将要得到他所应得的东西。"那么我就要取我所应得的东西了。"把这匣子上的钥匙给我，让我立刻打开藏在这里面的我的命运。（开银匣。）

鲍西娅　您在这里面瞧见些什么？怎么呆住了一声也不响？

阿拉贡亲王　这是什么？一个眯着眼睛的傻瓜的画像，上面还写着字句！让我读一下看。唉！你跟鲍西娅相去得多么远！你跟我的希望，跟我所应得的东西又相去得多么远！“谁选择了我，将要得到他所应得的东西。”难道我只应该得到一副傻瓜的嘴脸吗？那便是我的奖品吗？我不该得到好一点的东西吗？

鲍西娅　毁谤和评判，是两件作用不同、性质相反的事。

阿拉贡亲王　这儿写着什么？

这银子在火里烧过七遍；
那永远不会错误的判断，
也必须经过七次的试炼。
有的人终身向幻影追逐，
只好在幻影里寻求满足。
我知道世上尽有些呆鸟，
空有着一个镀银的外表；
随你娶一个怎样的妻房，
摆脱不了这傻瓜的皮囊；
去吧，先生，莫再耽搁时光！

我要是再留在这儿发呆，
愈显得是个十足的蠢才；
顶一颗傻脑袋来此求婚，
带两个蠢头颅回转家门。
别了，美人，我愿遵守誓言，
默忍着心头愤怒的熬煎。（阿拉贡亲王率侍从下。）

鲍西娅　正像飞蛾在烛火里伤身，
这些傻瓜们自恃着聪明，
免不了被聪明误了前程。

尼莉莎　古话说得好，上吊娶媳妇，

都是一个人注定的天数。

鲍西娅 来，尼莉莎，把帐幕拉下了。

一仆人上。

仆 人 小姐呢？

鲍西娅 在这儿；尊驾有什么见教？

仆 人 小姐，门口有一个年轻的威尼斯人，说是来通知一声，他的主人就要来啦；他说他的主人叫他先来向小姐致意，除了一大堆恭维的客套以外，还带来了几件很贵重的礼物。小的从来没有见过这么一位体面的爱神的使者；预报繁茂的夏季快要来临的四月的天气，也不及这个为主人先驱的俊仆温雅。

鲍西娅 请你别说下去了吧；你把他称赞得这样天花乱坠，我怕你就要说他是你的亲戚了。来，来，尼莉莎，我倒很想瞧瞧这一位爱神差来的体面的使者。

尼莉莎 爱神啊，但愿来的是巴萨尼奥！（同下。）

第三幕

第一场　威尼斯。街道

萨莱尼奥及萨拉里诺上。

萨莱尼奥　交易所里有什么消息?

萨拉里诺　他们都在那里说安东尼奥有一艘满装着货物的船在海峡里倾覆了,那地方的名字好像是古德温,是一处很危险的沙滩,听说有许多大船的残骸埋藏在那里,要是那些传闻之辞是确实可靠的话。

萨莱尼奥　我但愿那些谣言就像那些吃饱了饭没事做、嚼嚼生姜或者一把鼻涕一把眼泪地假装为了她第三个丈夫死去而痛哭的那些婆子们所说的鬼话一样靠不住。可是那的确是事实——不说罗哩罗苏的废话,也不说枝枝节节的闲话——这位善良的安东尼奥,正直的安东尼奥——啊,我希望我有一个可以充分形容他的好处的字眼!——

萨拉里诺　好了好了,别说下去了吧。

萨莱尼奥　嘿!你说什么!总归一句话,他损失了一艘船。

萨拉里诺　但愿这是他最末一次的损失。

萨莱尼奥　让我赶快喊"阿门",免得给魔鬼打断了我的祷告,因为他已经扮成一个犹太人的样子来啦。

夏洛克上。

萨莱尼奥　啊，夏洛克！商人中间有什么消息？

夏洛克　有什么消息！我的女儿逃走啦，这件事情是你比谁都格外知道得详细的。

萨拉里诺　那当然啦，就是我也知道她飞走的那对翅膀是哪一个裁缝替她做的。

萨莱尼奥　夏洛克自己也何尝不知道，她羽毛已长，当然要离开娘家啦。

夏洛克　她干出这种不要脸的事来，死了一定要下地狱。

萨拉里诺　倘然魔鬼做她的判官！那是当然的事情。

夏洛克　我自己的血肉跟我过不去！

萨莱尼奥　说什么，老东西，活到这么大年纪，还跟你自己过不去？

夏洛克　我是说我的女儿是我自己的血肉。

萨拉里诺　你的肉跟她的肉比起来，比黑炭和象牙还差得远。你的血跟她的血比起来，比红葡萄酒和白葡萄酒还差得远。可是告诉我们，你听没听见人家说起安东尼奥在海上遭到了损失？

夏洛克　说起他，又是我的一桩倒霉事情。这个败家精，这个破落户，他不敢在交易所里露一露脸；他平常到市场上来，穿着得多么齐整！现在可变成一个叫花子啦。让他留心他的借约吧；他老是骂我盘剥取利；让他留心他的借约吧；他是本着基督徒的精神！放债从来不取利息的；让他留心他的借约吧。

萨拉里诺　我相信要是他不能按约偿还借款，你一定不会要他的肉的；那有什么用处呢？

夏洛克　拿来钓鱼也好；即使他的肉不中吃，至少也可以出出我这一口气。他曾经羞辱过我，夺去我几十万块钱的生意，讥笑着我的亏蚀，挖苦着我的盈余，侮蔑我的民族！破坏我的买卖，离间我的朋友，煽动我的仇敌；他的理由是什么？只因为我是一个犹太人。难道犹太人没有眼睛吗？难道犹太人没有五官四肢、没有知觉、没有感情、没有血气吗？他不是吃着同样的食物，同样的武器可以伤害他，同样的医药可以疗治他，冬天同样会冷，夏天同样会热，就像一个基督徒一样吗？你们要是用刀剑刺我们，我们不是也会出血的吗？你们要是搔我们的痒，我们不是也会笑起来的吗？你们要是用毒药谋害我们，我们不是也会死的吗？那么要是你们欺侮了我们，我们难道不会复仇吗？要是在别的地方我们都跟你们一样，那么在这一点上也是彼此相同的。要是一个犹太人欺侮了一个基督徒，那基督徒怎样表现他的谦逊？报仇。要是一个基督徒欺侮了一个犹太人，那么照着基督徒的榜样，那犹太人应该怎样表现他的宽容？报仇。你们已经把残虐的手段教给我，我一定会照着你们的教训实行，而且还要加倍奉敬哩。

一仆人上。

仆　人　两位先生，我家主人安东尼奥在家里要请两位过去谈谈。

萨拉里诺　我们正在到处找他呢。

杜伯尔上。

萨莱尼奥　又是一个他的族中人来啦；世上再也找不到第三个像他们这样的人，除非魔鬼自己也变成了犹太人。（萨莱尼奥、萨拉里诺及仆人下。）

夏洛克　啊！杜伯尔！热那亚有什么消息？你有没有找到我的女儿？

杜伯尔　我所到的地方，往往听见人家说起她，可是总找不到她。

夏洛克　哎呀，糟糕！糟糕！糟糕！我在法兰克福出两千块钱买来的那颗金刚钻也丢啦！诅咒到现在才降落到咱们民族头上；我到现在才觉得它的厉害。那一颗金刚钻就是两千块钱，还有别的贵重的珠宝。我希望我的女儿死在我的脚下，那些珠宝都挂在她的耳朵上；我希望她就在我的脚下入土安葬，那些银钱都放在她的棺材里！不知道他们的下落吗？哼，我不知道为了寻访他们，又花去了多么钱。你这你这——损失上再加损失！贼子偷了这么多走了，还要花这么多去寻访贼子，结果仍旧是一无所得，出不了这一口怨气。只有我一个人倒霉，只有我一个人叹气，只有我一个人流眼泪！

杜伯尔　倒霉的不单是你一个人。我在热那亚听人家说，安东尼奥——

夏洛克　什么？什么？什么？他也倒了霉吗？他也倒了霉吗？

杜伯尔　——有一艘从特里坡利斯来的大船，在途中触礁。

夏洛克　谢谢上帝！谢谢上帝！是真的吗？是真的吗？

杜伯尔　我曾经跟几个从那船上出险的水手谈过话。

夏洛克　谢谢你，好杜伯尔。好消息，好消息！哈哈！什么地方？在热那亚吗？

杜伯尔　听说你的女儿在热那亚一个晚上花去八十块钱。

夏洛克　你把一把刀戳进我心里！我再也瞧不见我的银子啦！一下子就是八十块钱！八十块钱！

杜伯尔　有几个安东尼奥的债主跟我同路到威尼斯来，他们肯定地说他这次一定要破产。

夏洛克　我很高兴。我要摆布摆布他；我要叫他知道些厉害。我很高兴。

杜伯尔　有一个人给我看一个指环，说是你女儿拿它向他换了一只猴子。

夏洛克　该死该死！杜伯尔，你提起这件事，真叫我心里难过！那是我的绿玉指环，是我的妻子莉娅在我们没有结婚的时候送给我的；即使人家把一大群猴子来向我交换，我也不愿把它给人。

杜伯尔　可是安东尼奥这次一定完了。

夏洛克　对了，这是真的，一点不错。去，杜伯尔，现在离借约满期还有半个月,你先给我到衙门里走动走动,花费几个钱。要是他愆了约,我要挖出他的心来;只要威尼斯没有他,生意买卖全凭我一句话了。去,去,杜伯尔,咱们在会堂里见面。好杜伯尔,去吧;会堂里再见,杜伯尔。(各下。)

第二场　贝尔蒙特。鲍西娅家中一室

巴萨尼奥、鲍西娅、葛莱西安诺、尼莉莎及侍从等上。

鲍西娅　您不要太急,停一两天再赌运气吧;因为要是您选得不对,咱们就不能再在一块儿,所以请您暂时缓一下吧。心里仿佛有一种什么感觉——可是那不是爱情——告诉我我不愿失去您;一定也知道,嫌憎是不会向人说这种话的。一个女孩儿家本来不该信口说话,可是唯恐您不能懂得我的意思,我真想留您在这儿住上一两个月,然后再让您为我冒险一试。我可以教您怎样选才不会有错;可是这样我就要违犯了誓言,那是断断不可的;然而那样您也许会选错;要是您选错了,您一定会使我起了一个有罪的愿望,懊悔我不该为了不敢背誓而忍心让您失望。顶可恼的是您这一双眼睛,它们已经瞧透了我的心,把我分成两半:半个我是您的,还有那半个我也是您的——不,我的意思是说那半个我是我的,可是既然是我的,也就是您的,所以整个儿的我都是您的。唉!都是这些无聊的世俗礼法,使人们不能享受他们合法的权利;所以我虽然是您的,却又不是您的。要是结果真是这样,造孽的是那命运,不是我。我说得太啰唆了,可是我的目的是要尽量拖延时间,不放您马上就去选择。

巴萨尼奥　让我选吧;我现在这样提心吊胆,才像给人拷问一样受罪呢。

鲍西娅　给人拷问，巴萨尼奥！那么您给我招认出来，在您的爱情之中，隐藏着什么奸谋？

巴萨尼奥　没有什么奸谋，我只是有点怀疑忧惧，但恐我的痴心化为徒劳；奸谋跟我的爱情正像冰炭一样，是无法相容的。

鲍西娅　嗯，可是我怕你是因为受不住拷问的痛苦，才说这样的话。一个人给绑上了刑床，还不是要他怎样讲就怎样讲？

巴萨尼奥　您要是答应赦我一死，我愿意招认真情。

鲍西娅　好，赦您一死，您招认吧。

巴萨尼奥　"爱"便是我所能招认的一切。多谢我的刑官，您教给我怎样免罪的答话了！可是让我去瞧瞧那几个匣子，试试我的运气吧。

鲍西娅　那么去吧！在那三个匣子中间，有一个里面锁着我的小相；您要是真的爱我，您会把我找出来的。尼莉莎，你跟其余的人都站开些，在他选择的时候，把音乐奏起来，要是他失败了，好让他像天鹅一样在音乐声中死去；把这譬喻说得更确当一些，我的眼睛就是他葬身的清流。也许他会胜利的；那么那音乐又像什么呢？那时候音乐就像忠心的臣子俯伏迎接新加冕的君王的时候所吹奏的号角，又像是黎明时分送进正在做着好梦的新郎的耳中，催他起来举行婚礼的甜柔的琴韵。现在他去了，他的沉毅的姿态，就像年轻的赫剌克勒斯奋身前去，在特洛伊人的呼叫声中，把他们祭献给海怪的处女拯救出来一样①，可是他心里却藏着更多的爱情；我站在这儿做牺牲，她们站在旁边，就像泪眼模糊的特洛伊妇女们，出来看这场争斗的结果。去吧，赫剌克勒斯！我的

---

① 希腊神话：特洛伊王答应向海怪献祭他的女儿赫西俄涅，最后希腊英雄赫剌克勒斯斩杀海怪，救出赫西俄涅。

生命悬在你手里,但愿你安然生还;我这观战的人心中比你上场作战的人还要惊恐万倍!

巴萨尼奥独白时,乐队奏乐唱歌。

歌

告诉我爱情生长在何方?
还是在脑海?还是在心房?
它怎样发生?它怎样成长?

回答我,回答我。
爱情的火在眼睛里点亮,
凝视是爱情生活的滋养,
它的摇篮便是它的坟堂。
让我们把爱的丧钟鸣响,

叮当!叮当!
叮当!叮当!(众和)

巴萨尼奥　外观往往和事物的本身完全不符,世人却容易为表面的装饰所欺骗。在法律上,哪一件卑鄙邪恶的陈诉不可以用娓娓动听的言词掩饰它的罪状?在宗教上,哪一桩罪大罪极的过失不可以引经据典,文过饰非,证明它的确上合天心?任何彰明昭著的罪恶,都可以在外表上装出一副道貌岸然的样子。多少没有胆量的懦夫,他们的心其实软弱得就像下不去脚的流沙,他们的肝如果剖出来看一看,大概比乳汁还要白,可是他们的颊上却长着天神一样威武的虬髯,人家只看着他们的外表,也就居然把他们当作英雄一样看待!再看那些世间所谓美貌吧,那是完全靠着脂粉装点出来的,越是轻浮的女人,所涂的脂粉也越重;至于那些随风飘扬像蛇一样的金丝鬈发,看上去果然漂亮,不知道却是从坟墓中死人的骷髅上借来的[①]。所以装饰不过是一道把船只诱进凶涛险浪的怒海中去的陷人的海岸,又像是遮掩着一个黑丑蛮女的一道美丽的面幕;总而言之,它是狡诈的世人用来欺诱智士的似是而非的真理。所以,你炫目的黄金,米达斯王的坚硬的食物[②],我不要你;你惨白的银子,在人们手里来来去去的下贱的奴才,我也不要你;可是你,寒伧的铅,你的形状只能使人退走,一点没有吸引人的力量,然而你的质朴却比巧妙的言辞更能打动我的心,我就选了你吧!但愿结果美满!

鲍西娅 (旁白)一切纷杂的思绪;多心的疑虑、鲁莽的绝望、战栗的恐惧、酸性的猜嫉,多么快地烟消云散了!爱情啊,把你的狂喜节制一下,不要让你的欢乐溢出界限,让你的情绪越过分寸;你使我感觉到太多的幸福,请你把它减轻几分吧,我怕我快要给快乐窒息而死了!

巴萨尼奥 这里面是什么?(开铅匣)美丽的鲍西娅的副本,这是谁的神化之笔,描画出这样一位绝世的美人?这双眼睛是在转动吗?还是因为我的眼球在转动,所以仿佛它们也在随着转动,她的微启的双唇,是因为她嘴里吐出来的甘美芳香的气息而分裂的;唯有这样甘美的气息才能分开这样甜蜜的朋友。画师在描画她的头发的时候,一定曾经化身为蜘蛛,织下了这么一个金丝的发网,来诱捉男子们的心;哪一个男子见了它,不会比飞蛾投入蛛网还快地陷下网罗呢?可是她的眼睛!他怎么能够睁着眼睛把它们

---

① 伊丽莎伯时代妇女,有戴金色假发的风气。

② 米达斯(Midas)弗里吉亚(Phrygia)王,祷神求点金术,神允之,触指成金,食物亦成金。

画出来呢？他在画了一只眼睛以后，我想它的逼人的光芒一定会使他自己目眩神夺，再也描画不成其余的一只。可是瞧，我用尽一切赞美的字句，还不能充分形容出这一个画中幻影的美妙；然而这幻影跟它的实体比较起来，又是多么望尘莫及！这儿是一纸手卷，宣判着我的命运。

你选择不凭着外表，
　果然给你直中鹄心！
胜利既已入你怀抱，
　你莫再往别处追寻。
这结果倘使你满意，
　就请接受你的幸运，
赶快回转你的身体，
　给你的爱深深一吻。

温柔的纶音！美人，请恕我大胆，（吻鲍西娅）
我奉命来把彼此的深情交换。
像一个夺标的健儿驰骋身手，
耳旁只听见沸腾的人声如吼，
虽然明知道胜利已在他手掌，
却不敢相信人们在向他赞赏，
绝世的美人！我现在神眩目晕，
仿佛闯进了一场离奇的梦境；
除非你亲口证明这一切是真，
我再也不相信我自己的眼睛。

鲍西娅　巴萨尼奥公子，您瞧我站在这儿，不过是这样的一个人。虽然为了我自己的缘故，我不愿妄想自己比现在的我更好一点；可是为了您的缘故，我希望我能够六十倍胜过我的本身，再加上一千倍的美丽，一万倍的富有；我但愿我有无比的贤德、美貌、财产和亲友，好让我在您的心目中占据一个很高的位置。可是我这一身却是一无所有，我只是一个不学无术、没有教养、缺少见识的女子；幸亏她的年纪还不是顶大，来得及发愤学习；她的天资也不是顶笨，可以加以教导；尤其大幸的，她有一颗柔顺的心灵，愿意把它奉献给您，听从您的指导，把您当作她的主人、她的统治者和她的君王。我自己以及我所有的一切，现在都变成您的所有了；刚才我还拥有着这一座华丽的大厦，我的仆人都听从着我的指挥，我是支配我自己的女王，可是就在现在，这屋子、这些仆人和这一个我，都是属于您的了，我的夫君。凭着这一个指环，我把这一切完全呈献给您；要是您让这指环离开您的身边，或者把它丢了，或者把它送给别人，那就预示着您的爱情的毁灭！我可以因此责怪您的。

巴萨尼奥　小姐，您使我说不出一句话来，只有我的热血在我的血管里跳动着向您陈诉。我的精神是在一种恍惚的状态中，正像喜悦的群众在听到他们所爱戴的君王的一篇美妙的演辞以后那种心灵眩惑的神情，除了口头的赞叹和内心的欢乐以外，一切的一切都混和起来，化成白茫茫的一片模糊。要是这指环有一天离开这手指，那么我的生命也一定已经终结；那时候您可以放胆地说，巴萨尼奥已经死了。

尼莉莎　姑爷，小姐，我们站在旁边，眼看我们的愿望成为事实，现在该让我们来道喜了。恭喜姑爷！恭喜小姐！

葛莱西安诺　巴萨尼奥大爷和我的温柔的夫人，愿你们享受一切的快乐。因为我敢说，你们享尽一切快乐，也剥夺不了我的快乐。我有一个请求，要是你们决定在什么时候举行嘉礼，我也想跟你们一起结婚。

巴萨尼奥　很好,只要你能够找到一个妻子。

葛莱西安诺　谢谢大爷,您已经替我找到一个了。不瞒大爷说,我这一双眼睛瞧起人来,并不比您大爷慢;您瞧见了小姐,我也看中了侍女;您发生了爱情,我也发生了爱情,大爷!我的手脚并不比您慢啊。你的命运靠那几个匣子决定,我也是一样;因为我在这儿千求万告,身上的汗出了一身又是一身,指天誓日地说到唇干舌燥,才算得到这位好姑娘的一句回音,答应我要是您能够得到她的小姐,我也可以得到她的爱情。

鲍西娅　这是真的吗,尼莉莎?

尼莉莎　是真的,小姐,要是您赞成的话。

巴萨尼奥　葛莱西安诺,你也是出于真心吗?

葛莱西安诺　是的,大爷。

巴萨尼奥　我们的喜宴有你们的婚礼添兴,那真是喜上加喜了。

葛莱西安诺　我们要跟他们打赌一千块钱,看谁先养儿子。

尼莉莎　什么,还要赌一笔钱?

葛莱西安诺　不,我们怕是赢不了的,还是不下赌注了吧。可是谁来啦?罗兰佐和他的异教徒吗?什么!还有我那威尼斯老朋友萨莱尼奥?

罗兰佐、杰西卡及萨莱尼奥上。

巴萨尼奥罗　兰佐、萨莱尼奥,虽然我也是初履此地,让我僭用着这里主人的名义,欢迎你们的到来。亲爱的鲍西娅,请您允许我接待我这几个同乡朋友。

鲍西娅　我也是竭诚欢迎他们。

罗兰佐　谢谢。巴萨尼奥大爷,我本来并没有想到要到这儿来看您,因为在路上碰见萨莱尼奥,给他不由分说地硬拉着一块儿来啦。

萨莱尼奥　是我拉他来的，大爷，我是有理由的。安东尼奥先生叫我替他向您致意。（给巴萨尼奥一封信。）

巴萨尼奥　在我没有拆开这信以前，请你告诉我，我的好朋友近来好吗？

萨莱尼奥　他没有病，除非有点儿心病；也并不轻松，除非打开了心结。您看了他的信，就可以知道他的近况。

葛莱西安诺　尼莉莎，招待招待那位客人。把你的手给我，萨莱尼奥。威尼斯有些什么消息？那位善良的商人安东尼奥怎样？我知道他听见了我们的成功，一定会十分高兴；我们是两个伊阿宋，把金羊毛取了来啦。

萨莱尼奥　我希望你们能够把他失去的金羊毛取回来，那就好了。

鲍西娅　那信里一定有些什么坏消息，巴萨尼奥的脸色都变白了；多半是一个什么好朋友死了，否则不会有别的事情会把一个堂堂男子激动到这个样子的，怎么越来越糟了！恕我冒渎，巴萨尼奥，我是您自身的一半，这封信所带给您的任何不幸的消息，也必须让我分一半去。

巴萨尼奥　啊，亲爱的鲍西娅！这信里所写的，是自有纸墨以来最悲惨的字句。好小姐，当我初次向您倾吐我的爱慕之忱的时候，我坦白地告诉您，我的高贵的家世是我仅有的财产，那时我并没有向您说谎；可是，亲爱的小姐，单单把我说成一个两袖清风的寒士，还未免夸张过分，因为我不但一无所有，而且还负着一身债务，不但欠了我的一个好朋友许多钱，还累他为了我的缘故，欠了他仇家的钱。这一封信，小姐，那信纸就像是我朋友的身体，上面的每一个字，都是一处血淋淋的创伤。可是，萨莱尼奥，那是真的吗？难道他的船舶都一起遭难了？竟没有一艘平安到港吗？从特里坡利斯、墨西哥、英国、里斯本、巴巴里和印度来的船只，没有一艘能够逃过那些毁害商船的礁石的可怕的撞击吗?

萨莱尼奥　一艘也没有逃过。而且即使他现在有钱还那犹太人,那犹太人也不肯收他。我从来没有见过这种家伙,样子像人,却一心一意只想残害他的同类;他不分昼夜地向公爵絮叨,说是他们倘若不给他主持公道,那么威尼斯根本不成其为自由邦。十个商人、公爵自己,有那些最有名望的士绅,都曾劝过他,是谁也不能叫他回心转意,弃他狠毒的控诉;一口咬定,要求按照约文的规定,罚安东尼奥违约。

杰西卡　家里的时候,曾经听见他向杜伯尔和丘斯,他的两个同族的人谈起,说他宁可取安东尼奥身上的肉,不愿收受比他的欠款多二十倍的钱。要是法律和威权不能阻止他,那么可怜的安东尼奥恐怕难逃一死了。

鲍西娅　遭到这样危难的人,是不是您的好朋友?

巴萨尼奥　我的最亲密的朋友,一个心肠最仁慈的人,热心为善,多情尚义,在他身上存留着比任何意大利人更多的古代罗马的侠义精神。

鲍西娅　他欠那犹太人多少钱?

巴萨尼奥　他为了我的缘故,向他借了三千块钱。

鲍西娅　什么,只有这一点数目吗?还他六千块钱,把那借约毁了;两倍六千块钱,或者照这数目再多三倍都可以,可是万万不能因为巴萨尼奥的过失,害这样一位好朋友损伤一根毛发。先和我到教堂里去结为夫妇,然后你就到威尼斯去看你的朋友;鲍西娅决不让你抱着一颗不安宁的良心睡在她的身旁。你可以带偿还这笔小小借款的二十倍那么多的钱去;债务清了以后,就带你的忠心的朋友到这儿来,我的侍女尼莉莎陪着我在家里,仍旧像未嫁的时候一样,守候着你们的归来。来,今天就是你结婚的日子,大家快快乐乐,好好招待你的朋友们。你既然是用这么大的代价买来的,我一定格外爱你。可是让我听听你朋友的信。

巴萨尼奥　“巴萨尼奥挚友如握:弟船只悉数遇难,债主煎迫,家业荡然。犹太人之约,业已愆期;履行罚则,殆无生望。足下前此欠弟债项,一切勾销,唯盼及弟未死之前,来相临视。或足下燕婉情浓,不忍遽别,则亦不复相强,此信置之可也。”

鲍西娅　啊,亲爱的,快把一切事情办好,立刻就去吧!

巴萨尼奥　既然蒙您允许,我就赶快收拾动身;可是——此去经宵应少睡,长留魂魄系相思。(同下)

第三场　威尼斯。街道

夏洛克、萨拉里诺、安东尼奥及狱吏上。

夏洛克　狱官,留心看住他;不要对我讲什么慈悲。这就是那个放债不取利息的傻瓜。狱官,留心看住他。

安东尼奥　再听我说句话,好夏洛克。

夏洛克　我一定要照约实行;你倘若想推翻这一张契约,那还是请你免开尊口的好。我已经发过誓,非得照约实行不可。你曾经无缘无故骂我是狗,既然我是狗,那么你可留心着我的狗牙吧。公爵一定会给我主持公道的。你这糊涂的狱官,我真不懂你老是会答应他的请求,陪着他到外边来。

安东尼奥　请你听我说。

夏洛克　我一定要照约实行,不要听你讲什么鬼话;我一定要照约实行,所以请你闭嘴吧。我不像那些软心肠流眼泪的傻瓜们一样,听了基督徒的几句劝告,就会摇头叹气!懊悔屈服。别跟着我,我不要听你说话,我要照约实行。(下)

萨拉里诺　这是人世间一头最顽固的恶狗。

安东尼奥　别理他,我也不愿再费无益的唇舌向他哀求了。他要的是我的命,我也知道他的原因。有好多次,人家落在他手里,还不出钱来,弄得走投无路,跑来向我呼吁,是我帮助他们解除他的压迫,所以他才恨我。

萨拉里诺　我相信公爵一定不会允许他执行这一种处罚。

安东尼奥　公爵不能变更法律的规定,因为威尼斯的繁荣,完全倚赖着各国人民的来往通商!要是剥夺了异邦人应享的权利,一定会使人对威尼斯的法治精神发生重大的怀疑。去吧,这些不如意的事情,已经把我搅得心力交瘁,我怕到明天身上也许剩不满一磅肉来偿还我这位不怕血腥气的债主了。狱官,走吧。求上帝,让巴萨尼奥来亲眼看见我替他还债,我就死而无怨了!(同下)

第四场　贝尔蒙特。鲍西娅家中一室

鲍西娅、尼莉莎、罗兰佐、杰西卡及鲍尔萨泽上。

罗兰佐　夫人,不是我当面恭维您,您的确有一颗高贵真诚、不同凡俗的仁爱的心;尤其像这次敦促尊夫就道,宁愿割舍儿女的私情,这种精神毅力,真令人万分钦佩。可是您倘使知道受到您这种好意的是个什么人,您所救援的是怎样一个正直的君子,他对于尊夫的交情又是怎样深挚,我相信您一定会格外因为做了这一件好事而自傲,一件寻常的善举可不能让您得到那么大的快乐。

鲍西娅　我做了好事从来不后悔,现在也当然不会。因为凡是常在一块儿谈心游戏的朋友,彼此之间都有一重相互的友爱,他们在容貌上、风度上、习性上、也必定相去不远;所以在我想来,这位安东尼奥既然是我丈夫的心腹好友,他的为人一定很像我的丈夫。要是我的猜想果然不错,那么我把一个跟我的灵魂相仿的人从残暴的迫害下救赎出来,花了这一点儿代价,算得什么!可是这样的话,太近于自吹自擂了,所以别说了吧,还是谈些其他的事情。罗兰佐,在我的丈夫没有回来以前,我要劳驾您替我照管家里;我自己已经向天许下密誓,要在祈祷和默念中过着生活,只让尼莉莎一个人陪着我,直到我们两人的丈夫回来。在两英里路之外有一所修道院,我们就预备住在那儿。我向您提出这一个请求,不只是为了个人的私情,还有其他事实上的必要,请您不要拒绝我。

罗兰佐　夫人,您有什么吩咐,我无不乐于遵命。

鲍西娅　我的仆人们都已知道我的决心,他们会把您和杰西卡当作巴萨尼奥和我自己一样看待。后会有期,再见了。

罗兰佐　但愿美妙的思想和安乐的时光追随在您的身旁!

杰西卡　愿夫人一切如意!

鲍西娅　谢谢你们的好意,我也愿意用同样的愿望祝福你们。再见,杰西卡。(杰西卡、罗兰佐下)鲍尔萨泽,我一向知道你诚实可靠,希望你永远做一个诚实可靠的人。这一封信你给我火速送到帕度亚,交给我的表兄培拉里奥博士亲手收拆;要是他有什么回信和衣服交给你,你就赶快带着它们到码头上,乘公共渡船到威尼斯去。不要多说话,去吧!我会在威尼斯等你。

鲍尔萨泽　小姐,我尽快去就是了。(下。)

鲍西娅　来,尼莉莎,我现在还要干一些你没有知道的事情;我们要在我们的丈夫还没有想到我们之前去跟他们相会。

尼莉莎　我们要让他们看见我们吗?

鲍西娅　他们将会看见我们,尼莉莎,可是我们要打扮得叫他们认不出我们的本来面目。我可以拿无论什么东西跟你打赌,要是我们都扮成了少年男子,我一定比你漂亮点儿,带起刀子来也比你格外神气点儿,我会沙着喉咙讲话,就像一个正在发育的男孩子一样；我会把两个姗姗细步并成一个男人家的阔步，我会学着那些爱吹牛的哥儿们的样子，谈论一些击剑比武的玩意儿，再随口编造些巧妙的谎话，什么谁家的千金小姐爱上了我啦，我不接受她的好意，她害起病来死啦，我怎么心中不忍，后悔不该害了人家的性命啦，以及二十个诸如此类的无关紧要的谎话，人家听见了，一定以为我走出学校的门还不满一年。这些爱吹牛的娃娃们的鬼花样儿我有一千种在脑袋里，都可以搬出来应用。

尼莉莎　怎么，我们要扮成男人吗？

鲍西娅　为什么不？来，车子在林苑门口等着我们；我们上了车，我可以把我的整个计划一路告诉你！快去吧，今天我们要赶二十英里路呢。（同下）

第五场　同前。花园

朗斯洛特及杰西卡上。

朗斯洛特　真的，不骗您，父亲的罪恶是要子女承担的，所以我倒真的在替您捏着一把汗呢。我一向喜欢对您说老实话，所以现在我也老老实实地把我心里所担忧的事情告诉您；您放心吧，我想您总免不了下地狱。只有一个希望也许可以帮帮您的忙，可是那也是个不大高妙的希望。

杰西卡　请问你，是什么希望呢？

朗斯洛特　嗯，您可以存着一半儿的希望，希望您不是您的父亲所生，不是这个犹太人的女儿。

杰西卡　这个希望可真的太不高妙啦。这样说来，我的母亲的罪恶又要降到我的身上来了。

朗斯洛特　那倒也是真的，您不是为您的父亲下地狱，就是为您的母亲下地狱；逃过了凶恶的礁石，逃不过危险的漩涡。好，您下地狱是下定了。

杰西卡　我可以靠着我的丈夫得救，他已经使我变成一个基督徒了。

朗斯洛特　这就是他大大的不该。咱们本来已经有很多的基督徒，简直快要挤都挤不下啦；要是再这样把基督徒一批一批制造出来，猪肉的价钱一定会飞涨，大家吃起猪肉来，恐怕每人只好分到一片薄薄的咸肉了。

杰西卡　朗斯洛特，你这样胡说八道，我一定要告诉我的丈夫，他来啦。

罗兰佐上。

罗兰佐　朗斯洛特，你要是再拉着我的妻子在壁角里说话，我真的要吃起醋来了。

杰西卡　不！罗兰佐，你放心好了，我已经跟朗斯洛特翻脸啦。他老实不客气地告诉我，上天不会对我发慈悲，因为我是一个犹太人的女儿；他又说你不是国家的好公民！因为你把犹太人变成了基督徒，提高了猪肉的价钱。

罗兰佐　要是政府向我质问起来，我自有话说。可是，朗斯洛特，你把那黑人的女儿弄大了肚子，这该是什么罪名呢？

朗斯洛特　那个摩尔姑娘会失去理智，给人弄大肚子，固然是件严重的事，可是如果她算不上是个规矩女人，那么我才是看错人啦。

罗兰佐　看，连傻瓜都会说起俏皮话来啦！照这样下去，连口才最好的才子，也只好哑口无言了。到时候就只听见八哥在那儿咭咭呱呱出风头！给我进去，小鬼，叫他们准备好开饭了。

朗斯洛特　先生，他们早已准备好了；他们都是有肚子的呢。

罗兰佐　老天爷，你的嘴真尖利！那么关照他们把饭菜准备起来。

朗斯洛特　饭和菜，他们也准备好了，大爷。您应当说：把饭菜端上来。

罗兰佐　那么就有劳尊驾吩咐下去：把饭菜端上来。

朗斯洛特　小的可没有这样大的气派，不敢这样使唤人啊。

罗兰佐　要怎样才能跟你讲得清楚！你可是打算把你的看家本领在今天一齐使出来？我求你啦——我是个老实人，不会跟你瞎扯，去对你那些同伴们说，桌子可以铺起来，饭菜可以端上来，我们要进来吃饭啦。

朗斯洛特　是，先生，我就去叫他们把饭菜铺起来，桌子端上来；至于您进不进来吃饭，那可悉随尊便。（下）

罗兰佐　啊，看他心眼儿多么"尖巧"，说话多么"合拍"！这个傻瓜，脑子里塞满了一大堆"动听的"字眼。我知道有好多傻瓜，地位比他高，跟他一样，"满腹锦绣"，一件事扯到哪儿他不管，只是卖弄了再说。你好吗，杰西卡？亲爱的好人儿，现在告诉我，你对于巴萨尼奥的夫人有什么意见？

杰西卡　好到没有话说。巴萨尼奥大爷娶到这样一位好夫人，享尽了人世天堂的幸福，自然应该不会走上邪路了。要是有两个天神打赌，各自拿一个人间的女子做赌注，如其中一个是鲍西娅，那么还有一个必须另外加上些什么，才可以彼此相抵，因为这一个寒伧的世界还不能产生一个跟她同样好的人来。

罗兰佐　他娶到了这么一个好妻子，你也嫁着了我这么一个好丈夫。

杰西卡　那可要先问问我的意见。

罗兰佐　可以可以，可是先让我们吃了饭再说。

杰西卡　不，让我趁着胃口没有倒之前，先把你恭维两句。

罗兰佐　不，你有话还是留到吃饭的时候说吧；那么不论你说得好说得坏！我都可以连着饭菜一起吞下去。

杰西卡　好，你且等着听我怎样说你吧。（同下）

第四幕

第一场　威尼斯。法庭

公爵、众绅士、安东尼奥、巴萨尼奥、葛莱西安诺、萨拉里诺、萨莱尼奥及余人等同上。

公　爵　安东尼奥有没有来?

安东尼奥　有,殿下。

公　爵　我很为你不快乐;你是来跟一个心如铁石的对手当庭对质,一个不懂得怜悯、没有一丝慈悲心的不近人情的恶汉。

安东尼奥　听说殿下曾经用尽力量劝他不要过为已甚,可是他一味坚执,不肯略作让步。既然没有合法的手段可以使我脱离他的怨毒的掌握,我只有用默忍迎受他的愤怒,安心等待着他的残暴的处置。

公　爵　来人,传那犹太人到庭。

萨拉里诺　他在门口等着;他来了,殿下。

夏洛克上。

公　爵　大家让开些,让他站在我的面前。夏洛克!人家都以为——我也是这样想——你不过故意装出这一副凶恶的姿态,到了最后关头,就会显出你的仁慈恻隐来,比你现在这种表面上的残酷更加出人意料;现在你虽然坚持着照约处罚,一定要从这个不幸的商人身上割下一磅肉来,到了那时候,你不但愿意放弃这一种处罚,而且因为受到良心上的感动,说不定还会豁免他一部分的欠款。你看他最近接连遭逢的巨大损失，足以使无论怎样富有的商人倾家荡产，即使铁石一样的心肠，从来不知道人类同情的野蛮人，也不能不对他的境遇发生怜悯。犹太人，我们都在等候你一句温和的回答。

夏洛克　我的意思已经向殿下告禀过了；我也已经指着我们的圣安息日起誓，一定要照约执行处罚；要是殿下不准许我的请求，那就是蔑视宪章，我要到京城里去上告，要求撤销贵邦的特权。您要是问我为什么不愿接受三千块钱，宁愿拿一块腐烂的臭肉，那我可没有什么理由可以回答您，我只能说我欢喜这样，这是不是一个回答？要是我的屋子里有了耗子，我高兴出一万块钱叫人把它们赶掉，谁管得了我，这不是回答了您吗？有的人不爱看张开嘴的猪，有的人瞧见一头猫就要发脾气，还有人听见人家吹风笛的声音，就忍不住要小便；因为一个人的感情完全受着喜恶的支配，谁也做不了自己的主。现在我就这样回答您：为什么有人受不住一头张开嘴的猪，有人受不住一头有益无害的猫，还有人受不住咿咿唔唔的风笛的声音，这些都是毫无充分的理由的，只是因为天生的癖性，使他们一受到刺激，就会情不自禁地现出丑相来，所以我不能举什么理由，也不愿举什么理由，除了因为我对于安东尼奥抱着久积的仇恨和深刻的反感，所以才会向他进行这一场对于我自己并没有好处的诉讼。现在您不是已经得到我的回答了吗？

巴萨尼奥　你这冷酷无情的家伙，这样的回答可不能作为你的残忍的辩解。

夏洛克　我的回答本来不是为了讨你的欢喜。

巴萨尼奥　难道人们对于他们所不喜欢的东西，都一定要置之死地吗？

夏洛克　哪一个人会恨他所不愿意杀死的东西？

巴萨尼奥　初次的冒犯，不应该就引为仇恨。

夏洛克　什么！你愿意给毒蛇咬两次吗？

安东尼奥　请你想一想，你现在跟这个犹太人讲理，就像站在海滩上，叫那大海的怒涛减低它的奔腾的威力，责问豺狼为什么害母羊为了失去它的羔羊而哀啼，或是叫那山上的松柏，在受到天风吹拂的时候，不要摇头摆脑，发出簌簌的声音。要是你能够叫这个犹太人的心变软——世上还有什么东西比它更硬呢？——那么还有什么难事不可以做到？所以我请你不用再跟他商量什么条件，也不用替我想什么办法，让我爽爽快快受到判决，满足这犹太人的心愿吧。

巴萨尼奥　借了你三千块钱，现在拿六千块钱还你好不好？

夏洛克　即使这六千块钱中间的每一块钱都可以分做六份，每一份都可以变成一块钱，我也不要它们，我只要照约处罚。

公　爵　你这样一点没有慈悲之心，将来怎么能够希望人家对你慈悲呢？

夏洛克　我又不干错事，怕什么刑罚？你们买了许多奴隶，把他们当作驴狗骡马一样看待，叫他们做种种卑贱的工作，因为他们是你们出钱买来的，我可不可以对你们说，让他们自由，叫他们跟你们的子女结婚？为什么他们要在重担之下流着血汗？让他们的床铺得跟你们的床同样柔软，让他们的舌头也尝尝你们所吃的东西吧，你们会回答说："这些奴隶是我们所有的。"所以我也可以回答你们：我向他要求的这一磅肉，是我出了很大的代价买来的；它是属于我的，我一定要把它拿到手里。您要是拒绝了我，那么你们的法律去见鬼吧！威尼斯城的法令等于一纸空文，我现在等候着判决，请快些回答我，我可不可以拿到这一磅肉？

公　爵　我已经差人去请培拉里奥，一位有学问的博士，来替我们审判这件案子；要是他今天不来，我可以有权宣布延期判决。

萨拉里诺　殿下，外面有一个使者刚从帕度亚来，带着这位博士的书信，等候着殿下的召唤。

公　爵　把信拿来给我，叫那使者进来。

巴萨尼奥　高兴起来吧，安东尼奥！喂，老兄，不要灰心！这犹太人可以把我的肉、我的血、我的骨头、我的一切都拿去，可是我决不让你为了我的缘故流一滴血。

安东尼奥　我是羊群里一头不中用的病羊，死是我的应分，最软弱的果子最先落到地上，让我也就这样结束了我的一生吧。巴萨尼奥，我只要你活下去，将来替我写一篇墓志铭，那你就是做了再好不过的事。

尼莉莎扮律师书记上。

公　爵　你是从帕度亚培拉里奥那里来的吗？

尼莉莎　是，殿下。培拉里奥叫我向殿下致意。（呈上一封信。）

巴萨尼奥　你这样使劲儿磨着刀干吗？

夏洛克　从那破产的家伙身上割下那磅肉来。

葛莱西安诺　狠心的犹太人，你不是在鞋口上磨刀，你这把刀是放在你的心口上磨；无论哪种铁器，就连刽子手的钢刀，都赶不上你这刻毒的心肠一半的锋利。难道什么恳求都不能打动你吗？

夏洛克　不能，无论你说得多么婉转动听，都没有用。

葛莱西安诺　万恶不赦的狗，看你死后不下地狱！让你这种东西活在世上，真是公道不生眼睛。你简直使我的信仰发生摇动，相信起毕达哥拉斯[①]所说畜生的灵魂可以转生人体的议论来了；你的前生一定是一头豺狼，因为吃了人给人捉住吊死，它那凶恶的灵魂

① 毕达哥拉斯（Pythagoras）为主张灵魂轮回说的古希腊哲学家。

就从绞架上逃了出来，钻进了你那老娘的腌臜的胎里，因为你的性情正像豺狼一样残暴贪婪。

夏洛克　除非你能够把我这一张契约上的印章骂掉，否则像你这样拉开了喉咙直嚷，不过白白伤了你的肺，何苦来呢？好兄弟，我劝你还是让你的脑子休息一下吧，免得它损坏了，将来无法收拾。我在这儿要求法律的裁判。

公　爵　培拉里奥在这封信上介绍一位年轻有学问的博士出席我们的法庭，他在什么地方？

尼莉莎　他就在这儿附近等着您的答复，不知道殿下准不准许他进来。

公　爵　非常欢迎。来，你们去三四个人，恭恭敬敬领他到这儿来。现在让我们把培拉里奥的来信当庭宣读。

书　记　（读）"尊翰到时，鄙人抱疾方剧；适有一青年博士鲍尔萨泽君自罗马来此，致其慰问，因与详讨犹太人与安东尼奥一案，遍稽群籍，折衷是非，遂恳其为鄙人庖代，以应殿下之召。凡鄙人对此案所具意见，此君已深悉无遗；其学问才识，虽穷极赞辞，亦不足道其万一，务希勿以其年少而忽之，盖如此少年老成之士，实鄙人生平所仅见也。倘蒙延纳，必能不辱使命。敬祈钧裁。"

公　爵　你们已经听到了博学的培拉里奥的来信。这儿来的大概就是那位博士了。

鲍西娅扮律师上。

公　爵　把您的手给我。足下是从培拉里奥老前辈那儿来的吗？

鲍西娅　正是，殿下。

公　爵　欢迎欢迎，请上坐。您有没有明了今天我们在这儿审理的这件案子的两方面的争点？

鲍西娅　我对于这件案子的详细情形已经完全知道了，这儿哪一个是那商人，哪一个是犹太人？

公　爵　安东尼奥，夏洛克，你们两人都上来。

鲍西娅　你的名字就叫夏洛克吗？

夏洛克　夏洛克是我的名字。

鲍西娅　你这场官司打得倒也奇怪，可是按照威尼斯的法律，你的控诉是可以成立的。（向安东尼奥）你的生死现在操纵在他的手里，是不是？

安东尼奥　他是这样说的。

鲍西娅　承认这借约吗？

安东尼奥　我承认。

鲍西娅　那么犹太人应该慈悲一点。

夏洛克　为什么我应该慈悲一点？把您的理由告诉我。

鲍西娅　慈悲不是出于勉强，它是像甘霖一样从天上降下尘世；它不但给幸福于受施的人，也同样给幸福于施予的人；它有超乎一切的无上威力，比皇冠更足以显出一个帝王的高贵：御杖不过象征着俗世的威权，使人民对于君上的尊严凛然生畏；慈悲的力量却高出于权力之上，它深藏在帝王的内心，是一种属于上帝的德性，执法的人倘能把慈悲调剂着公道，人间的权力就和上帝的神力没有差别。所以，犹太人，虽然你所要求的是公道，可是请你想一想，要是真的按照公道，执行起赏罚来，谁也没有死后得救的希望；我们既然祈祷着上帝的慈悲，就应该按照祈祷的指点，自己做一些慈悲的事。我说了这一番话，为的是希望你能够从你的法律的立场上作几分让步；可是如果你坚持着原来的要求，那么威尼斯的法庭是执法无私的，只好把那商人宣判定罪了。

夏洛克　我自己做的事，我自己当！我只要求法律允许我照约执行处罚。

鲍西娅　他是不是无力偿还这笔借款？

巴萨尼奥　不，我愿意替他当庭还清，照原数加倍也可以。要是这样他还不满足，那么我愿意签署契约，还他十倍的数目，拿我的手、我的头、我的心做抵押；要是这样还不能使他满足，那就是存心害人，不顾天理了。请堂上运用权力，把法律稍为变通一下，犯一次小小的错误，干一件大大的功德，别让这个残忍的恶魔逞他杀人的兽欲。

鲍西娅　那可不行，在威尼斯谁也没有权力变更既成的法律，要是开了这一个恶例，以后谁都可以借口有例可援，什么坏事情都可以干了。这是不行的。

夏洛克　一个但尼尔[①]来做法官了！真的是但尼尔再世！聪明的青年法官啊，我真佩服你！

鲍西娅　请你让我瞧一瞧那借约。

夏洛克　在这儿，可尊敬的博士，请看吧。

鲍西娅　夏洛克，他们愿意出三倍的钱还你呢。

夏洛克　不行，不行，我已经对天发过誓啦，难道我可以让我的灵魂背上毁誓的罪名吗？不，把整个儿的威尼斯给我，我都不能答应。

鲍西娅　好，那么就应该照约处罚！根据法律，这犹太人有权要求从这商人的胸口割下一磅肉来。还是慈悲一点！把三倍原数的钱拿去，让我撕了这张约吧。

夏洛克　等他按照约中所载条款受罚以后，再撕不迟。您瞧上去像是一个很好的法官，您懂得法律！您讲的话也很有道理，不愧是法律界的中流砥柱，所以现在我就用法律的名义，请您立刻进行宣判，凭着我的灵魂起誓，谁也不能用他的口舌改变我的决心。我现在但等着执行原约。

---

① 但尼尔（Daniel）：以色列人的著名士师，以善于折狱著称。

安东尼奥　我也诚心请求堂上从速宣判。

鲍西娅　好,那么就是这样:你必须准备让他的刀子刺进你的胸膛。

夏洛克　啊,尊严的法官!好一位优秀的青年!

鲍西娅　因为这约上所订定的惩罚,对于法律条文的含义并无抵触。

夏洛克　很对很对!啊,聪明正直的法官!想不到你瞧上去这样年轻,见识却这么老练!

鲍西娅　所以你应该把你的胸膛袒露出来。

夏洛克　对了,“他的胸部”,约上是这么说的;——不是吗,尊严的法官?——“附近心口的所在”,约上写得明明白白的。

鲍西亚　不错,称肉的天平有没有预备好?

夏洛克　我已经带来了。

鲍西娅　夏洛克,去请一位外科医生来替他堵住伤口,费用归你负担,免得他流血而死。

夏洛克　约上有这样的规定吗?

鲍西娅　约上并没有这样的规定,可是那又有什么相干呢?肯做一件好事总是好的。

夏洛克　我找不到,约上没有这一条。

鲍西娅　商人,你还有什么话说吗?

安东尼奥　我没有多少话要说,我已经准备好了。把你的手给我,巴萨尼奥,再会吧!不要因为我为了你的缘故遭到这种结局而悲伤,因为命运对我已经特别照顾了:她往往让一个不幸的人在家产荡尽以后继续活下去,用他凹陷的眼睛和满是皱纹的额角去挨受贫困的暮年。这一种拖延时日的刑罚,她已经把我豁免了。替我向尊夫人致意,告诉她安东尼奥的结局;对她说我怎样爱你,又怎样从容就死;等到你把这一段故事讲完以后,再请她判断一句,巴萨尼奥是不是曾经有过一个真心爱他的朋友,不要因为你将要失去一个朋友而懊恨，替你还债的人是死而无怨的；只要那犹太人的刀刺得深一点，我就可以在一刹那的时间把那笔债完全还清。

巴萨尼奥　安东尼奥，我爱我的妻子，就像我自己的生命一样；可是我的生命、我的妻子以及整个的世界，在我的眼中都不比你的生命更为贵重；我愿意丧失一切，把它们献给这恶魔做牺牲，来救出你的生命。

鲍西娅　尊夫人要是就在这儿听见您说这样话，恐怕不见得会感谢您吧。

葛莱西安诺　我有一个妻子，我可以发誓我是爱她的；可是我希望她马上归天，好去求告上帝改变这恶狗一样的犹太人的心。

尼莉莎　幸亏尊驾在她的背后说这样的话，否则府上一定要吵得鸡犬不宁了。

夏洛克　这些便是相信基督教的丈夫，我有一个女儿，我宁愿她嫁给强盗的子孙，不愿她嫁给一个基督徒！别再浪费光阴了，请快些儿宣判吧。

鲍西娅　那商人身上的一磅肉是你的；法庭判给你，法律许可你。

夏洛克　公平正直的法官！

鲍西娅　你必须从他的胸前割下这磅肉来；法律许可你！法庭判给你。

夏洛克　博学多才的法官！判得好！来，预备！

鲍西娅　且慢，还有别的话哩。这约上并没有允许你取他的一滴血，只是写明着“一磅肉”；所以你可以照约拿一磅肉去，可是在割肉的时候！要是流下一滴基督徒的血，你的土地财产，按照威尼斯的法律！就要全部充公。

葛莱西安诺　啊，公平正直的法官！听着，犹太人！啊，博学多才的法官！

夏洛克　法律上是这样说吗?

鲍西娅　你自己可以去查查明白。既然你要求公道!我就给你公道,而且比你所要求的更地道。

葛莱西安诺　啊!博学多才的法官!听着,犹太人!好一个博学多才的法官!

夏洛克　那么我愿意接受还款,照约上的数目三倍还我,放了那基督徒。

巴萨尼奥　钱在这儿。

鲍西娅　别忙!这犹太人必须得到绝对的公道。别忙!他除了照约处罚以外,不能接受其他的赔偿。

葛莱西安诺　啊,犹太人!一个公平正直的法官,一个博学多才的法官!

鲍西娅　所以你准备着动手割肉吧。不准流一滴血,也不准割得超过或是不足一磅的重量;要是你割下来的肉,比一磅略微轻一点或是重一点,即使相差只有一丝一毫,或者仅仅一根汗毛之微,就要把你抵命,你的财产全部充公。

葛莱西安诺　一个再世的但尼尔,一个但尼尔,犹太人!现在你可掉在我的手里了,你这异教徒!

鲍西娅　那犹太人为什么还不动手?

夏洛克　把我的本钱还我,放我去吧。

巴萨尼奥　钱我已经预备好在这儿,你拿去吧。

鲍西娅　他已经当庭拒绝过了;我们现在只能给他公道,让他履行原约。

葛莱西安诺　好一个但尼尔,一个再世的但尼尔!谢谢你,犹太人,你教会我说这句话。

夏洛克　难道我单单拿回我的本钱都不成吗?

鲍西娅　犹太人，除了冒着你自己生命的危险割下那一磅肉以外，你不能拿一个钱。

夏洛克　好，那么魔鬼保佑他去享用吧！我不打这场官司了。

鲍西娅　等一等，犹太人，法律上还有一点牵涉你。威尼斯的法律规定：凡是一个异邦人企图用直接或间接手段，谋害任何公民，查明确有实据者，他的财产的半数应当归受害的一方所有，其余的半数没入公库，犯罪者的生命悉听公爵处置，他人不得过问。你现在刚巧陷入这一条法网，因为根据事实的发展，已经足以证明你确有运用直接间接手段，危害被告生命的企图，所以你已经遭逢着我刚才所说起的那种危险了。快快跪下来！请公爵开恩吧。

葛莱西安诺　求公爵开恩，让你自己去寻死吧；可是你的财产现在充了公，一根绳子也买不起啦，所以还是要让公家破费把你吊死。

公　爵　让你瞧瞧我们基督徒的精神，你虽然没有向我开口，我自动饶恕了你的死罪。你的财产一半划归安东尼奥，还有一半没入公库；要是你能够诚心悔过，也许还可以减处你一笔较轻的罚款。

鲍西娅　这是说没入公库的一部分，不是说划归安东尼奥的一部分。

夏洛克　不，把我的生命连着财产一起拿了去吧，我不要你们的宽恕。你们拿掉了支撑房子的柱子！就是拆了我的房子；你们夺去了我的养家活命的根本，就是活活要了我的命。

鲍西娅　安东尼奥，你能不能够给他一点慈悲？

葛莱西安诺　白送给他一根上吊的绳子吧；看在上帝的面上，不要给他别的东西！

安东尼奥　要是殿下和堂上愿意从宽发落，免予没收他的财产的一半，我就十分满足了；只要他能够让我接管他的另外一半的财产，等他死了以后，把它交给最近和他的女儿私奔的那位绅士；可是还要有两个附带的条件：第一，他接受了这样的恩典，必须立刻改信基督教，第二，他必须当庭写下一张文契，声明他死了以后，他的全部财产传给他的女婿罗兰佐和他的女儿。

公　爵　他必须履行这两个条件，否则我就撤销刚才所宣布的赦令。

鲍西娅　犹太人，你满意吗？你有什么话说？

夏洛克　我满意。

鲍西娅　书记，写下一张授赠产业的文契。

夏洛克　请你们允许我退庭，我身子不大舒服。文契写好了送到我家里，我在上面签名就是了。

公　爵　去吧，可是临时变卦是不成的。

葛莱西安诺　你在受洗礼的时候，可以有两个教父；要是我做了法官，我一定给你请十二个教父[①]，不是领你去受洗，是送你上绞架。（夏洛克下）

公　爵　先生，我想请您到舍间去用餐。

鲍西娅　请殿下多多原谅，我今天晚上要回帕度亚去，必须现在就动身，恕不奉陪了。

公　爵　您这样匆忙，不能容我略尽寸心，真是抱歉得很。安东尼奥，谢谢这位先生，你这回全亏了他。（公爵、众士绅及侍从等下。）

巴萨尼奥　最可尊敬的先生，我跟我这位敝友今天多赖您的智慧，免去了一场无妄之灾；为了表示我们的敬意，这三千块钱本来是预备还那犹太人的，现在就奉送给先生，聊以报答您的辛苦。

安东尼奥　您的大恩大德，我们是永远不忘记的。

鲍西娅　一个人做了心安理得的事，就是得到了最大的酬报；我这次帮两位的忙，总算没有失败，已经十分满足，用不着再谈什么酬谢了。但愿咱们下次见面的时候，两位仍旧认识我。现在我就此告

---

① 当时法庭审判罪犯，由十二人组成陪审团。

辞了。

巴萨尼奥　好先生,我不能不再向您提出一个请求,请您随便从我们身上拿些什么东西去,不算是酬谢,只算是留个纪念,请您答应我两件事儿 :既不要推却还要原谅我的要求。

鲍西娅　你们这样殷勤,倒叫我却之不恭了。(向安东尼奥)把您的手套送给我,让我戴在手上留个纪念吧 ;(向巴萨尼奥)为了纪念您的盛情,让我拿了这戒指去。不要缩回您的手,我不再向您要什么了 ;您既然是一片诚意,想来总也不会拒绝我吧。

巴萨尼奥　这指环吗,好先生? 唉! 它是个不值钱的玩意儿,我不好意思把这东西送给您。

鲍西娅　我什么都不要,就是要这指环! 现在我想我非把它要来不可了。

巴萨尼奥　这指环的本身并没有什么价值,可是因为有其他的关系。我不能把它送人。我愿意搜访威尼斯最贵重的一枚指环来送给您,可是这一枚却只好请您原谅了。

鲍西娅　先生,您原来是个口头上慷慨的人 ;您先教我怎样伸手求讨,然后再教我懂得了一个叫花子会得到怎样的回答。

巴萨尼奥　好先生,这指环是我的妻子给我的 ;她把它套上我的手指的时候,曾经叫我发誓永远不把它出卖、送人或是遗失。

鲍西娅　人们在吝惜他们的礼物的时候,都可以用这样的话做推托的。要是尊夫人不是一个疯婆子,她知道了我对于这指环是多么受之无愧,一定不会因为您把它送掉了而跟您长久反目的。好,愿你们平安! (鲍西娅、尼莉莎同下。)

安东尼奥　我的马萨尼奥少爷,让他把那指环拿去吧 ;看在他的功劳和我的交情份上,违犯一次尊夫人的命令,想来不会有什么要紧。

巴萨尼奥　葛莱西安诺,你快追上他们,把这指环送给他 ;要是可能的话，领他到安东尼奥的家里去。去，赶快！（葛莱西安诺下）来，我就陪着你到你府上；明天一早咱们两人就飞到贝尔蒙特去。来，安东尼奥。（同下。）

第二场 同前。街道

鲍西娅及尼莉莎上。

鲍西娅 打听打听这犹太人住在什么地方，把这文契交给他，叫他签了字。我们要比我们的丈夫先一天到家！所以一定得在今天晚上动身。罗兰佐拿到了这一张文契，一定高兴得不得了。

葛莱西安诺上。

葛莱西安诺 好先生，我好容易追上了您。我家大爷巴萨尼奥再三考虑之下，决定叫我把这指环拿来送给您，还要请您赏光陪他吃一顿饭。

鲍西娅 那可没法应命，他的指环我收下了，请你替我谢谢他。我还要请你给我这小兄弟带路到夏洛克老头儿的家里。

葛莱西安诺 可以可以。

尼莉莎 大哥，我要向您说句话儿。（向鲍西娅旁白）我要试一试我能不能把我丈夫的指环拿下来。我曾经叫他发誓永远不离手。

鲍西娅 你一定能够。我们回家以后，一定可以听听他们指天誓日，说他们是把指环送给男人的；可是我们要压倒他们，比他们发更厉害的誓。你快去吧，你知道我会在什么地方等你。

尼莉莎 来，大哥，请您给我带路。（各下。）

第五幕

第一场　贝尔蒙特。通至鲍西娅住宅的林荫路

罗兰佐及杰西卡上。

罗兰佐　好皎洁的月色！微风轻轻地吻着树枝，不发出一点声响；我想正是在这样一个夜里，特洛伊罗斯登上了特洛伊的城墙，遥望着克瑞西达所寄身的希腊人的营幕，发出他的深心中的悲叹。

杰西卡　正是在这样一个夜里，提斯柏心惊胆战地踩着露水，去赴她情人的约会，因为看见了一头狮子的影子，吓得远远逃走。

罗兰佐　正是在这样一个夜里，狄多手里执着柳枝，站在辽阔的海滨，招她的爱人回到迦太基来。

杰西卡　正是在这样一个夜里，美狄亚采集了灵芝仙草，使衰迈的埃宋返老还童。①

罗兰佐　正是在这样一个夜里，杰西卡从犹太富翁的家里逃了出来，跟着一个不中用的情郎从威尼斯一直走到贝尔蒙特。

杰西卡　正是在这样一个夜里，年轻的罗兰佐发誓说他爱她，用许多忠诚的盟言偷去了她的灵魂，可是没有一句话是真的。

罗兰佐　正是在这样一个夜里，可爱的杰西卡像一个小泼妇似的，信

---

①　埃宋（Aeson）即伊阿宋之父，得伊阿宋的妻子美狄亚（Medea）之灵药而返老还童。故事见奥维德《变形记》第七章。

口毁谤她的情人，可是他饶恕了她。

杰西卡　倘不是有人来了，我可以搬弄出比你所知道的更多的夜的典故来。可是听！这不是一个人的脚步声吗？

斯丹法诺上。

罗兰佐　谁在这静悄悄的深夜里跑得这么快？

斯丹法诺　一个朋友！

罗兰佐　一个朋友！什么朋友？请问朋友尊姓大名？

斯丹法诺　我的名字是斯丹法诺，我来向你们报个信，我家女主人在天明以前，就要到贝尔蒙特来了！她一路上看见圣十字架，便停步下来，长跪祷告，祈求着婚姻的美满。

罗兰佐　谁陪她一起来？

斯丹法诺　没有什么人，只是一个修道的隐士和她的侍女。请问我家主人有没有回来？

罗兰佐　他没有回来，我们也没有听到他的消息。可是，杰西卡，我们进去吧；让我们按照着礼节，准备一些欢迎这屋子的女主人的仪式。

朗斯洛特上。

朗斯洛特　索拉！索拉！哦哈呵！索拉！索拉！

罗兰佐　谁在那儿嚷？

朗斯洛特　索拉！你看见罗兰佐大爷吗？罗兰佐大爷！索拉！索拉！

罗兰佐　别嚷啦，朋友！他就在这儿。

朗斯洛特　索拉！哪儿？哪儿？

罗兰佐　这儿。

朗斯洛特　对他说我家主人差一个人带了许多好消息来了，他在天明以前就要回家来啦。（下）

罗兰佐　亲爱的,我们进去,等着他们回来吧。不,还是不用进去。我的朋友斯丹法诺,请你进去通知家里的人,你们的女主人就要来啦,叫他们准备好乐器到门外来迎接。(斯丹法诺下)月光多么恬静地睡在山坡上!我们就在这儿坐下来,让音乐的声音悄悄送到我们的耳边;柔和的静寂和夜色,是最足以衬托出音乐的甜美的。坐下来,杰西卡。瞧,天宇中嵌满了多少灿烂的金钹,你所看见的每一颗微小的天体,在转动的时候都会发出天使般的歌声,永远应和着嫩眼的天婴的妙唱。在永生的灵魂里也有这一种音乐,可是当它套上这一具泥土制成的俗恶易朽的皮囊以后,我们便再也听不见了。

众乐工上。

罗兰佐　来啊!奏起一支圣歌来唤醒狄安娜女神;用最温柔的节奏倾注到你们女主人的耳中,让她被乐声吸引着回来。(音乐)

杰西卡　我听见了柔和的音乐,总觉得有些惆怅。

罗兰佐　这是因为你有一个敏感的灵魂。你只要看一群不服管束的畜生,或是那野性未驯的小马,逞着它们奔放的血气,乱跳狂奔,高声嘶叫,倘然偶尔听到一声喇叭,或是任何乐调,就会一齐立定,它们狂野的眼光,因为中了音乐的魅力,变成温和的注视。所以诗人会造出俄耳甫斯用音乐感动木石、平息风浪的故事,因为无论怎样坚硬顽固狂暴的事物,音乐都可以立刻改变它们的性质;灵魂里没有音乐,或是听了甜蜜和谐的乐声而不会感动的人,都是擅于为非作恶、使奸弄诈的;他们的灵魂像黑夜一样昏沉,他们的感情像鬼域一样幽暗,这种人是不可信任的。听这音乐!

鲍西娅及尼莉莎自远处上。

鲍西娅　那灯光是从我家里发出来的。一支小小的蜡烛,它的光照耀得多么远!一件善事也正像这支蜡烛一样,在这罪恶的世界上发出广大的光辉。

尼莉莎　月光明亮的时候,我们就瞧不见灯光。

鲍西娅　小小的荣耀也正是这样被更大的光荣所掩。国王出巡的时候摄政的威权未尝不就像一个君主,可是一到国王回来,他的威权就归于乌有,正像溪涧中的细流注入大海一样。音乐!听!

尼莉莎　小姐,这是我们家里的音乐。

鲍西娅　没有比较,就显不出长处;我觉得它比在白天好听得多哪。

尼莉莎　小姐,那是因为晚上比白天静寂的缘故。

鲍西娅　如果没有人欣赏,乌鸦的歌声也就和云雀一样;要是夜莺在白天杂在群鹅的聒噪里歌唱,人家决不以为它比鹪鹩唱得更美,多少事情因为逢到有利的环境,才能够达到尽善的境界,博得一声恰当的赞赏!喂,静下来!月亮正在拥着她的情郎酣睡,不肯就醒来呢。(音乐停止)

罗兰佐　要是我没有听错,这分明是鲍西娅的声音。

鲍西娅　我的声音太难听,所以一下子就给他听出来了,正像瞎子能够辨认杜鹃一样。

罗兰佐　好夫人,欢迎您回家来!

鲍西娅　我们在外边为我们的丈夫祈祷平安,希望他们能够因我们的祈祷而多福。他们已经回来了吗?

罗兰佐　夫人,他们还没有来;可是刚才有人来送过信,说他们就要来了。

鲍西娅　进去,尼莉莎,吩咐我的仆人们,叫他们就当我们两人没有出去过一样;罗兰佐,您也给我保守秘密;杰西卡!您也不要多说。(喇叭声)

罗兰佐　您的丈夫来啦,我听见他的喇叭的声音。我们不是搬嘴弄舌的人,夫人,您放心好了。

鲍西娅　这样的夜色就像一个昏沉的白昼，不过略微惨淡点儿；没有太阳的白天，瞧上去也不过如此。

巴萨尼奥、安东尼奥、葛莱西安诺及侍从等上。

巴萨尼奥　要是您在没有太阳的地方走路，我们就可以和地球那一面的人共同享有着白昼。

鲍西娅　让我发出光辉，可是不要让我像光一样轻浮；因为一个轻浮的妻子，是会使丈夫的心头沉重的！我决不愿意巴萨尼奥为了我而心头沉重，可是一切都是上帝做主！欢迎您回家来，夫君！

巴萨尼奥　谢谢您，夫人。请您欢迎我这位朋友；这就是安东尼奥，我曾经受过他无穷的恩惠。

鲍西娅　他的确使您受惠无穷，因为我听说您曾经使他受累无穷呢。

安东尼奥　没有什么，现在一切都已经圆满解决了。

鲍西娅　先生，我们非常欢迎您的光临；可是口头的空言不能表示诚意，所以一切客套的话，我都不说了。

葛莱西安诺　（向尼莉莎）我凭着那边的月亮起誓，你冤枉了我；我真的把它送给了那法官的书记。好人，你既然把这件事情看得这么重，那么我但愿拿了去的人是个割掉了鸡巴的。

鲍西娅　啊！已经在吵架了吗？为了什么事？

葛莱西安诺　为了一个金圈圈儿，她给我的一个不值钱的指环，上面刻着的诗句，就跟那些刀匠们刻在刀子上的差不多，什么“爱我毋相弃”。

尼莉莎　你管它什么诗句，什么值钱不值钱？我当初给你的时候，你曾经向我发誓，说你要戴着它直到死去，死了就跟你一起葬在坟墓里；即使不为我，为了你所发的重誓，你也应该把它看重，好好儿地保存着。送给一个法官的书记！呸！上帝可以替我判断，拿了这指环去的那个书记！一定是个脸上永远不会出毛的。

葛莱西安诺　他年纪长大起来，自然会出胡子的。

尼莉莎　一个女人也会长成男子吗？

葛莱西安诺　我举手起誓，我的确把它送给一个少年人，一个年纪小小、发育不全的孩子；他的个儿并不比你高，这个法官的书记。他是个多话的孩子，一定要我把这指环给他做酬劳，我实在不好意思不给他。

鲍西娅　恕我说句不客气的话，这是你的不对；你怎么可以把你妻子的第一件礼物随随便便给了人？你已经发过誓把它套在你的手指上，它就是你身体上不可分的一部分。我也曾经送给我的爱人一个指环，使他发誓永不把它抛弃；他现在就在这儿，我敢代他发誓，即使把世间所有的财富向他交换，他也不肯丢掉它或是把它从他的手指上取下来的。真的，葛莱西安诺，你太对不起你的妻子了；倘然是我的话，我早就发起脾气来啦。

巴萨尼奥　（旁白）哎哟，我应该把我的左手砍掉了，那就可以发誓说，因为强盗要我的指环，我不肯给他，所以连手都给砍下来了。

葛莱西安诺　巴萨尼奥大爷也把他的指环给那法官了，因为那法官一定要向他讨那指环，其实他就是拿了指环去，也一点不算过分。那个孩子、那法官的书记，因为写了几个字，也就讨了我的指环去做酬劳。他们主仆两人什么都不要，就是要这两个指环。

鲍西娅　我的爷，您把什么指环送了人哪？我想不会是我给您的那一个吧？

巴萨尼奥　要是我可以用说谎来加重我的过失，那么我会否认的，可是您瞧我的手指上已没有指环，它已经没有了。

鲍西娅　正像您的虚伪的心里没有一丝真情一样。我对天发誓，除非等我见了这指环，我再也不跟您同床共枕。

尼莉莎　要是我看不见我的指环，我也再不跟你同床共枕。

巴萨尼奥　亲爱的鲍西娅,要是您知道我把这指环送给什么人,要是您知道我为了谁的缘故把这指环送人,要是您能够想到为了什么理由我把这指环送人,我又是多么舍不下这个指环,可是人家偏偏什么也不要,一定要这个指环,那时候您就不会生这么大的气了。

鲍西娅　要是您知道这指环的价值,或是识得了把这指环给您的那人的一半好处,或是懂得了您自己保存着这指环的光荣,您就不会把这指环抛弃。只要你肯稍微用诚恳的话向他解释几句,世上哪有这样不讲理的人,会好意思硬要人家留作纪念的东西?尼莉莎讲的话一点不错,我可以用我的生命赌咒,一定是什么女人把这指环拿去了。

巴萨尼奥　不,夫人,我用我的名誉、我的灵魂起誓,并不是什么女人拿去,的确是送给那位法学博士的;他不接受我送给他的三千块钱,一定要讨这指环,我不答应,他就老大不高兴地去了。就是他救了我的好朋友的性命;我应该怎么说呢,好太太?我没有法子,只好叫人追上去送给他;人情和礼貌逼着我这样做,我不能让我的名誉沾上忘恩负义的污点。原谅我,好夫人;凭着天上的明灯起誓,要是那时候您也在那儿,我想您一定会恳求我把这指环送给这位贤能的博士的。

鲍西娅　让那博士再也不要走近我的屋子。他既然拿去了我所珍爱的宝物,又是您所发誓永远为我保存的东西,那么我也会像您一样慷慨,我会把我所有的一切都给他,即使他要我的身体,或是我的丈夫的眠床,我都不会拒绝他。我总有一天会认识他的,那是我完全有把握的;您还是一夜也不要离开家里,像个百眼怪物那样看守着我吧;否则我可以凭着我的尚未失去的贞操起誓,要是您让我一个人在家里,我一定要跟这个博士睡在一床的。

尼莉莎　我也要跟他的书记睡在一床;所以你还是留心不要走开我的

身边。

葛莱西安诺　好,随你的便,只要不让我碰到他;要是他给我捉住了,我就折断这个少年书记的那支笔。

安东尼奥　都是我的不是,引出你们这一场吵闹。

鲍西娅　先生,这跟您没有关系;您来我们是很欢迎的。

巴萨尼奥　鲍西娅,饶恕我这一次出于不得已的错误,当着这许多朋友们的面前,我向您发誓,凭着您这一双美丽的眼睛,在它们里面我可以看见我自己——

鲍西娅　你们听他的话!我的左眼里也有一个他,我的右眼里也有一个他;您用您的两重人格发誓,我还能够相信您吗?

巴萨尼奥　不,听我说。原谅我这一次错误,凭着我的灵魂起誓,我以后再不违背对您发出的誓言。

安东尼奥　我曾经为了他的幸福,把我自己的身体向人抵押,倘不是幸亏那个把您丈夫的指环拿去的人,几乎送了性命;现在我敢再立一张契约!把我的灵魂作为担保,保证您的丈夫决不会再有故意背信的行为。

鲍西娅　那么就请您做他的保证人,把这个给他,叫他比上回那一个保存得牢一些。

安东尼奥　拿着,巴萨尼奥,请您发誓永远保存这一个指环。

巴萨尼奥　天哪!这就是我给那博士的那一个!

鲍西娅　我就是从他手里拿来的。原谅我!巴萨尼奥!因为凭着这个指环,那博士已经跟我睡过觉了。

尼莉莎　原谅我,我的好葛莱西安诺;就是那个发育不全的孩子,那个博士的书记!因为我问他讨这个指环,昨天晚上已经跟我睡在一起了。

葛莱西安诺　哎哟,这就像是在夏天把铺得好好的道路重新翻造。

嘿！我们就这样冤冤枉枉地做起王八来了吗？

鲍西娅　不要说得那么难听。你们大家都有点莫名其妙；这儿有一封信，拿去慢慢地念吧，它是培拉里奥从帕度亚寄来的，你们从这封信里，就可以知道那位博士就是鲍西娅，她的书记便是这位尼莉莎。罗兰佐可以向你们证明，当你们出发以后，我就立刻动身；我回家来还没有多少时候，连大门也没有进去过呢。安东尼奥，我们非常欢迎您到这儿来；我还带着一个您所意料不到的好消息给您，请您拆开这封信，您就可以知道您有三艘商船，已经满载而归，马上要到港了。您再也想不出这封信怎么会那么巧地到了我的手里。

安东尼奥　我没有话说了。

巴萨尼奥　您就是那个博士，我还不认识您吗？

葛莱西安诺　你就是要叫我当王八的那个书记吗？

尼莉莎　是的，可是除非那书记会长成一个男子，他再也不能叫你当王八。

巴萨尼奥　好博士，你今晚就陪着我睡觉吧；当我不在的时候，您可以睡在我妻子的床上。

安东尼奥　好夫人，您救了我的命，又给了我一条活路；我从这封信里得到了确实的消息，我的船只已经平安到港了。

鲍西娅　喂，罗兰佐！我的书记也有一件好东西要给您哩。

尼莉莎　是的，我可以送给他，不收一些费用。这儿是那犹太富翁亲笔签署的一张授赠产业的文契，声明他死了以后，全部遗产都传给您和杰西卡，请你们收下吧。

罗兰佐　两位好夫人，你们像是散布玛哪[①]的天使，救济着饥饿的人们。

---

① 玛哪（manna）：天粮，《旧约》：《出埃及记》。

鲍西娅　天已经差不多亮了，可是我知道你们还想把这些事情知道得详细一点。我们大家进去吧；你们还有什么疑惑的地方，尽管再向我们发问，我们一定老老实实地回答一切问题。

葛莱西安诺　很好，我要我的尼莉莎宣誓答复的第一个问题，是现在离白昼只有两小时了，我们还是就去睡觉呢，还是等明天晚上再睡？正是——

不惧黄昏近，但愁白日长；
翩翩书记俊，今夕喜同床。
金环束指间，灿烂自生光，
唯恐娇妻骂，莫将弃道旁。（众下。）

William Shakespeare
COMPLETE WORKS

皆大欢喜

朱生豪　译

莎士比亚
全集

剧中人物

公　爵　在放逐中

弗莱德里克　其弟,篡位者

阿米恩斯
杰奎斯　流亡公爵的从臣

勒·波　弗莱德里克的侍臣

查尔斯　拳师

奥列佛
贾奎斯
奥兰多　罗兰·德·鲍埃爵士的儿子

亚　当
丹尼斯　奥列佛的仆人

试金石　小丑

奥列佛·马坦克斯特师傅　牧师

柯　林
西尔维斯　牧人

威　廉　乡人,恋奥德蕾

扮许门者

罗瑟琳　流亡公爵的女儿

西莉娅　弗莱德里克的女儿

菲　苾　牧女

奥德蕾　村姑

众臣、侍童、林居人及侍从等

地　点

奥列佛宅旁庭园 ;篡位者的宫廷 ;亚登森林

第一幕

第一场 奥列佛宅旁园中

奥兰多及亚当上。

奥兰多 亚当，我记得遗嘱上留给我的只是区区一千块钱，而且正像你所说的，还要我大哥把我好生教养，否则他就不能得到我父亲的祝福，我的不幸就这样开始了。他把我的二哥贾奎斯送进学校，据说成绩很好，可是我呢，他却叫我像个村汉似的住在家里，或者再说得确切一点，把我当作牛马似的关在家里，你说像我这种身份的良家子弟，就可以像一条牛那样养着的吗？他的马匹也还比我养得好些，因为除了食料充足之外，还要对它们加以训练，因此用重金雇下了骑师，可是我，他的兄弟，却不曾在他手下得到一点好处，除了让我白白地傻长，这是我跟他那些粪堆上的畜生一样要感激他的。他除了给我大量的乌有之外，还要剥夺去我固有的一点点天分；他叫我和佃工在一起过活，不把我当兄弟看待，尽他一切力量用这种教育来摧毁我的高贵的素质。这是使我伤心的缘故，亚当，我觉得在我身体之内的我的父亲的精神已经因为受不住这种奴隶的生活而反抗起来了。我一定不能再忍受下去，虽然我还不曾想到怎样避免它的妥当的方法。

亚 当 大爷，您的哥哥从那边来了。

奥兰多 走旁边去，亚当，你就会听到他将怎样欺侮我。

奥列佛上。

奥列佛　嘿，少爷！你来做什么？

奥兰多　不做什么，我不曾学习过做什么。

奥列佛　那么你在作践些什么呢，少爷？

奥兰多　哼，大爷，我在帮您的忙，把一个上帝造下来的、您的可怜的没有用处的兄弟用游荡来作践着哩。

奥列佛　那么你给我做事去，别站在这儿吧，少爷。

奥兰多　我要去看守您的猪，跟它们一起吃糠吗？我浪费了什么了，才要受这种惩罚？

奥列佛　你知道你在什么地方吗，少爷？

奥兰多　噢，大爷，我知道得很清楚；我是在这儿您的园子里。

奥列佛　你知道你是当着谁说话吗，少爷？

奥兰多　我知道我面前这个人是谁，比他知道我要清楚得多。我知道你是我的大哥；但是说起优良的血统，你也应该知道我是谁。按着世间的常礼，你的身份比我高些，因为你是长子；可是同样的礼法却不能取去我的血统，即使我们之间还有二十个兄弟。我的血液里有着跟你一样多的我们父亲的素质；虽然我承认你既出生在先，就更该得到家长应得的尊敬。

奥列佛　什么，孩子！

奥兰多　算了吧，算了吧，大哥，你不用这样卖老啊。

奥列佛　你要向我动起手来了吗，浑蛋？

奥兰多　我不是浑蛋！我是罗兰·德·鲍埃爵士的小儿子，他是我的父亲；谁敢说这样一位父亲会生下浑蛋儿子来的，才是个大浑蛋。你倘不是我的哥哥，我这手一定不放松你的喉咙，直等我那另一只手拔出了你的舌头为止，因为你说了这样的话。你骂的是你自己。

亚　当　（上前）好爷爷们，别生气；看在去世老爷的面上，大家和和气气的吧！

奥列佛　放开我！

奥兰多　等我高兴放你的时候再放你；你一定要听我说话，父亲在遗嘱上吩咐你好好教育我；你却把我培育成一个农夫，不让我具有或学习任何上流人士的本领。父亲的精神在我心中炽烈燃烧，我再也忍受不下去了。你得允许我去学习那种适合上流人身份的技艺；否则把父亲在遗嘱里指定给我的那笔小小数目的钱给我，也好让我去自寻生路。

奥列佛　等到那笔钱用完了你便怎样？去做叫花子吗？哼，少爷，给我进去吧，别再跟我找麻烦了；你可以得到你所要的一部分。请你走吧。

奥兰多　我不愿过分冒犯你，除了为我自身的利益。

奥列佛　你跟着他去吧，你这老狗！

亚　当　"老狗"便是您给我的谢意吗？一点不错，我服侍你已经服侍得牙齿都落光了。上帝和我的老爷同在！他是决不会说出这种话来的。（奥兰多、亚当下。）

奥列佛　竟有这种事吗？你不服我管了吗？我要把你的傲气去掉，还不给你那一千块钱。喂，丹尼斯！

丹尼斯上。

丹尼斯　大爷叫我吗？

奥列佛　公爵手下那个拳师查尔斯不是在这儿要跟我说话吗？

丹尼斯　禀大爷，他就在门口，要求见您哪。

奥列佛　叫他进来。（丹尼斯下）这是一个妙计；明天就是摔角的日子。

查尔斯上。

查尔斯　早安，大爷！

奥列佛　查尔斯好朋友，新朝廷里有些什么新消息？

查尔斯　朝廷里没有什么新消息，大爷，只有一些老消息：那就是说老公爵被他的弟弟新公爵放逐了；三四个忠心的大臣自愿跟着他出亡，他们的地产收入都给新公爵没收了去，因此他巴不得他们一个个滚蛋。

奥列佛　你知道公爵的女儿罗瑟琳是不是也跟她的父亲一起放逐了？

查尔斯　啊，不。因为新公爵的女儿，她的族妹，自小便跟她在一个摇篮里长大，非常爱她，一定要跟她一同出亡，否则便要寻死；所以她现在仍旧在宫里，她的叔父把她像自家女儿一样看待着；从来不曾有两位小姐像她们这样要好的了。

奥列佛　老公爵预备住在什么地方呢？

查尔斯　据说他已经住在亚登森林了，有好多人跟着他；他们在那边度着昔日英国罗宾汉那样的生活！据说每天有许多年轻贵人投奔到他那儿去，逍遥地把时间消磨过去，像是置身在古昔的黄金时代里一样。

奥列佛　喂，你明天要在新公爵面前表演摔角吗？

查尔斯　正是，大爷。我来就是要通知您一件事情。我得到了一个风声，大爷，说您的令弟奥兰多想要假扮了明天来跟我交手。明天这一场摔角，大爷，是与我的名誉有关的；谁想不断一根骨头而安然逃出，必须好好留点儿神才行。令弟年纪太轻，顾念着咱们的交情，我本来不愿对他施加毒手，可是如果他一定要参加，为了我自己的名誉起见，我也别无办法。为此看在咱们的交情份上，我特地来通报您一声：您或者劝他打断了这个念头；或者请您不用为了他所将要遭到的羞辱而生气，这全然是他自取其咎，并非我的本意。

奥列佛　查尔斯，多谢你对我的好意，我一定会重重报答你的。我自己也已经注意到舍弟的意思，曾经用婉言劝阻过他；可是他执意不改。我告诉你，查尔斯，他是在全法国顶无可理喻的一个兄弟，野心勃勃，一见人家有什么好处，心里总是不服，而且老是在阴谋设计陷害我，他的同胞的兄长。一切悉听你的尊意吧；我巴不得你把他的头颈和手指一起捩断了呢。你得留心一些；要是你略为削了他一点面子，或者他不能大大地削你的面子，他就会用毒药毒死你，用奸谋陷害你，非把你的性命用卑鄙的手段除掉了不肯甘休。不瞒你说，我一说起也忍不住要流泪，在现在世界上没有比他更奸恶的年轻人了。因为他是我自己的兄弟，我不好怎样说他；假如我把他的真相完全告诉了你，那我一定要惭愧得痛哭流涕，你也要脸色发白，大吃一惊的。

查尔斯　我真幸运上您这儿来。假如他明天来，我一定要给他一顿教训；倘若不叫他瘸了腿，我以后再不跟人家摔角赌锦标了。好，上帝保佑您大爷！（下。）

奥列佛　再见，好查尔斯。——现在我要去挑拨这位好勇斗狠的家伙了。我希望他送了命，我自己也不明白我为什么要那么恨他，说起来他很善良，从来不曾受过教育，然而却很有学问，充满了高贵的思想，无论哪一等人都爱戴他；真的，大家都是这样喜欢他！尤其是我自己手下的人，以至于我倒给人家轻视起来，可是情形不会长久下去的，这个拳师可以给我解决一切。现在我只消把那孩子激动前去就是了，我就去。（下。）

第二场　公爵宫门前草地

罗瑟琳及西莉娅上。

西莉娅　罗瑟琳，我的好姊姊，请你快活些吧。

罗瑟琳　亲爱的西莉娅，我已经强作欢容，你还要我再快活一些吗？除非你能够教我怎样忘掉一个放逐的父亲，否则你总不能叫我想起无论怎样有趣的事情的。

西莉娅　我看出你爱我的程度比不上我爱你那样深。要是我的伯父，你的放逐的父亲，放逐了你的叔父，我的父亲，只要你仍旧跟我在一起，我可以爱你的父亲就像我自己的父亲一样。假如你爱我也像我爱你一样真纯，那么你也一定会这样的。

罗瑟琳　好，我愿意忘记我自己的处境，为了你而高兴起来。

西莉娅　你知道我父亲只有我一个孩子，看来也不见得会再有了，等他去世之后，你便可以承继他，因为凡是他用暴力从你父亲手里夺来的东西，我都要怀着爱心归还给你。凭着我的名誉起誓，我一定会这样；要是我背了誓，让我变成个妖怪。所以，我的好罗瑟琳，我的亲爱的罗瑟琳，快活起来吧。

罗瑟琳　妹妹，从此以后我要高兴起来，想出一些消遣的法子。让我看，你想来一下子恋爱怎样？

西莉娅　好的，不妨作为消遣，可是不要认真爱起人来；而且玩笑也不要开得过度，羞答答地脸红了一下子就算了，不要弄到丢了脸摆不脱身。

罗瑟琳　那么我们作什么消遣呢？

西莉娅　让我们坐下来嘲笑那位好管家太太命运之神，叫她羞得离开了纺车，免得她的赏赐老是不公平。[1]

罗瑟琳　我希望我们能够这样做，因为她的恩典完全是滥给的。这位慷慨的瞎眼婆子在给女人赏赐的时候尤其是乱来。

西莉娅　一点不错，因为她给了美貌，就不给贞洁；给了贞洁，就只给丑陋的相貌。

罗瑟琳　不，现在你把命运的职务拉扯到造物身上去了；命运管理着人间的赏罚，可是管不了天生的相貌。

试金石上。

西莉娅　管不了吗？造物生下了一个美貌的人儿来，命运不会把她推到火里去从而毁坏她的容颜吗？造物虽然给我们智慧，可以把命运取笑，可是命运不已经差这个傻瓜来打断我们的谈话了吗！

罗瑟琳　真的，那么命运太对不起造物了，她会叫一个天生的傻瓜来打断天生的智慧。

西莉娅　也许这也不干命运的事，而是造物的意思，因为看到我们天生的智慧太迟钝了，不配议论神明，所以才叫这傻瓜来做我们的砺石；因为傻瓜的愚蠢往往是聪明人的砺石。喂，聪明人！你到哪儿去？

试金石　小姐，快到您父亲那儿去。

西莉娅　你做起差人来了吗？

试金石　不，我以名誉为誓，我是奉命来请您去的。

罗瑟琳　傻瓜，你从哪儿学来的这一句誓？

试金石　从一个骑士那儿学来，他以名誉为誓说煎饼很好，又以名誉为誓说芥末不行；可是我知道煎饼不行，芥末很好；然而那骑士却也不曾发假誓。

---

① 希腊神话：命运女神于纺车上织人类的命运；因命运赏罚毫无定准，故下文云“瞎眼婆子”。

西莉娅　你怎样用你那一大堆的学问证明他不曾发假誓呢？

罗瑟琳　欧，对了，请把你的聪明施展出来吧。

试金石　您两人都站出来；摸摸你们的下巴，以你们的胡须为誓说我是个坏蛋。

西莉娅　以我们的胡须为誓，要是我们有胡须的话，你是个坏蛋。

试金石　以我的坏蛋的身份为誓，要是我有坏蛋的身份的话，那么我便是个坏蛋。可是假如你们用你们所没有的东西起誓，你们便不算是发的假誓。这个骑士用他的名誉起誓，因为他从来不曾有过什么名誉，所以他也不算是发假誓；即使他曾经有过名誉，也早已在他看见这些煎饼和芥末之前发誓发掉了。

西莉娅　请问你说的是谁？

试金石　是您的父亲老弗莱德里克所喜欢的一个人。

西莉娅　我的父亲喜欢他，他也就够有名誉的了。够了，别再说起他；你总有一天会因为把人讥诮而吃鞭子的。

试金石　这就可发一叹了，聪明人可以做傻事，傻子却不准说聪明话。

西莉娅　真的，你说得对；自从把傻子的一点点小聪明禁止发表之后，聪明人的一点点小小的傻气却大大地显起身手来了。——勒·波先生来啦。

罗瑟琳　含着满嘴的新闻。

西莉娅　他会把他的新闻向我们倾吐出来，就像鸽子哺雏一样。

罗瑟琳　那么我们要塞满一肚子的新闻了。

西莉娅　那再好没有，塞得胖胖的，更好卖啦。

勒·波上。

西莉娅　您好，勒·波先生，有什么新闻？

勒·波　好郡主，您错过一场很好的玩意儿了。

西莉娅　玩意儿！什么花色的？

勒·波　什么花色的,小姐!我怎么回答您呢?

罗瑟琳　凭着您的聪明和您的机缘吧。

试金石　或者按照着命运女神的旨意。

西莉娅　说得好,极堆砌之能事了。

试金石　本来吗,如果我说的话不够味儿——

罗瑟琳　你的口臭病大概就好了。

勒·波　两位小姐,你们叫我莫名其妙。我是要来告诉你们有一场很好的摔角,你们错过机会了。

罗瑟琳　可是把那场摔角的情形讲给我们听吧。

勒·波　我可以把开场的情形告诉你们;假如两位小姐听着乐意,收场的情形你们可以自己看一个明白,精彩的部分还不曾开始呢!他们就要到这儿来表演了。

西莉娅　好,就把那个已经陈死了的开场说来听听。

勒·波　有一个老人带着他的三个儿子到来——

西莉娅　我可以把这开头接上一个老故事去。

勒·波　三个漂亮的青年,长得一表人才——

罗瑟琳　头颈里挂着招贴,"特此布告,俾众周知。"

勒·波　老大跟公爵的拳师查尔斯摔角,查尔斯一下子就把他摔倒了,打断了三根肋骨,生命已无希望;老二老三也都这样给他对付过去。他们都躺在那边;那个可怜的老头子,他们的父亲,在为他们痛哭,惹得旁观的人都陪他落泪。

罗瑟琳　哎哟!

试金石　但是,先生,您说小姐们错过了的玩意儿是什么呢?

勒·波　哪,就是我说过的这件事啊。

试金石　所以人们每天都可以增进一些见识。我今天才第一次听见折断肋骨是小姐们的玩意儿。

西莉娅　我也是第一次呢。

罗瑟琳　可是还有谁想要听自己肋下清脆动人的一声吗？还有谁喜欢让他的肋骨给人敲断吗？妹妹，我们要不要去看他们摔角？

勒·波　要是你们不走开去，那么不看也得看，因为这儿正是指定摔角的地方，他们就要来表演了。

西莉娅　真的，他们从那边来了。让我们不要走开，看一下子吧。

喇叭奏花腔。弗莱德里克公爵、众臣、奥兰多、查尔斯及侍从等上。

弗莱德里克　来吧；那年轻人既然不肯听劝，就让他吃些苦楚，也是他自不量力的报应。

罗瑟琳　那边就是那个人吗？

勒·波　就是他，小姐。

西莉娅　唉！他太年轻啦！可是瞧他的神气倒好像很有得胜的希望。

弗莱德里克　啊，吾儿和侄女！你们也溜到这儿来看摔角吗？

罗瑟琳　是的，殿下，请您准许我们。

弗莱德里克　我可以断定你们一定不会感兴趣的，两方的实力太不平均了。我因为可怜这个挑战的人年纪轻轻，想把他劝阻了，可是他不肯听劝。小姐们，你们去对他说说，看能不能说服他。

西莉娅　叫他过来，勒·波先生。

弗莱德里克　好吧，我就走开去。（退至一旁。）

勒·波　挑战的先生，两位郡主有请。

奥兰多　敢不从命。

罗瑟琳　年轻人，你向拳师查尔斯挑战了吗？

奥兰多　不，美貌的郡主，他才是向众人挑战的人；我不过像别人一样来到这儿！想要跟他较量较量我的青春的力量。

西莉娅　年轻的先生，照您的年纪而论！您的胆量是太大了。您已经看见了这个人的无情的蛮力；要是您能够用您的眼睛瞧见您自己的形状，或者用您的理智判断您自己的能力，那么您对于这回冒险所怀的戒惧，一定会劝您另外找一件比较适宜于您的事情来做。为了您自己的缘故，我们请求您顾虑您自身的安全，放弃了这种尝试吧。

罗瑟琳　是的，年轻的先生，您的名誉不会因此受到损失；我们可以去请求公爵停止这场摔角。

奥兰多　我要请你们原谅，我觉得我自己十分有罪，胆敢拒绝这么两位美貌出众的小姐的要求。可是让你们的美目和好意伴送着我去作这场决斗吧。假如我打败了！那不过是一个从来不曾给人看重过的人丢了脸；假如我死了，也不过死了一个自己愿意寻死的人，我不会辜负我的朋友们，因为没有人会哀悼我；我不会对世间有什么损害，因为我在世上一无所有；我不过在世间占了一个位置，也许死后可以让更好的人来补充。

罗瑟琳　我但愿我所有的一点点微弱的气力也加在您身上。

西莉娅　我也愿意把我的气力再加在她的气力上面。

罗瑟琳　再会！求上天但愿我错看了您！

西莉娅　愿您的希望成全！

查尔斯　来，这个想要来送死的哥儿在什么地方？

奥兰多　已经预备好了，朋友。可是他却没有那样的野心。

弗莱德里克　你们斗一个回合就够了。

查尔斯　殿下，既然这头一个回合您已经竭力敦劝他不要参加，我保您不会再有第二个回合。

奥兰多　你要在以后嘲笑我，可不必事先就嘲笑起来。来啊。

罗瑟琳　赫剌克勒斯默佑着你，年轻人！

西莉娅　我希望我有隐身术，去拉住那强徒的腿。（查尔斯、奥兰多二人摔角。）

罗瑟琳　啊，出色的青年！

西莉娅　假如我的眼睛里会打雷，我知道谁是要被打倒的。（查尔斯被摔倒，欢呼声）

弗莱德里克　算了，算了。

奥兰多　请殿下准许我再试；我的一口气还不曾透完哩。

弗莱德里克　你怎样啦，查尔斯？

勒·波　他说不出话来了，殿下。

弗莱德里克　把他抬出去。你叫什么名字，年轻人？（查尔斯被抬下）

奥兰多　禀殿下，我是奥兰多，罗兰·德·鲍埃的幼子。

弗莱德里克　我希望你是别人的儿子。世间都以为你的父亲是个好人，但他却是我的永远的仇敌；假如你是别族的子孙，你今天的行事一定可以使我更喜欢你一些。再见吧！你是个勇敢的青年，我愿你向我说起的是另外一个父亲。（弗莱德里克、勒·波及随从下）

西莉娅　姊姊，假如我在我父亲的地位，我会做这种事吗？

奥兰多　我以做罗兰爵士的儿子为荣，即使只是他的幼子；我不愿改变我的地位！过继给弗莱德里克做后嗣。

罗瑟琳　我的父亲宠爱罗兰爵士，就像他的灵魂一样，全世界都抱着和我父亲同样的意见。要是我本来就已经知道这位青年便是他的儿子，我一定含着眼泪谏劝他不要作这种冒险。

西莉娅　好姊姊，让我们到他跟前去鼓励鼓励他，我父亲的无礼猜忌的脾气，使我十分痛心。——先生，您很值得尊敬；您的本事确是出人意外，如果您对意中人再能真诚，那么您的情人一定是很有福气的。

罗瑟琳　先生。（自颈上取下项链赠奥兰多）为了我的缘故，请戴上这个吧；我是个失爱于命运的人，心有余而力不足，不过略表微忱而已。我们去吧，妹妹。

西莉娅　好。再见，好先生。

奥兰多　我不能说一句谢谢您吗？我的心神都已摔倒，站在这儿的只是一个人形的枪靶，一块没有生命的木石。

罗瑟琳　他在叫我们回去。我的矜傲早随着我的命运一起丢光了；我且去问他有什么话说。您叫我们吗，先生？先生，您摔角摔得很好；给您征服了的，不单是您的敌人。

西莉娅　去吧，姊姊。

罗瑟琳　你先走，我跟着你。再会，（罗瑟琳、西莉娅下。）

奥兰多　什么一种情感重压住我的舌头？虽然她想跟我交谈，我却想不出话来对她说。可怜的奥兰多啊，你给征服了！取胜了你的，不是查尔斯，却是比他更柔弱的人儿。

勒·波重上。

勒·波　先生，我为着好意劝您还是离开这地方吧。虽然您很值得恭维、赞扬和敬爱，但是公爵的脾气太坏，他会把您一切的行事都误会的。公爵的心性有点捉摸不定；他的为人怎样我不便说，还是您自己去忖度忖度吧。

奥兰多　谢谢您，先生。我还要请您告诉我，这两位小姐中间哪一位是在场的公爵的女儿？

勒·波　要是我们照行为举止上看起来，两个可说都不是他的女儿，但是那位矮小一点的是他的女儿。另外一位便是放逐在外的公爵所生，被她这位篡位的叔父留在这儿陪伴他的女儿；她们两人的相爱是远过于同胞姊妹的。但是我可以告诉您，新近公爵对于他这位温柔的侄女有点不乐意；毫无理由，只是因为人民都称赞她的品德，为了她那位好父亲的缘故而同情她，我可以断定他对于这位小姐的恶意不久就会突然显露出来的。再会吧，先生；我希望在另外一个较好的世界里可以再跟您多多结识。

奥兰多　我非常感激您的好意，再会。（勒·波下）才穿过浓烟，又钻进烈火；一边是专制的公爵，一边是暴虐的哥哥。可是天仙一样的罗瑟琳啊！（下）

第三场 宫中一室

西莉娅及罗瑟琳上。

西莉娅 喂,姊姊!喂,罗瑟琳!爱神哪!没有一句话吗?

罗瑟琳 连可以丢给一条狗的一句话也没有。

西莉娅 不,你的话是太宝贵了,怎么可以丢给贱狗呢?丢给我几句吧。来,讲一些道理来叫我浑身瘫痪。

罗瑟琳 那么姊妹两人都害了病了:一个是给道理害得浑身瘫痪,一个是因为想不出什么道理来而发了疯。

西莉娅 但这是不是全然为了你的父亲?

罗瑟琳 不,一部分是为了我的孩子的父亲。唉,这个平凡的世间是多么充满荆棘呀!

西莉娅 姊姊,这不过是些有刺的果壳,为了取笑玩玩而丢在你身上的,要是我们不在道上走,我们的裙子就要给它们抓住。

罗瑟琳 在衣裳上的,我可以把它们抖去;但是这些刺是在我的心里呢。

西莉娅 你咳嗽一声就咳出来了。

罗瑟琳 要是我咳嗽一声,他就会应声而来!那么我倒会试一下的。

西莉娅 算了算了;使劲地把你的爱情克服下来吧。

罗瑟琳 唉!我的爱情比我气力大得多哩!

西莉娅 啊,那么我替你祝福吧!将来总有一天!你就是倒了也会使劲的,但是把笑话搁在一旁,让我们正正经经地谈谈。你真的会突然这样猛烈地爱上老罗兰爵士的小儿子吗?

罗瑟琳 我的父亲和他的父亲非常要好呢?

西莉娅　因此你也必须和他的儿子非常要好吗？照这样说起来，那么我的父亲非常恨他的父亲，因此我也应当恨他了；可是我却不恨奥兰多。

罗瑟琳　不，看在我的面上，不要恨他。

西莉娅　为什么不呢？他不是值得恨的吗？

罗瑟琳　因为他是值得爱的，所以让我爱他；因为我爱他，所以你也要爱他。瞧，公爵来了。

西莉娅　他满眼都是怒气。

弗莱德里克公爵率从臣上。

弗莱德里克　姑娘，为了你的安全，你得赶快收拾起来，离开我们的宫廷。

罗瑟琳　我吗，叔父？

弗莱德里克　你，侄女。在这十天之内，要是发现你在离我们宫廷二十英里之内，就得把你处死。

罗瑟琳　请殿下开示我，我犯了什么罪过。要是我有自知之明，要是我并没有做梦，也不曾发疯——我相信我没有——那么，亲爱的叔父，我从来不曾起过半分触犯您老人家的念头。

弗莱德里克　一切叛徒都是这样的；要是他们凭着口头的话便可以免罪，那么他们都是再清白没有的了。可是我不能信任你，这一句话就够了。

罗瑟琳　但是您的不信任不能使我变成叛徒；请告诉我您有什么证据？

弗莱德里克　你是你父亲的女儿，还用得着说别的话吗？

罗瑟琳　当您殿下夺去了我父亲的公国的时候，我就是他的女儿；当您殿下把他放逐的时候，我也还是他的女儿。叛逆并不是遗传的，殿下，即使我们受到亲友的牵连，那与我又有什么相干？我的父亲并不是个叛徒呀。所以,殿下,别看错了我,把我的穷迫看做了奸慝。

西莉娅　好殿下,听我说。

弗莱德里克　嗯,西莉娅,我让她留在这儿,只是为了你的缘故,否则她早已跟她的父亲流浪去了。

西莉娅　那时我没有请您让她留下;那是您自己的主意,因为您自己觉得不好意思。那时我还太小,不曾知道她的好处;但现在我知道她了。要是她是个叛逆,那么我也是。我们一直都睡在一起,同时起床,一块儿读书,同游同食,无论到什么地方去,都像朱诺的一双天鹅,永远成着对,拆不开来。

弗莱德里克　她这人太阴险,你敌不过她;她的和气、她的沉默和她的忍耐,都能感动人心,叫人民可怜她。你是个傻子,她已经夺去了你的名誉;她去了之后,你就可以显得格外光彩而贤德了。所以闭住你的嘴,我对她所下的判决是确定而无可挽回的,她必须被放逐。

西莉娅　那么您把这句判决也加在我身上吧,殿下;我没有她做伴便活不下去。

弗莱德里克　你是个傻子。侄女,你得准备起来,假如误了期限,凭着我的名誉和我的言出如山的命令,要把你处死。(偕从臣下)

西莉娅　唉,我的可怜的罗瑟琳!你到哪儿去呢?你肯不肯换一个父亲?我把我的父亲给了你吧。请你不要比我更伤心。

罗瑟琳　我比你有更多的伤心的理由。

西莉娅　你没有,姊姊。请你高兴一点;你知道不知道,公爵把他的女儿也放逐了?

罗瑟琳　他没有。

西莉娅　没有?那么罗瑟琳还没有那种爱情,使你明白你我两人犹如一体。我们难道要拆散吗?我们难道要分手吗,亲爱的姑娘?不,让我的父亲另外找一个后嗣吧。你应该跟我商量我们应当怎样飞走，到哪儿去，带些什么东西。不要因为环境的变迁而独自伤心，让我分担一些你的心事吧。我对着因为同情我们而惨白的天空起誓，无论你怎样说，我都要跟你一起走。

罗瑟琳　但是我们到哪儿去呢？

西莉娅　到亚登森林找我的伯父去。

罗瑟琳　唉，像我们这样的姑娘家，走这么远的路，该是多么危险！美貌比金银更容易引起盗心呢。

西莉娅　我可以穿了破旧的衣裳，用些黄泥涂在脸上，你也这样；我们便可以通行过去，不会遭人家算计了。

罗瑟琳　我的身材特别高，完全打扮得像个男人岂不更好？腰间插一把出色的匕首，手里拿一柄刺野猪的长矛；心里尽管隐藏着女人家的胆怯，俺要在外表上装出一副雄赳赳气昂昂的样子来，正像那些冒充好汉的懦夫一般。

西莉娅　你做了男人之后，我叫你什么名字呢？

罗瑟琳　我要取一个和乔武的侍童一样的名字，所以你叫我盖尼米德吧。但是你叫什么呢？

西莉娅　我要取一个可以表示我的境况的名字；我不再叫西莉娅，就叫爱连娜[①] 吧。

罗瑟琳　但是妹妹，我们设法去把你父亲宫廷里的小丑偷来好不好？他在我们的旅途中不是很可以给我们解闷吗？

西莉娅　他一定肯跟着我走遍广大的世界；让我独自去对他说吧，我们且去把珠宝钱物收拾起来，我出走之后，他们一定要追寻，我们该想出一个顶适当的时间和顶安全的方法来避过他们。现在我们是满心的欢畅，去找寻自由，不是流亡。（同下）

---

① 爱莲娜原文Aliena，暗示alienated（远隔）之意。

第二幕

第一场　亚登森林

老公爵、阿米恩斯及众臣作林居人装束上。

公　爵　我的流放生涯中的同伴和弟兄们，我们不是已经习惯了这种生活，觉得它比虚饰的浮华有趣得多吗？这些树林不比猜嫉的朝廷更为安全吗？我们在这儿所感觉到的，只是时序的改变，那是上帝加于亚当的惩罚[①] 冬天的寒风张舞着冰雪的爪牙，发出暴声的呼啸，即使当它砭刺着我的身体，使我冷得发抖的时候我也会微笑着说，"这不是谄媚啊；它们就像是忠臣一样，谆谆提醒我所处的地位。"逆运也有它的好处，就像丑陋而有毒的蟾蜍，它的头上却顶着一颗珍贵的宝石。我们的这种生活，虽然远离尘嚣，却可以听树木的谈话，溪中的流水便是大好的文章，一石之微，也暗寓着教训！每一件事物中间，都可以找到些益处来，我不愿改变这种生活。

阿米恩斯　殿下真是幸福，能把命运的顽逆说成这样恬静而可爱。

公　爵　来，我们打鹿去吧；可是我心里却有些不忍，这种可怜的花斑的蠢物，本来是这荒凉的城市中的居民，现在却要在它们自己的家园中让它们的后腿领略箭镞的滋味。

臣　甲　不错，那忧愁的杰奎斯很为此伤心，发誓说在这件事上跟您

① 亚当未逐出乐园之前，四季常春。见《圣经·创世记》。

那篡位的兄弟相比,您还是个更大的篡位者;今天阿米恩斯大人跟我两人悄悄地躲在背后,瞧他躺在一株橡树底下,那古老的树根露出在沿着林旁潺潺流去的溪水上面,有一只可怜的失群的母鹿中了猎人的箭受伤,奔到那边去喘气;真的,殿下,这头不幸的畜生发出了那样的呻吟,真要把它的皮囊都胀破了,一颗颗又大又圆的泪珠怪可怜地争先恐后流到它的无辜的鼻子上;忧愁的杰奎斯瞧着这头可怜的毛畜这样站在急流的小溪边,用眼泪添注在溪水里。

公 爵 但是杰奎斯怎样说呢?他见了此情此景,不又要讲起一番道理来了吗?

臣 甲 啊,是的,他作了一千种的譬喻。起初他看见那鹿把眼泪浪费地流下了水流之中,便说,"可怜的鹿,他就像世人立遗嘱一样,把你所有的一切给了那已经有得太多的人。"于是,看它孤苦零丁,被它那些皮毛柔滑的朋友们所遗弃,便说,"不错,人倒了霉,朋友也不会来睬你了。"不久又有一群吃得饱饱的、无忧无虑的鹿跳过它的身边,也不停下来向它打个招呼;"嗯,"杰奎斯说,"奔过去吧,你们这批肥胖而富于脂肪的市民们;世事无非如此,那个可怜的破产的家伙,瞧他作什么呢?"他这样用最恶毒的话来辱骂着乡村、城市和宫廷的一切,甚至于骂着我们的这种生活;发誓说我们只是些篡位者、暴君或者比这更坏的人物,到这些畜生们的天然的居处来惊扰它们,杀害它们。

公 爵 你们就在他作这种思索的时候离开了他吗?

臣 甲 是的,殿下,就在他为了这头啜泣的鹿而流泪发议论的时候。

公 爵 带我到那地方去,我喜欢趁他发愁的时候去见他,因为那时他最富于见识。

臣 甲 我就领您去见他。(同下。)

第二场 宫中一室

弗莱德里克公爵、众臣及侍从上。

弗莱德里克 难道没有一个人看见她们吗?决不会的;一定在我的宫廷里有奸人知情串通。

臣 甲 我不曾听见谁说曾经看见她。她寝室里的侍女们都看她上了床;可是一早就看见床上没有她们的郡主了。

臣 乙 殿下,那个常常逗您发笑的下贱小丑也失踪了,郡主的侍女希丝比利娅供认她曾经偷听到郡主跟她的姊姊常常称赞最近在摔角赛中打败了强有力的查尔斯的那个汉子的技艺和人品;她说她相信不论她们到哪里去,那个少年一定是跟她们在一起的。

弗莱德里克 差人到他哥哥家里去,把那家伙抓来;要是他不在,就带他的哥哥来见我,我要叫他去找他。马上去,这两个逃走的傻子一定要用心搜寻探访,非把她们寻回来不可。(众下。)

第三场 奥列佛家门前

奥兰多及亚当自相对方向上。

奥兰多 那边是谁?

亚 当 啊!我的少爷吗?啊,我的善良的少爷!我的好少爷!啊,您叫人想起了老罗兰爵爷!唉,您为什么到这里来呢?您为什么这样好呢?为什么人家要爱您呢?为什么您是这样仁慈、这样健壮、这样勇敢呢?为什么您这么傻,要去把那乖僻的公爵手下那个大力士的拳师打败呢?您的声誉是来得太快了,您不知道吗,少爷,有些人常会因为他们太好了,反而害了自己?您也正是这样;您的好处,好少爷,就是陷害您自身的圣洁的叛徒,唉,这算是一个什么世界,怀德的人会因为他们的德行反遭毒手!

奥兰多　啊,怎么一回事?

亚　当　唉,不幸的青年!不要走进这扇门来:在这屋子里潜伏着您一切美德的敌人呢。您的哥哥——不,不是哥哥,然而却是您父亲的儿子——不,他也不能称为他的儿子——他听见了人家称赞您的话,预备在今夜放火烧去您所住的屋子;要是这计划不成功,他还会想出别的法子来除掉您。他的阴谋给我偷听到了。这儿不是安身之处,这屋子不过是一所屠场,您要回避,您要警戒,别走进去。

奥兰多　什么,亚当,你要我到哪儿去?

亚　当　随您到哪儿去都好,只要不在这儿。

奥兰多　什么,你要我去做个要饭的吗?还是在大路上用下贱无耻的剑做一个强盗?我只好走这种路,否则我就不知道怎么办;可是不论怎样,我也不愿这样干;我宁愿忍受一个不念手足之情的凶狠的哥哥的恶意。

亚　当　可是不要这样。我在您父亲手下侍候了这许多年,曾经辛辛苦苦把工钱省下了五百块;我把那笔钱存下,本来是预备等我没有气力做不动事的时候做养老之本,人老了,不中用了,是会给人踢在角落里的。您把这钱拿了去吧;上帝既然给食物于乌鸦,也不会忘记把麻雀喂饱的,我这一把年纪,就悉听他的慈悲吧!钱就在这儿,我把它全都给了您吧。让我做您的仆人。我虽然瞧上去这么老,可是我的气力还不错;因为我在年轻时候从不曾灌下过一滴猛烈的酒,也不曾鲁莽地贪欲伤身,所以我的老年好比生气勃勃的冬天,虽然结着严霜,却并不惨淡。让我跟着您去;我可以像一个年轻人一样，为您照料一切。

奥兰多　啊，好老人家！在你身上多么明白地表现出来古时那种义胆侠肠，不是为着报酬，只是为了尽职而流着血汗！你是太不合时了，现在的人们努力工作，只是为着希望高升，等到目的一达到，便耽于安逸，你却不是这样，但是，可怜的老人家，你虽然这样辛辛苦苦地费尽培植的功夫，给你培植的却是一株不成材的树木，开不出一朵花来酬答你的殷勤。可是赶路吧，我们要在一块儿走，在我们没有把你年轻时的积蓄花完之前，一定要找到一处小小的安身的地方。

亚　当　少爷，走吧，我愿意忠心地跟着您，直至喘尽最后一口气。从十七岁起我到这儿来，到现在快八十了，却要离开我的老地方。许多人们在十七岁的时候都去追求幸运，但八十岁的人是不济的了，可是我只要能够有个好死，对得住我的主人，那么命运对我也不算无恩，（同下。）

第四场　亚登森林

罗瑟琳男装、西莉娅作牧羊女装束及试金石上。

罗瑟琳　天哪！我的精神多么疲乏啊。

试金石　假如我的两腿不疲乏，我可不管我的精神。

罗瑟琳　我简直想丢了我这身男装的脸，而像一个女人一样哭起来；可是我必须安慰安慰这位小娘子，穿褐衫短裤的，总该向穿裙子的显出一点勇气来才是。好打起精神来吧，好爱莲娜。

西莉娅　请你担待担待我吧！我再也走不动了。

试金石　我可以担待你，可是不要叫我担你；但是即使我担你，也不会背上十字架，因为我想你钱包里没有那种带十字架的金币。

罗瑟琳　好,这儿就是亚登森林了。

试金石　嗳,现在我到了亚登了。真是个大傻瓜！家里要舒服得多哩；可是旅行人只好知足一点。

罗瑟琳　对了,好试金石。你们瞧,谁来了；一个年轻人和一个老头子在一本正经地讲话。

柯林及西尔维斯上。

柯　林　你那样不过叫她永远把你笑骂而已。

西尔维斯　啊,柯林,你要是知道我是多么爱她！

柯　林　我有点猜得出来,因为我也曾经恋爱过呢。

西尔维斯　不,柯林,你现在老了,也就不能猜想了！虽然在你年轻的时候,你也像那些半夜三更在枕上翻来覆去的情人们一样真心。可是假如你的爱情也跟我的差不多——我想一定没有人会有我那样的爱情”——“那么你为了你的痴心梦想,一定做出过不知多少可笑的事情呢！

柯　林　我做过一千种的傻事,现在都已忘记了。

西尔维斯　噢！那么你就是不曾诚心爱过。假如你记不得你为了爱情而做出来的一件最琐细的傻事,你就不算真的恋爱过。假如你不曾像我现在这样坐着絮絮讲你的姑娘的好处,使听的人不耐烦,你就不算真的恋爱过,假如你不曾突然离开你的同伴,像我的热情现在驱使着我一样,你也不算真的恋爱过。啊,菲苾！菲苾！菲苾！（下。）

罗瑟琳　唉,可怜的牧人！我在诊断你的痛处的时候,却不幸地找到我自己的创伤了。

试金石　我也是这样。我记得我在恋爱的时候,曾经把一柄剑在石头上摔断,叫夜里来和琴·史美尔幽会的那个家伙留心着我,我记得我曾经吻过她的洗衣棒,也吻过被她那双皲裂的玉手挤过的母牛乳头；我记得我曾经把一颗豌豆荚权当作她而向她求婚，我剥出了两颗豆子！又把它们放进去，边流泪边说，“为了我的缘故，请您留着作个纪念吧。”我们这种多情种子都会做出一些古怪事儿来，但是我们既然都是凡人，一着了情魔是免不得要大发其痴劲的。

罗瑟琳　你的话聪明得出科你自己意料之外。

试金石　啜，我总不知道自己的聪明，除非有一天我给它绊了一跤！跌断了我的腿骨。

罗瑟琳　天神！天神！这个牧人的痴心。很有几分像我自己的情形。

试金石　也有点像我的情形，可是在我似乎有点儿陈腐了。

西莉娅　请你们随便哪一位去问问那边的人，肯不肯让我们用金子向他买一点吃的东西，我简直晕得要死了。

试金石　喂，你这蠢货！

罗瑟琳　别响，傻子！他并不是你的一家人。

柯　林　谁叫？

试金石　比你好一点的人，朋友。

柯　林　要是他们不比我好一点，那可寒酸得太不成话啦。

罗瑟琳　对你说，别响。——您晚安，朋友。

柯　林　晚安，好先生；各位晚安。

罗瑟琳　牧人，假如人情或是金银可以在这种荒野里换到一点款待的话，请你带我们到一处可以休息一下吃些东西的地方去好不好？这一位小姑娘赶路疲乏，快要晕过去了。

柯　林　好先生，我可怜她，不是为我自己打算！只是为了她的缘故，但愿我有能力帮助她；可是我只是给别人看羊，羊儿虽然归我饲养，羊毛却不归我剪。我的东家很小气，从不会修修福做点儿好事；而且他的草屋、他的羊群、他的牧场，现在都要出卖了。现在因为他不在家，我们的牧舍里没有一点可以给你们吃的东西，但是别管它有些什么，请你们来瞧瞧，我是极其欢迎你们的。

罗瑟琳　他的羊群和牧场预备卖给谁呢？

柯　林　就是刚才你们看见的那个年轻汉子，他是从来不想要买什么东西的。

罗瑟琳　要是没有什么不对的地方，我请你把那草屋牧场和羊群都买下了，我们给你出钱。

西莉娅　我们还要加你的工钱。我欢喜这地方，很愿意在这儿消度我的时光。

柯　林　这桩买卖一定可以成交。跟我来，要是你们打听过后，对于这块地皮、这种收益和这样的生活觉得中意，我愿意做你们十分忠心的仆人，马上用你们的钱去把它买来。（同下。）

第五场　林中的另一部分

阿米恩斯、杰奎斯及余人等上。

阿米恩斯 （唱）

绿树高张翠幕，
谁来偕我偃卧，
翻将欢乐心声，
学唱枝头鸟鸣：
盍来此？盍来此？盍来此？
目之所接，
精神契一，
唯忧雨雪之将至。

杰奎斯　再来一个，再来一个，请你再唱下去。

阿米恩斯　那会叫您发起愁来的，杰奎斯先生。

杰奎斯　再好没有。请你再唱下去！我可以从一曲歌中抽出愁绪来，就像黄鼠狼吮啜鸡蛋一样。请你再唱下去吧！

阿米恩斯　我的喉咙很粗，我知道一定不能讨您的欢喜。

杰奎斯　我不要你讨我的欢喜；我只要你唱。来，再唱一阕；你是不是把它们叫作一阕一阕的？

阿米恩斯　您高兴怎样叫就怎样叫吧！杰奎斯先生。

杰奎斯　不，我倒不去管它们叫什么名字；它们又不借我的钱。你唱起来吧！

阿米恩斯　既蒙敦促，我就勉为其难了。

杰奎斯　那么好，要是我会感谢什么人，我一定会感谢你；可是人家所说的恭维就像是两只狗猿碰了头，倘使有人诚心感谢我，我就觉得好像我给了他一个铜子，所以他像一个叫花子似的向我道谢。来，唱起来吧；你们不唱的都不要作声。

阿米恩斯　好，我就唱完这支歌。列位，铺起食桌来吧；公爵就要到这株树下来喝酒了。他已经找了您整整一天啦。

杰奎斯　我已经躲避了他整整一天啦。他太喜欢辩论了，我不高兴跟他在一起；我想到的事情像他一样多！可是谢谢天，我却不像他那样会说嘴，来，唱吧。

阿米恩斯　（唱，众和）

　　孰能敝屣尊荣，
　　来沐丽日光风，
　　觅食自求果腹，
　　一饱欣然意足：
　盍来此？盍来此？盍来此？

目之所接，
精神契一，
唯忧雨雪之将至。

杰奎斯　昨天我曾经按着这调子不加雕饰顺口吟成一节，倒要献丑献丑。

阿米恩斯　我可以把它唱出来。

杰奎斯　是这样的：

倘有痴愚之徒，
忽然变成蠢驴，
趁着心性癫狂，
撇却财富安康，
特达米，特达米，特达米，
何为来此？
举目一视，
唯见傻瓜之遍地。

阿米恩斯　"特达米"是什么意思？

杰奎斯　这是希腊文里召唤傻子们排起圆圈来的一种咒语。——假如睡得成觉的话，我要睡觉去；假如睡不成，我就要把埃及地方一切头胎生的痛骂一顿。[①]

阿米恩斯　我可要找公爵去；他的点心已经预备好了。（各下。）

① 《旧约》：《出埃及记》载上帝降罚埃及，凡埃及一切头胎生的皆遭瘟死：此处杰奎斯暗讽老公爵。

第六场　林中的另一部分

奥兰多及亚当上。

亚　当　好少爷，我再也走不动了。唉！我要饿死了。让我在这儿躺下挺尸吧。再会了，好心的少爷！

奥兰多　啊，怎么啦，亚当！你再没有勇气了吗？再活一些时候；提起一点精神来，高兴点儿。要是这座古怪的林中有什么野东西，那么我倘不是给它吃了，一定会把它杀了来给你吃的。你并不是真就要死了，不过是在胡思乱想而已。为了我的缘故，提起精神来吧；向死神抗拒一会儿，我去一去就回来看你，要是我找不到什么可以给你吃的东西！我一定答应你死去；可是假如你在我没有回来之前便死去，那你就是看不起我的辛苦了。说得好！你瞧上去有点振作了。我立刻就来。可是你躺在寒风里呢；来，我把你背到有遮荫的地方去。只要这块荒地里有活东西，你一定不会因为没有饭吃而饿死。振作起来吧，好亚当。（同下。）

第七场　林中的另一部分

食桌铺就。老公爵、阿米恩斯及流亡诸臣上。

公　爵　我想他一定已经变成一头畜生了，因为我到处找不到他的人影。

臣　甲　殿下，他刚刚走开去；方才他还在这儿很高兴地听人家唱歌。

公　爵　要是浑身都不和谐的他，居然也会变得爱好起音乐来，那么天体上不久就要大起骚乱了。去找他来！对他说我要跟他谈谈。

臣　甲　他自己来了，省了我一番跋涉。

杰奎斯上。

公　爵　啊，怎么啦，先生！这算什么，您的可怜的朋友们一定要千求万唤才把您请来吗？啊，您的神气很高兴哩！

杰奎斯　一个傻子，一个傻子！我在林中遇见一个傻子，一个身穿彩衣的傻子；唉，苦恼的世界！我确实遇见了一个傻子，正如我是靠着食物而活命一样确实；他躺着晒太阳，用头头是道的话辱骂着命运女神，然而他仍然不过是个身穿彩衣的傻子。"早安，傻子，"我说。"不，先生，"他说，"等到老天保佑我发了财，您再叫我傻子吧。"[①] 于是他从袋里掏出一只表来，用没有光彩的眼睛瞧着它，很聪明地说，"现在是十点钟了；我们可以从这里看出世界是怎样在变迁着：一小时之前还不过是九点钟，而再过一小时便是十一点钟了；照这样一小时一小时过去，我们越长越老，越老越不中用，这上面真是大有感慨可发。"我听了这个穿彩衣的傻子对时间发挥的这一段玄理，我的胸头就像公鸡一样叫起来了，纳罕着傻子居然会有这样深刻的思想；我笑了个不停，在他的表上整整笑去了一个小时。啊，高贵的傻子！可敬的傻子！彩衣是最好的装束。

公　爵　这是个怎么样的傻子？

杰奎斯　啊，可敬的傻子！他曾经出入宫廷；他说凡是年轻貌美的小姐们，都是有自知之明的。他的头脑就像航海回来剩下的饼干那样干燥，其中的每一个角落却塞满了人生的经验，他都用杂乱的话儿随口说了出来。啊，我但愿我也是个傻子！我想要穿一件花花的外套。

---

① 成语有"愚人多福"（Fortune favoursfools）故云。

公　爵　你可以有一件。

杰奎斯　这是我唯一的要求；只要殿下明鉴，除掉一切成见，别把我当聪明人看待；同时要准许我有像风那样广大的自由，高兴吹着谁便吹着谁：傻子们是有这种权利的，那些最被我的傻话所挖苦的人也最应该笑。殿下，为什么他们必须这样呢？这理由正和到教区礼拜堂去的路一样清楚：被一个傻子用俏皮话讥刺了的人，即使刺痛了，假如不装出一副若无其事的样子来，那么就显出聪明人的傻气，可以被傻子不经意一箭就刺穿，未免太傻了。给我穿一件彩衣，准许我说我心里的话；我一定会痛痛快快地把这染病的世界的丑恶的身体清洗个干净，假如他们肯耐心接受我的药方！

公　爵　算了吧，我知道你会做出些什么来。

杰奎斯　我可以拿一根筹码打赌，我做的事会不好吗？

公　爵　最坏不过的罪恶，就是指斥他人的罪恶：因为你自己也曾经是一个放纵你的兽欲的浪子；你要把你那身因为你的荒唐而长起来的臃肿的脓疮、溃烂的恶病，向全世界播散。

杰奎斯　什么，呼斥人间的奢侈，难道便是对于个人的攻击吗？奢侈的习俗不是像海潮一样浩瀚地流着，直到力竭而消退吗？假如我说城里的那些小户人家的妇女穿扮得像王公大人的女眷一样，我指明是哪一个女人吗？谁能挺身出来说我说的是她，假如她的邻居也是和她一个样子，一个操着最微贱行业的人，假如心想我讥讽了他，说他的好衣服不是我出的钱，那不是恰恰把他的愚蠢合上了我说的话吗？照此看来，又有什么关系呢？指给我看我的话伤害了他什么地方：要是说的对，那是他自取其咎；假如他问心无愧，那么我的责骂就像是一头野鸭飞过，不干谁的事。——可是谁来了。

奥兰多拔剑上。

奥兰多　停住,不准吃!

杰奎斯　嘿,我还不曾吃过呢。

奥兰多　而且也不会再给你吃,除非让饿肚子的人先吃过了。

公　爵　朋友,你是因为落难而变得这样强横吗?还是因为生来就是瞧不起礼貌的粗汉子,一点儿不懂得规矩?

奥兰多　你第一下就猜中我了,困苦逼迫着我,使我不得不把温文的礼貌抛在一旁;可是我却是在都市生长,受过一点儿教养的。但是我吩咐你们停住;在我的事情没有办完之前,谁碰一碰这些果子,就得死。

杰奎斯　你要是无理可喻,那么我准得死。

公　爵　你要什么?假如你不用暴力,客客气气地向我们说,我们一定会更客客气气地对待你的。

奥兰多　我快饿死了,给我吃。

公　爵　请坐请坐,随意吃吧。

奥兰多　你说得这样客气吗?请你原谅我!我以为这儿的一切都是野蛮的,因此才装出这副暴横的威胁神气来。可是不论你们是些什么人,在这儿人踪不到的荒野里,躺在凄凉的树阴下,不理会时间的消逝;假如你们曾经见过较好的日子,假如你们曾经到过鸣钟召集礼拜的地方,假如你们曾经参加过上流人的宴会,假如你们曾经揩过你们眼皮上的泪水,懂得怜悯和被怜悯的,那么让我的温文的态度格外感动你们:我抱着这样的希望!惭愧地藏好我的剑。

公　爵　我们确曾见过好日子,曾经被神圣的钟声召集到教堂里去,参加过上流人的宴会,从我们的眼上揩去过被神圣的怜悯所感动而流下的眼泪,所以你不妨和和气气地坐下来,凡是我们可以帮忙满足你需要的地方！一定愿意效劳。

奥兰多　那么请你们暂时不要把东西吃掉，我就去像一只母鹿一样找寻我的小鹿，把食物喂给他吃。有一位可怜的老人家，全然出于好心，跟着我一瘸一拐地走了许多疲乏的路，双重的劳瘁——他的高龄和饥饿——累倒了他；除非等他饱餐了之后，我决不接触一口食物。

公　爵　快去找他，我们绝对不把东西吃掉！等着你回来。

奥兰多　谢谢！愿您好心有好报！（下。）

公　爵　你们可以看到不幸的不只是我们：这个广大的宇宙的舞台上，还有比我们所演出的更悲惨的场景呢。

杰奎斯　全世界是一个舞台，所有的男男女女不过是一些演员；他们都有下场的时候，也都有上场的时候。一个人的一生中扮演着好几个角色，他的表演可以分为七个时期。最初是婴孩，在保姆的怀中啼哭呕吐。然后是背着书包、满脸红光的学童，像蜗牛一样慢腾腾地拖着脚步，不情愿地呜咽着上学堂，然后是情人，像炉灶一样叹着气，写了一首悲哀的诗歌咏着他恋人的眉毛。然后是一个军人，满口发着古怪的誓，胡须长得像豹子一样，爱惜着名誉！动不动就要打架，在炮口上寻求着泡沫一样的荣名。然后是法官！胖胖圆圆的肚子塞满了阉鸡，凛然的眼光，整洁的胡须，满嘴都是格言和老生常谈；他这样扮了他的一个角色。第六个时期变成了精瘦的趿着拖鞋的龙钟老叟，鼻子上架着眼镜，腰边悬着钱袋；他那年轻时候节省下来的长袜子套在他皱瘪的小腿上显得宽大异常，他那朗朗的男子的口音又变成了孩子似的尖声，像是吹着风笛和哨子。终结着这段古怪的多事的历史的最后一场，是孩提时代的再现，全然的遗忘，没有牙齿，没有眼睛，没有口味，没有一切。

奥兰多背亚当重上。

公　爵　欢迎！放下你背上那位可敬的老人家，让他吃东西吧。

奥兰多　我代他向您竭诚道谢。

亚　当　您真该代我道谢；我简直不能为自己向您开口道谢呢。

公　爵　欢迎，请用吧；我还不会马上就来打扰你，问你的遭遇。给我们奏些音乐；贤卿，你唱吧。

阿米恩斯　（唱）

不惧冬风凛冽，
风威远难逮及
人世之寡情；
其为气也虽厉，
其牙尚非甚锐，
风体本无形。
嘻嘻乎！且向冬青歌一曲：
友交皆虚妄，恩爱痴人逐。
嘻嘻乎冬青！
可乐唯此生。

不愁冱天冰雪，
其寒尚难逮及
受施而忘恩；
风皱满池碧水，
利刺尚难逮比
捐旧之友人。
嘻嘻乎！且向冬青歌一曲：
友交皆虚妄，恩爱痴人逐。

噫嘻乎冬青！
可乐唯此生。

公　爵　照你刚才悄声儿老老实实告诉我的，你说你是好罗兰爵士的儿子，我看你的相貌也真的十分像他；如果不是假的，那么我真心欢迎你到这儿来。我便是敬爱你父亲的那个公爵。关于你其他的遭遇，到我的洞里来告诉我吧。好老人家，我们欢迎你像欢迎你的主人一样。搀扶着他。把你的手给我，让我明白你们一切的经过。（众下。）

第三幕

第一场　宫中一室

弗莱德里克公爵、奥列佛、众臣及侍从等上。

弗莱德里克　以后没有见过他！哼，哼，不见得吧。倘不是因为仁慈在我的心里占了上风，有着你在眼前，我尽可以不必找一个不在的人出气的，可是你留心着吧，不论你的兄弟在什么地方，都得去给我找来，点起灯笼去寻访吧，在一年之内，要把他不论死活找到，否则你不用再在我们的领土上过活了。你的土地和一切你自命为属于你的东西，值得没收的我们都要没收，除非等你能够凭着你兄弟的招供洗刷去我们对你的怀疑。

奥列佛　求殿下明鉴！我从来就不曾喜欢过我的兄弟。

弗莱德里克　这可见你更是个坏人。好，把他赶出去；吩咐该管官吏把他的房屋土地没收。赶快把这事办好，叫他滚蛋。（众下）

第二场　亚登森林

奥兰多携纸上。

奥兰多　悬在这里吧，我的诗，证明我的爱情；

你三重王冠的夜间的女王[1]，请临视，
从苍白的昊天，用你那贞洁的眼睛，
那支配我生命的，你那猎伴[2]的名字。
啊，罗瑟琳！这些树林将是我的书册，
我要在一片片树皮上镂刻下相思，
好让每一个来到此间的林中游客，
任何处见得到颂赞她美德的言辞。
走，走，奥兰多；去在每株树上刻着伊。
那美好的、幽娴的、无可比拟的人儿。（下。）

柯林及试金石上。

柯　林　您喜欢不喜欢这种牧人的生活，试金石先生？

试金石　说老实话，牧人，按着这种生活的本身说起来，倒是一种很好的生活；可是按着这是一种牧人的生活说起来，那就毫不足取了。照它的清静而论，我很喜欢这种生活；可是照它的寂寞而论，实在是一种很坏的生活，看到这种生活是在田间，很使我满意；可是看到它不是在宫廷里，那简直很无聊。你瞧，这是一种很经济的生活，因此倒怪合我的脾胃；可是它未免太寒伧了，因此我过不来，你懂不懂得一点哲学，牧人？

柯　林　我只知道这一点儿：一个人越是害病，他越是不舒服；钱财、资本和知足，是人们缺少不来的三位好朋友；雨湿淋衣，火旺烧柴；好牧场产肥羊，天黑是因为没有了太阳；生来愚笨怪祖父，学而不慧师之惰。

---

① 三重王冠的女王指黛安娜女神，因为她在天上为琉娜（Luan）：在地上为狄安娜，在幽冥为普洛塞庇那（Proserpina）。

② 狄安娜又为司狩猎的女神，又为处女的保护神，故奥兰多以罗瑟琳为她的猎伴。

试金石　这样一个人是天生的哲学家了。有没有到过宫廷里，牧人？

柯　林　没有，不瞒您说。

试金石　那么你这人就该死了。

柯　林　我希望不至于吧？

试金石　真的，你这人该死，就像一个煎得不好、一面焦的鸡蛋。

柯　林　因为没有到过宫廷里吗？请问您的理由。

试金石　喏，要是你从来没有到过宫廷里，你就不曾见过好礼貌；要是你从来没有见过好礼貌，你的举止一定很坏；坏人就是有罪的人，有罪的人就该死。你的情形很危险呢，牧人。

柯　林　一点不，试金石。在宫廷里算作好礼貌的，在乡野里就会变成可笑，正像乡下人的行为一到了宫廷里就显得寒伧一样。您对我说过你们在宫廷里只要见人打招呼就要吻手；要是宫廷里的老爷们都是牧人，那么这种礼貌就要嫌太龌龊了。

试金石　有什么证据？简单地说。来，说出理由来。

柯　林　喏，我们的手常常要去碰着母羊；它们的毛，您知道，是很油腻的。

试金石　嘿，廷臣们的手上不是也要出汗的吗？羊身上的脂肪比起人身上的汗腻来，不是一样干净的吗？浅薄！浅薄！说出一个好一点的理由来，说吧。

柯　林　而且，我们的手很粗糙。

试金石　那么你们的嘴唇格外容易感到它们！还是浅薄！再说一个充分一点的理由，说吧。

柯　林　我们的手在给羊们包扎伤处的时候总是涂满了焦油，您要我们跟焦油接吻吗？宫廷里的老爷们手上都是涂着麝香的。

试金石　浅薄不堪的家伙！把你跟一块好肉比起来，你简直是一块给蛆虫吃的臭肉！用心听聪明人的教训吧：麝香是一只猫身上流出来的龌龊东西，它的来源比焦油脏得多呢。把你的理由修正修正吧，牧人。

柯　林　您太会讲话了，我说不过您，我不说了。

试金石　你就甘心该死吗？上帝保佑你，浅薄的人！上帝把你好好针砭一下！你太不懂世事了。

柯　林　先生，我是一个地道的做活的；我用自己的力量换饭吃换衣服穿，不跟别人结怨，也不妒羡别人的福气；瞧着人家得意我也高兴，自己倒了霉就自宽自解；我的最大的骄傲就是瞧我的母羊吃草，我的羔羊啜奶。

试金石　这又是你的一桩因为傻气而造下的孽：你把母羊和公羊拉拢在一起，靠着它们的配对来维持你的生活；给挂铃的羊当龟奴，替一头歪脖子的老王八公羊把才一岁的雌儿骗诱失身，也不想到合配不合配；要是你不会因此而下地狱，那么魔鬼也没有人给他牧羊了。我想不出你有什么豁免的希望。

柯　林　盖尼米德大官人来了，他是我的新主妇的哥哥。

罗瑟琳读一张字纸上，

罗瑟琳

从东印度到西印度找遍奇珍，
没有一颗珠玉比得上罗瑟琳。
她的名声随着好风播满诸城，
整个世界都在仰慕着罗瑟琳。
画工描摹下一幅幅倩影真真，
都要黯然无色一见了罗瑟琳。
任何的脸貌都不用铭记在心，
单单牢记住了美丽的罗瑟琳。

试金石　我可以给您这样凑韵下去凑它整整的八年,吃饭和睡觉的时间除外。这好像是一连串上市去卖奶油的好大娘。

罗瑟琳　啐,傻子!

试金石　试一下看:

要是公鹿找不到母鹿很伤心,
不妨叫它前去寻找那罗瑟琳。
倘说是没有一只猫儿不叫春,
心同此情有谁能责怪罗瑟琳?
冬天的衣裳棉花应该衬得温,
免得冻坏了娇怯怯的罗瑟琳。
割下的田禾必须捆得端端整,
一车的禾捆上装着个罗瑟琳。
最甜蜜的果子皮儿酸痛了唇,
这种果子的名字便是罗瑟琳。
有谁想找到玫瑰花开香喷喷,
就会找到爱的棘刺和罗瑟琳。

这简直是胡扯的歪诗,您怎么也会给这种东西沾上了呢?

罗瑟琳　别多嘴,你这蠢傻瓜!我在一株树上找到它们的。

试金石　真的!这株树生的果子太坏。

罗瑟琳　那我就把它和你接种在一起,把它和爱乱缠的枸杞接种在一起;这样它就是地里最早的果子了;因为你没等半熟就会烂掉的,这正是爱乱缠的枸杞的特点。

西莉娅读一张字纸上。

罗瑟琳　静些!我的妹妹读着些什么来了,站旁边去。

西莉娅

为什么这里是一片荒碛?
　因为没有人居住吗?不然,
我要叫每株树长起喉舌,
　吐露出温文典雅的语言,
或是慨叹着生命一何短,
　匆匆跑完了游子的行程,
只需把手掌轻轻翻个转,
　便早已终结人们的一生;
或是感怀着旧盟今已冷,
　同心的契友忘却了故交;
但我要把最好树枝选定,
　缀附在每行诗句的终梢,
罗瑟琳三个字小名美妙,
　向普世的读者遍告周知。
莫看她苗条的一身娇小,
　宇宙间的精华尽萃于兹;
造物当时曾向自然诏示,
　吩咐把所有的绝世姿才
向纤纤一躯中合炉熔制,
　累天工费去不少的安排:
负心的海伦醉人的脸蛋,
　克莉奥佩特拉威仪丰容。
阿塔兰忒[①]的柳腰儿款摆,

① 阿塔兰忒(Atalanta):希腊传说中善疾走的美女。

鲁克丽西娅[1]的节操贞松：
劳动起玉殿上诸天仙众，
造成这十全十美罗瑟琳；
荟萃了各式的妍媚万种，
选出一副俊脸目秀精神。
上天给她这般恩赐优渥，
我命该终身做她的臣仆。

罗瑟琳　啊，最温柔的宣教师！您的恋爱的说教是多么啰唆得叫您的教民听了厌烦，可是您却也不喊一声，“请耐心一点，好人们。”

西莉娅　啊，朋友们，退后去！牧人，稍为走开一点；跟他去，小子。

试金石　来，牧人，让我们堂堂退却：大小箱笼都不带，只带一个头陀袋。（柯林、试金石下。）

西莉娅　你有没有听见这种诗句？

罗瑟琳　啊，是的，我都听见了。真是大块文章；有些诗句里多出好几步，拖都拖不动。

西莉娅　那没关系，步子可以拖着诗走。

罗瑟琳　不错，但是这些步子自己就不是四平八稳的！没有诗韵的帮助，简直寸步难行；所以只能勉强塞在那里。

西莉娅　但是你听见你的名字被人家悬挂起来，还刻在这种树上，不觉得奇怪吗？

罗瑟琳　人家说一件奇事过了九天便不足为奇；在你没有来之前，我已经过了第七天了。瞧！这是我在一株棕榈树上找到的。自从毕达哥拉斯的时候以来，我从不曾被人这样用诗句咒过；那时我

① 鲁克丽西娅（Lucretia）：莎士比亚叙事诗《鲁克丽丝受辱记》中的主角。

是一只爱尔兰的老鼠[①]，现在简直记也记不起来了。

西莉娅　你想这是谁干的？

罗瑟琳　是个男人吗？

西莉娅　而且有一根链条，是你从前带过的！套在他的颈上。你脸红了吗？

罗瑟琳　请你告诉我是谁？

西莉娅　主啊！主啊！朋友们见面真不容易。可是两座高山也许会给地震搬了家而碰起头来。

罗瑟琳　哎，但是究竟是谁呀？

西莉娅　真的猜不出来吗？

罗瑟琳　哎，我使劲地央求你告诉我他是谁。

西莉娅　奇怪啊！奇怪啊！奇怪到无可再奇怪的奇怪！奇怪而又奇怪！说不出来的奇怪！

罗瑟琳　我要脸红起来了！你以为我打扮得像个男人，就会在精神上也穿起男装来吗？你再耽延一刻不再说出来，就要累我在汪洋大海里作茫茫的探索了，请你快快告诉我他是谁，不要吞吞吐吐，我倒希望你是个口吃的！那么你也许会把这个保守着秘密的名字不期然而然地打你嘴里吐出来！就像酒从狭口的瓶里倒出来一样，不是一点都倒不出，就是一下子出来了许多。求求你拔去你嘴里的塞子，让我饮着你的消息吧。

西莉娅　那么你要把那人儿一口气吞下肚子里去是不是？

罗瑟琳　他是上帝造下来的吗？是个什么样子的人！他的头戴上一顶帽子显不显得寒伧？他的下巴留着一把胡须像不像个样儿？

西莉娅　不，他只有一点点儿胡须。

---

① 念咒驱除老鼠为爱尔兰人一种迷信习俗。

罗瑟琳　哦,要是这家伙知道好歹,上帝会再给他一些的。要是你立刻就告诉我他的下巴是怎么一个样子,我愿意等候他长起须来。

西莉娅　他就是年轻的奥兰多,一下子把那拳师的脚跟和你的心一起绊跌了个斤斗的。

罗瑟琳　哎,取笑人的让魔鬼抓了去;像一个老老实实的好姑娘似的,规规矩矩说吧。

西莉娅　真的,姊姊,是他。

罗瑟琳　奥兰多?

西莉娅　奥兰多。

罗瑟琳　哎哟!我这一身大衫短裤该怎么办呢?你看见他的时候他在做些什么?他说些什么?他瞧上去怎样?他穿着些什么?他为什么到这儿来?他问起我吗?他住在哪儿?他怎样跟你分别的?你什么时候再去看他?用一个字回答我。

西莉娅　你一定先要给我向卡冈都亚[①]借一张嘴来才行;像我们这时代的人,一张嘴里是装不下这么大的一个字的,要是一句句都用"是"和"不"回答起来,也比考问教理还麻烦呢。

罗瑟琳　可是他知道我在这林子里,打扮做男人的样子吗?他是不是跟摔角的那天一样有精神?

西莉娅　回答情人的问题,就像数微尘的粒数一般为难。你好好听我讲我怎样找到他的情形,静静地体味着吧。我看见他在一株树底下,像一颗落下来的橡果。

罗瑟琳　树上会落下这样果子来!那真可以说是神树了。

西莉娅　好小姐,听我说。

罗瑟琳　讲下去。

① 卡冈都亚(Gargantua)法国拉伯雷(Rabelais)《巨人传》中的饕餮巨人。

西莉娅　他直挺挺地躺在那儿,像一个受伤的骑士。

罗瑟琳　虽然这种样子有点可怜相,可是地上躺着这样一个人,倒也是很合适的。

西莉娅　喊你的舌头停步吧,它简直随处乱跳。——他打扮得像个猎人。

罗瑟琳　哎哟,糟了!他要来猎取我的心了。

西莉娅　我唱歌的时候不要别人和着唱,你缠得我弄错拍子了。

罗瑟琳　你不知道我是个女人吗?我心里想到什么,便要说出口来,好人儿,说下去吧。

西莉娅　你已经打断了我的话头。且慢!他不是来了吗?

罗瑟琳　是他!我们躲在一旁瞧着他吧。

奥兰多及杰奎斯上。

杰奎斯　多谢相陪,可是说老实话,我倒是喜欢一个人清静些。

奥兰多　我也是这样;可是为了礼貌的关系!我多谢您的做伴。

杰奎斯　上帝和您同在!让我们越少见面越好。

奥兰多　我希望我们还是不要相识的好。

杰奎斯　请您别再在树皮上写情诗糟蹋树木了。

奥兰多　请您别再用难听的声调念我的诗!把它们糟蹋了。

杰奎斯　您的情人的名字是罗瑟琳吗?

奥兰多　正是。

杰奎斯　我不喜欢她的名字。

奥兰多　她取名的时候!并没有打算要您喜欢。

杰奎斯　她的身材怎样?

奥兰多　恰恰够得到我的心头那样高。

杰奎斯　您怪会说俏皮的回答!您是不是跟金匠们的妻子有点儿交情,因此把戒指上的警句都默记下来了?

奥兰多　不，我都是用彩画的挂帷上的话儿来回答您；您的问题也是从那儿学来的。

杰奎斯　您的口才很敏捷，我想是用阿塔兰忒的脚跟做成的。我们一块儿坐下来好不好，我们两人要把世界痛骂一顿，大发一下牢骚。

奥兰多　我不愿责骂世上的有生之伦，除了我自己；因为我知道自己的错处最明白。

杰奎斯　您的最坏的错处就是要恋爱。

奥兰多　我不愿把这个错处来换取您的最好的美德。您真叫我腻烦。

杰奎斯　说老实话，我遇见您的时候，本来是在找一个傻子。

奥兰多　他掉在溪水里淹死了，您向水里一望，就可以瞧见他。

杰奎斯　我只瞧见我自己的影子。

奥兰多　那我以为倘不是个傻子，定然是个废物。

杰奎斯　我不想再跟您在一起了。再见，多情的公子。

奥兰多　我巴不得您走。再会，忧愁的先生。（杰奎斯下。）

罗瑟琳　我要像一个无礼的小厮一样去向他说话，跟他捣捣乱。——听见我的话吗，树林里的人？

奥兰多　很好，你有什么话说？

罗瑟琳　请问现在是几点钟？

奥兰多　你应该问我现在是什么时辰；树林里哪来的钟？

罗瑟琳　那么树林里也不会有真心的情人了；否则每分钟的叹气，每点钟的呻吟，该会像时钟一样计算出时间的懒懒的脚步来的。

奥兰多　为什么不说时间的快步呢？那样说不对吗？

罗瑟琳　不对，先生。时间对于各种人有各种的步法。我可以告诉你时间对于谁是走慢步的，对于谁是跨着细步走的？对于谁是奔着走的，对于谁是立定不动的。

奥兰多　请问他对于谁是跨着细步走的？

罗瑟琳　呃，对于一个订了婚还没有成礼的姑娘！时间是跨着细步有气无力地走着的；即使这中间只有一星期！也似乎有七年那样难过。

奥兰多　对于谁时间是走着慢步的？

罗瑟琳　对于一个不懂拉丁文的牧师！或是一个不害痛风的富翁：一个因为不能读书而睡得很酣畅，一个因为没有痛苦而活得很高兴；一个可以不必辛辛苦苦地钻研，一个不知道有贫穷的艰困。对于这种人，时间是走着慢步的。

奥兰多　对于谁他是奔着走的？

罗瑟琳　对于一个上绞架的贼子；因为虽然他尽力放慢脚步，他还是觉得到得太快了。

奥兰多　对于谁他是静止不动的？

罗瑟琳　对于在休假中的律师！因为他们在前后开庭的时期之间，完全昏睡过去，不觉到时间的移动。

奥兰多　可爱的少年！你住在哪儿？

罗瑟琳　跟这位牧羊姑娘！我的妹妹！住在这儿的树林边，正像裙子上的花边一样。

奥兰多　你是本地人吗？

罗瑟琳　跟那头你看见的兔子一样！它的住处就是它生长的地方。

奥兰多　住在这种穷乡僻壤！你的谈吐却很高雅。

罗瑟琳　好多人都曾经这样说我；其实是因为我有一个修行的老伯父，他本来是在城市里生活的，是他教导我讲话；他曾经在宫廷里闹过恋爱，因此很懂得交际的门槛。我曾经听他发过许多反对恋爱的议论，多谢上帝我不是个女人，不会犯到他所归咎于一般女性的那许多心性轻浮的罪恶。

奥兰多　你记不记得他所说的女人的罪恶当中主要的几桩？

罗瑟琳　没有什么主要不主要的；跟两个铜子相比一样，全差不多；每一件过失似乎都十分严重，可是立刻又有一件出来可以赛过它。

奥兰多　请你说几件看。

罗瑟琳　不，我的药是只给病人吃的。这座树林里常常有一个人来往，在我们的嫩树皮上刻满了“罗瑟琳”的名字，把树木糟蹋得不成样子；山楂树上挂起了诗篇，荆棘枝上吊悬着哀歌，说来说去都是把罗瑟琳的名字捧作神明。要是我碰见了那个卖弄风情的家伙，我一定要好好给他一番教训，因为他似乎害着相思病。

奥兰多　我就是那个给爱情折磨的他。请你告诉我你有什么医治的方法。

罗瑟琳　我伯父所说的那种记号在你身上全找不出来，他曾经告诉我怎样可以看出来一个人是在恋爱着！我可以断定你一定不是那个草扎的笼中的囚人。

奥兰多　什么是他所说的那种记号呢？

罗瑟琳　一张瘦瘦的脸庞，你没有；一双眼圈发黑的凹陷的眼睛，你没有；一副懒得跟人家交谈的神气，你没有；一脸忘记了修薙的胡子，你没有；——可是那我可以原谅你，因为你的胡子本来就像小兄弟的产业一样少得可怜。而且你的袜子上应当是不套袜带的，你的帽子上应当是不结帽纽的，你的袖口的纽扣应当是脱开的，你的鞋子上的带子应当是松散的，你身上的每一处都要表示出一种不经心的疏懒，可是你却不是这样一个人；你把自己打扮得这么齐整，瞧你倒有点顾影自怜，完全不像在爱着什么人。

奥兰多　美貌的少年，我希望我能使你相信我是在恋爱。

罗瑟琳　我相信！你还是叫你的爱人相信吧。我可以断定，她即使容易相信你，她嘴里也是不肯承认的；这也是女人们不老实的一点。

可是说老实话,你真的便是把恭维着罗瑟琳的诗句悬挂在树上的那家伙吗?

奥兰多　少年,我凭着罗瑟琳的玉手向你起誓,我就是他,那个不幸的他。

罗瑟琳　可是你真的像你诗上所说的那样热恋着吗?

奥兰多　什么也不能表达我的爱情的深切。

罗瑟琳　爱情不过是一种疯狂;我对你说,有了爱情的人,是应该像对待一个疯子一样,把他关在黑屋子里用鞭子抽一顿的。那么为什么他们不用这种处罚的方法来医治爱情呢?因为那种疯病是极其平常的,就是拿鞭子的人也在恋爱哩。可是我有医治它的法子。

奥兰多　你曾经医治过什么人吗?

罗瑟琳　是的,医治过一个;法子是这样的:他假想我是他的爱人,他的情妇,我叫他每天都来向我求爱;那时我是一个善变的少年,便一会儿伤心,一会儿温存,一会儿翻脸,一会儿思慕,一会儿欢喜,骄傲、古怪、刁钻、浅薄、轻浮,有时满眼的泪,有时满脸的笑。什么情感都来一点儿,但没有一种是真切的,就像大多数的孩子们和女人们一样;有时欢喜他,有时讨厌他,有时讨好他,有时冷淡他,有时为他哭泣,有时把他唾弃:我这样把我这位求爱者从疯狂的爱逼到真的疯狂起来,以至于抛弃人世,做起隐士来了,我用这种方法治好了他,我也可以用这种方法把你的心肝洗得干干净净,像一颗没有毛病的羊心一样,再没有一点爱情的痕迹。

奥兰多　我不愿意治好,少年。

罗瑟琳　我可以把你治好,假如你把我叫作罗瑟琳,每天到我的草屋里来向我求爱。

奥兰多　凭着我的恋爱的真诚,我愿意。告诉我你住在什么地方。

罗瑟琳　跟我去,我可以指点给你看;一路上你也要告诉我你住在林中的什么地方。去吗?

奥兰多　很好,好孩子。

罗瑟琳　不,你一定要叫我罗瑟琳。来,妹妹,我们去吧。(同下。)

第三场　林中的另一部分

试金石及奥德蕾上，杰奎斯随后。

试金石　快来,好奥德蕾,我去把你的山羊赶来。怎样！奥德蕾？我还不曾是你的好人儿吗！我这副粗鲁的神气你中意吗?

奥德蕾　您的神气！天老爷保佑我们！什么神气?

试金石　我陪着你和你的山羊在这里！就像那最会梦想的诗人奥维德在一群哥特人中间一样。

杰奎斯　(旁白)唉,学问装在这么一副躯壳里,比乔武住在草棚里更坏!

试金石　要是一个人写的诗不能叫人懂,他的才情不能叫人理解,那比之小客栈里开出一张大账单来还要命。真的,我希望神们把你变得诗意一点。

奥德蕾　我不懂得什么叫作“诗意一点”。那是一句好话,一件好事情吗？那是诚实的吗!

试金石　老实说,不,因为最真实的诗是最虚妄的;情人们都富于诗意,他们在诗里发的誓,可以说都是情人们的假话。

奥德蕾　那么您愿意天爷爷们把我变得诗意一点吗?

试金石　是的,不错;因为你发誓说你是贞洁的,假如你是个诗人,我就可以希望你说的是假话了。

奥德蕾　您不愿意我贞洁吗?

试金石　对了,除非你生得难看;因为贞洁跟美貌碰在一起,就像在糖里再加蜜。

杰奎斯 （旁白）好一个有见识的傻瓜！

奥德蕾 好，我生得不好看，因此我求求天爷爷们让我贞洁吧。

试金石 真的，把贞洁丢给一个丑陋的懒女人，就像把一块好肉盛在龌龊的盆子里。

奥德蕾 我不是个懒女人，虽然我谢谢天爷爷们我是丑陋的。

试金石 好吧，感谢天爷爷们把丑陋赏给了你！懒惰也许会跟着来的。可是不管这些，我一定要跟你结婚；为了这事我已经去见过邻村的牧师奥列佛·马坦克斯特师傅，他已经答应在这儿树林里会我，给我们配对。

杰奎斯 （旁白）我倒要瞧瞧这场热闹。

奥德蕾 好，天爷爷们保佑我们快活吧！

试金石 阿门！倘使是一个胆小的人，也许不敢贸然从事；因为这儿没有庙宇，只有树林，没有宾众，只有一些出角的畜生，但这有什么要紧呢？放出勇气来！角虽然讨厌，却也是少不来的。人家说，"许多人有数不清的家私。"对了，许多人也有数不清的好角儿。好在那是他老婆陪嫁来的妆奁，不是他自己弄到手的。出角吗？有什么要紧？只有苦人儿才出角吗？不，不，最高贵的鹿和最寒伧的鹿长的角儿一样大呢。那么单身汉便算是好福气吗？不，城市总比乡村好些，已婚者隆起的额角，也要比未婚者平坦的额角体面得多；懂得几手击剑法的，总比一点不会的好些，因此有角也总比没角强。奥列佛师傅来啦。

奥列佛·马坦克斯特师傅上。

试金石 奥列佛·马坦克斯特师傅，您来得巧极了。您还是就在这树下替我们把事情办了呢，还是让我们跟您到您的教堂里去？

马坦克斯特 这儿没有人可以把这女人做主嫁出去吗？

试金石　我不要别人把她布施给我。

马坦克斯特　真的，她一定要有人做主许嫁，否则这种婚姻便不合法。

杰奎斯　（上前）进行下去，进行下去，我可以把她许嫁。

试金石　晚安，某某先生。您好，先生！欢迎欢迎！上次多蒙照顾，不胜感激。我很高兴看见您。我现在有一点点儿小事，先生。哎，请戴上帽子。

杰奎斯　你要结婚了吗，傻瓜？

试金石　先生，牛有轭，马有勒，猎鹰腿上挂金铃，人非木石岂无情？鸽子也要亲个嘴儿；女大当嫁！男大当婚。

杰奎斯　像你这样有教养的人，却愿意在一棵树底下像叫花子那样成亲吗？到教堂里去，找一位可以告诉你们婚姻的意义的好牧师。要是让这个家伙把你们像钉墙板似的钉在一起，你们中间总有一个人会像没有晒干的木板一样干缩起来！越变越弯的。

试金石　（旁白）我倒以为让他给我主婚比别人好一点，因为瞧他的样子是不会像像样样地主持婚礼的；假如结婚结得草率一些，以后我可以借口离弃我的妻子。

杰奎斯　你跟我来，让我指教指教你。

试金石　来，好奥德蕾。我们一定得结婚，否则我们只好通奸。再见，好奥列佛师傅，不是

亲爱的奥列佛！
勇敢的奥列佛！
请你不要把我丢弃；[①]

而是

① “亲爱的奥列佛”三句为俗歌中的断句。

走开去，奥列佛！
滚开去，奥列佛！
我们不要你行婚礼。（杰奎斯、试金石、奥德蕾同下。）

马坦克斯特　不要紧,这一批荒唐的浑蛋谁也不能讥笑掉我的饭碗。(下。)

第四场　林中的另一部分

罗瑟琳及西莉娅上。

罗瑟琳　别跟我讲话,我一定要哭。

西莉娅　你就哭吧,可是你还得想一想男人是不该流眼泪的。

罗瑟琳　但我岂不是有应该哭的理由吗?

西莉娅　理由是再充分也没有的了,所以你哭吧。

罗瑟琳　瞧他的头发的颜色,就可以看出来他是个坏东西。

西莉娅　比犹大的头发颜色略为深些,他的接吻就是犹大一脉相传下来的。

罗瑟琳　凭良心说一句,他的头发颜色很好。

西莉娅　那颜色好极了,栗色是最好的颜色。

罗瑟琳　他的接吻神圣得就像圣餐面包触到唇边一样。

西莉娅　他买来了一对狄安娜用过的嘴唇,一个凛若冰霜的尼姑也不会吻得像他那样虔诚,他的嘴唇里就有着冷冰冰的贞洁。

罗瑟琳　可是他为什么发誓说今天早上要来,却偏偏不来呢?

西莉娅　不用说,他这人没有半分真心。

罗瑟琳　你是这样想吗?

西莉娅　是的。我想他不是个扒儿手,也不是个盗马贼,可是要说起他的爱情的真不真来,那么我想他就像一只盖好了的空杯子,或是一枚蛀空了的硬壳果一样空心。

罗瑟琳　他的恋爱不是真心吗?

西莉娅　他在恋爱的时候,他是真心的,可是我以为他并不在恋爱。

罗瑟琳　你不是听见他发誓说他的的确确在恋爱吗?

西莉娅　从前说是,现在却不一定是;而且情人们发的誓,是和堂倌嘴里的话一样靠不住的,他们都是惯报虚账的家伙。他在这儿树林子里跟公爵你的父亲在一块儿呢。

罗瑟琳　昨天我碰见公爵,跟他谈了好久。他问我的父母是怎样的人;我对他说,我的父母跟他一样高贵;他大笑着让我走了。可是我们现在有像奥兰多这么一个人,还要谈父亲做什么呢?

西莉娅　啊,好一个出色的人!他写得一手好诗,讲得一口漂亮话,发着动听的誓,再堂而皇之地毁了誓,同时碎了他情人的心;正如一个拙劣的枪手,骑在马上一面歪,像一头好鹅一样把他的枪杆折断了。但是年轻人凭着血气和痴劲做出来的事,总是很出色的。——谁来了?

柯林上。

柯　林　姑娘和大官人,你们不是常常问起那个害相思病的牧人,那天你们不是看见他和我坐在草地上,称赞着他的情人,那个盛气凌人的牧羊女吗?

西莉娅　嗯,他怎样啦?

柯　林　要是你们想看一本认真扮演的好戏,一面是因为情痴而容颜惨白,一面是因为傲慢而满脸绯红;只要稍走几步路,我可以领你们去,看一个痛快。

罗瑟琳　啊!来,让我们去吧。在恋爱中的人,欢喜看人家相恋。带我们去看;我将要在他们的戏文里当一名重要的角色。(同下。)

第五场 林中的另一部分

西尔维斯及菲苾上。

西尔维斯 亲爱的菲苾，不要讥笑我；请不要，菲苾！您可以说您不爱我，但不要说得那样狠！习惯于杀人的硬心肠的刽子手，在把斧头向低俯的颈项上劈下的时候也要先说一声对不起；难道您会比这种靠着流血为生的人心肠更硬吗？

罗瑟琳、西莉娅及柯林自后上。

菲 苾 我不愿做你的刽子手！我逃避你；因为我不愿伤害你。你对我说我的眼睛会杀人；这种话当然说得很好听，很动人；眼睛本来是最柔弱的东西，一见了些微尘就会胆小得关起门来，居然也会给人叫作暴君、屠夫和凶手！现在我使劲地抡起白眼瞧着你！假如我的眼睛能够伤人，那么让它们把你杀死了吧：现在你可以假装晕过去了啊；嘿，现在你可以倒下去了呀；假如你并不倒下去，哼！羞啊，羞啊，你可别再胡说，说我的眼睛是凶手了。现在你且把我的眼睛加在你身上的伤痕拿出来看。单单用一枚针儿划了一下，也会有一点疤痕；握着一根灯心草你的手掌上也会有一刻儿留着痕迹；可是我的眼光现在向你投射，却不曾伤了你：我相信眼睛里是决没有可以伤人的力量的。

西尔维斯 啊，亲爱的菲苾，要是有一天——也许那一天就近在眼前——您在谁个清秀的脸庞上看出了爱情的力量，那时您就会感觉到爱情的利箭所加在您心上的无形的创伤了。

菲 苾 可是在那一天没有到来之前，你不要走近我吧。如果有那一天，那么你可以用你的讥笑来凌虐我，却不用可怜我；因为不到那时候,我总不会可怜你的。

罗瑟琳 (上前)为什么呢,请问?谁是你的母亲,生下了你来,把这个不幸的人这般侮辱,如此欺凌?你生得不漂亮——老实说,我看你还是晚上不用点蜡烛就钻到被窝里去的好——难道就该这样骄傲而无情吗?——怎么,这是什么意思?你望着我做什么?我瞧你不过是一件天生的粗货罢了。他妈的!我想她要打算迷住我哩。不,老实说,骄傲的姑娘,你别做梦吧!凭着你的墨水一样的眉毛,你的乌丝一样的头发,你的黑玻璃球一样的眼睛,或是你的乳脂一样的脸庞,可不能叫我为你倾倒呀。——你这蠢牧人儿,干吗你要追随着她,像是挟着雾雨而俱来的南风?你是比她漂亮一千倍的男人;都是因为有了你们这种傻瓜,世上才有那许多难看的孩子。叫她得意的是你的恭维,不是她的镜子;听了你的话,她便觉得她自己比她本来的容貌美得多了。——可是,姑娘,你自己得放明白些;跪下来,斋戒谢天,赐给你这么好的一个爱人。我得向你耳边讲句体己的话,有买主的时候赶快卖去了吧;你不是到处都有销路的。求求这位大哥恕了你,爱他,接受他的好意。生得丑再要瞧人不起,那才是奇丑无比了。——好,牧人,你拿了她去。再见吧。

菲 苾 可爱的青年,请您把我骂一整年吧。我宁愿听您的骂,不要听这人的恭维。

罗瑟琳 他爱上了她的丑样子,她爱上了我的怒气!倘使真有这种事,那么她一扮起了怒容来答复你,我便会用刻薄的话儿去治她。——你为什么这样瞧着我?

菲 苾 我对您没有怀着恶意呀。

罗瑟琳 请你不要爱我吧,我这人是比醉后发的誓更靠不住的;而且我又不喜欢你。要是你想知道我家在何处,请到这儿附近的那簇橄榄树的地方来寻访好了。—— 我们去吧，妹妹。——牧人，着力追求她。——来，妹妹。——牧女，待他好一点儿，别那么骄傲；整个世界上生眼睛的人，都不会像他那样把你当作天仙的。——来，瞧我们的羊群去。（罗瑟琳、西莉娅、柯林同下）

菲　苾　过去的诗人，现在我明白了你的话果然是真："谁个情人不是一见就钟情？"[①]

西尔维斯　亲爱的菲苾——

菲　苾　啊！你怎么说，西尔维斯？

西尔维斯　亲爱的菲苾，可怜我吧！

菲　苾　唉，我为你伤心呢，温柔的西尔维斯。

西尔维斯　同情之后，必有安慰；要是您见我因为爱情而伤心而同情我，那么只要把您的爱给我，您就可以不用再同情，我也无须再伤心了。

菲　苾　你已经得到我的爱了；咱们不是像邻居那么要好着吗？

西尔维斯　我要的是您。

菲　苾　啊，那就是贪心了。西尔维斯，从前我讨厌你；可是现在我也不是对你有什么爱情；不过你既然讲爱情讲得那么好，我本来是讨厌跟你在一起的，现在我可以忍受你了，我还有事儿要差遣你呢；可是除了你自己因为供我差遣而感到的欣喜以外，可不用希望我还会用什么来答谢你。

西尔维斯　我的爱情是这样圣洁而完整，我又是这样不蒙眷顾，因此只要能够拾些人家收获过后留下来的残穗，我也以为是一次最丰富的收成了；随时略为给我一个不经意的微笑，我就可以靠着它活命。

---

① 过去的诗人指马洛（Christopher Marlow，1564—1593）：莎士比亚同时代的戏剧家、诗人："谁个情人不是一见就钟情？"一句系马洛所作叙事诗《希罗与里昂德》中之语。

菲　苾　你认识刚才对我讲话的那个少年吗?

西尔维斯　不大熟悉,但我常常遇见他;他已经把本来属于那个老头儿的草屋和地产都买下来了。

菲　苾　不要以为我爱他,虽然我问起他。他只是个淘气的孩子,可是倒很会讲话;但是空话我理它作甚?然而说话的人要是能够讨听话的人欢喜,那么空话也是很好的,他是个标致的青年;不算顶标致。当然他是太骄傲了;然而他的骄傲很配他,他长起来倒是一个漂亮的汉子,顶好的地方就是他的脸色;他的舌头刚刚得罪了人,用眼睛一瞟就补偿过来了,他的个儿不很高。然而照他的年纪说起来也就够高,他的腿不过如此,但也还好。他的嘴唇红得很美,比他那张白脸上搀和着的红色更烂熟更浓艳;一个是大红,一个是粉红,西尔维斯,有些女人假如也像我一样向他这么评头品足起来,一定会马上爱上他的;可是我呢,我不爱他,也不恨他;然而我有应该格外恨他的理由。凭什么他要骂我呢?他说我的眼珠黑,我的头发黑,现在我记起来了,他嘲笑着我呢,我不懂怎么我不还骂他,但那没有关系。不声不响并不就是善罢甘休。我要写一封辱骂的信给他!你可以给我带去,你肯不肯,西尔维斯?

西尔维斯　菲苾,那是我再愿意不过的了。

菲　苾　我就写去,这件事情盘绕在我的心头,我要简简单单地把他挖苦一下。跟我去,西尔维斯。(同下。)

第四幕

第一场　亚登森林

罗瑟琳、西莉娅及杰奎斯上。

杰奎斯　可爱的少年！请你许我跟你结识结识。

罗瑟琳　他们说你是个多愁的人。

杰奎斯　是的，我喜欢发愁不喜欢笑。

罗瑟琳　这两件事各趋极端，都会叫人讨厌，比之醉汉更容易招一般人的指摘。

杰奎斯　发发愁不说话！有什么不好？

罗瑟琳　那么何不做一根木头呢？

杰奎斯　我没有学者的忧愁，那是好胜；也没有音乐家的忧愁，那是幻想；也没有侍臣的忧愁，那是骄傲；也没有军人的忧愁，那是野心；也没有律师的忧愁，那是狡猾；也没有女人的忧愁，那是挑剔；也没有情人的忧愁，那是集上面一切之大成；我的忧愁全然是我独有的，它是由各种成分组成的，是从许多事物中提炼出来的，是我旅行中所得到的各种观感，因为不断沉思，终于把我笼罩在一种十分古怪的悲哀之中。

罗瑟琳　是一个旅行家吗？噢，那你就有应该悲哀的理由了。我想你多半是卖去了自己的田地去看别人的田地；看见的这么多，自己却一无所有，眼睛是看饱了，两手却是空空的。

杰奎斯　是的,我已经得到了我的经验。

罗瑟琳　而你的经验使你悲哀。我宁愿叫一个傻瓜来逗我发笑,不愿叫经验来使我悲哀;而且还要到各处旅行去找它!

奥兰多上。

奥兰多　早安,亲爱的罗瑟琳!

杰奎斯　要是你要念起诗来,那么我可要少陪了。(下。)

罗瑟琳　再会,旅行家先生。你该打起些南腔北调,穿了些奇装异服,瞧不起本国的一切好处,厌恶你的故乡,简直要怨恨上帝干吗不给你生一副外国人的相貌,否则我可不能相信你曾经在威尼斯荡过艇子。——啊,怎么,奥兰多!你这些时都在哪儿?你算是一个情人!要是你再对我来这么一套,你可再不用来见我了。

奥兰多　我的好罗瑟琳,我来得不过迟了一小时还不满。

罗瑟琳　误了一小时的情人的约会!谁要是把一分钟分作了一千分,而在恋爱上误了一千分之一分钟的几分之一的约会,这种人人家也许会说丘比特曾经拍过他的肩膀,可是我敢说他的心是不曾中过爱神之箭的。

奥兰多　原谅我吧!亲爱的罗瑟琳!

罗瑟琳　哼,要是你再这样慢腾腾的,以后不用再来见我了;我宁愿让一只蜗牛向我献殷勤的。

奥兰多　一只蜗牛!

罗瑟琳　对了,一只蜗牛;因为他虽然走得慢,可是却把他的屋子顶在头上,我想这是一份比你所能给了一个女人的更好的家产;而且他还随身带着他的命运哩。

奥兰多　那是什么?

罗瑟琳　嘿,角儿哪;那正是你所要谢谢你的妻子的,可是他却自己随身带了它做武器,免得人家说他妻子的坏话。

奥兰多　贤德的女子不会叫她丈夫当王八;我的罗瑟琳是贤德的。

罗瑟琳　而我是你的罗瑟琳吗?

西莉娅　他欢喜这样叫你,可是他有一个长得比你漂亮的罗瑟琳哩。

罗瑟琳　来,向我求婚,向我求婚,我现在很高兴,多半会答应你。假如我真是你的罗瑟琳,你现在要向我说些什么话?

奥兰多　我要在没有说话之前先接个吻。

罗瑟琳　不,你最好先说话,等到所有的话都说完了,想不出什么来的时候,你就可以趁此接吻。善于演说的人,当他们一时无话可说之际,他们会吐一口痰,情人们呢,上帝保佑我们!倘使缺少了说话的资料,接吻是最便当的补救办法。

奥兰多　假如她不肯让我吻她呢?

罗瑟琳　那么她就使得你向她请求,这样又有了新的话题了。

奥兰多　谁见了他的心爱的情人会说不出话来呢?

罗瑟琳　哼,假如我是你的情人,你就会说不出话来。不然的话,我就会认为自己是德有余而才不足了。

奥兰多　怎么,我会闷头不语吗?

罗瑟琳　可以伸头,却说不出话。我不是你的罗瑟琳吗?

奥兰多　我很愿意把你当作罗瑟琳,因为这样我就可以讲着她了。

罗瑟琳　好,我代表她说我不愿接受你。

奥兰多　那么我代表我自己说我要死去!

罗瑟琳　不,真的,还是请个人代死吧。这个可怜的世界差不多有六千年的岁数了,可是从来不曾有过一个人亲自殉情而死!特洛伊罗斯是被一个希腊人的棍棒砸出了脑浆的,可是在这以前他就已经寻过死。而他是一个模范的情人。即使希罗当了尼姑,里昂德也会活下去活了好多年的,倘不是因为一个酷热的仲夏之夜,因为,好孩子,他本来只是要到赫勒斯滂海峡里去洗个澡的,可是在水中害起抽筋来，因而淹死了，那时代的愚蠢的史家却说他是为了塞斯托斯的希罗而死，这些全都是谎，人们一代一代地死去，他们的尸体都给蛆虫吃了，可是决不会为爱情而死的。

奥兰多　我不愿我的真正的罗瑟琳也作这样的想法；因为我可以发誓说她只要皱一皱眉头就会把我杀死。

罗瑟琳　我凭着此手发誓，那是连一只苍蝇也杀不死的。但是来吧，现在我要做你的一个乖乖的罗瑟琳，你向我要求什么，我一定允许你。

奥兰多　那么爱我吧，罗瑟琳！

罗瑟琳　好，我就爱你，星期五、星期六以及一切的日子。

奥兰多　你肯接受我吗？

罗瑟琳　肯的，我肯接受像你这样二十个男人。

奥兰多　你怎么说？

罗瑟琳　你不是个好人吗？

奥兰多　我希望是的。

罗瑟琳　那么好的东西会嫌太多吗？——来，妹妹，你要扮做牧师，给我们主婚。——把你的手给我，奥兰多！你怎么说，妹妹？

奥兰多　请你给我们主婚。

西莉娅　我不会说。

罗瑟琳　你应当这样开始："奥兰多，你愿不愿——"

西莉娅　好吧。——奥兰多，你愿不愿娶这个罗瑟琳为妻？

奥兰多　我愿意。

罗瑟琳　嗯，但是什么时候才娶呢？

奥兰多　当然就在现在啊，只要她能替我们完成婚礼。

罗瑟琳　那么你必须说，"罗瑟琳，我娶你为妻。"

奥兰多　罗瑟琳，我娶你为妻。

罗瑟琳　我本来可以问你凭着什么来娶我的；可是奥兰多，我愿意接受你做我的丈夫。——这丫头等不到牧师问起，就冲口说出来了；真的，女人的思想总是比行动跑得更快。

奥兰多　一切的思想都是这样；它们是生着翅膀的。

罗瑟琳　现在你告诉我你占有了她之后，打算保留多久？

奥兰多　永久再加上一天。

罗瑟琳　说一天，不用说永久。不，不，奥兰多，男人们在未婚的时候是四月天，结婚的时候是十二月天；姑娘们做姑娘的时候是五月天，一做了妻子，季候便改变了。我要比一头巴巴里雄鸽对待它的雌鸽格外多疑地对待你；我要比下雨前的鹦鹉格外吵闹，比猢狲格外弃旧怜新，比猴子格外反复无常；我要在你高兴的时候像喷泉上的狄安娜女神雕像一样无端哭泣；我要在你想睡的时候像土狼一样纵声大笑。

奥兰多　但是我的罗瑟琳会做出这种事来吗？

罗瑟琳　我可以发誓她会像我一样做出来的。

奥兰多　啊！但是她是个聪明人哩。

罗瑟琳　她倘不聪明，怎么有本领做这等事，越是聪明，越是淘气。假如用一扇门把一个女人的才情关起来，它会从窗子里钻出来的；关了窗，它会从钥匙孔里钻出来的；塞住了钥匙孔，它会跟着一道烟从烟囱里飞出来的。

奥兰多　男人娶到了这种有才情的老婆，就难免要感慨“才情才情，看你横行到什么地方”了。

罗瑟琳　不，你可以把那句骂人的话留起来，等你瞧见你妻子的才情爬上了你邻人的床上去的时候再说。

奥兰多　那时这位多才的妻子又将用怎样的才情来辩解呢？

罗瑟琳　呃，她会说她是到那儿找你去的。你捉住她，她总有话好说，除非你把她的舌头割掉！唉，要是一个女人不会把她的错处推到她男人的身上去，那种女人千万不要让她抚养她自己的孩子，因为她会把他抚养成一个傻子的。

奥兰多　罗瑟琳，这两小时我要离开你。

罗瑟琳　唉！爱人，我两小时都缺不了你哪。

奥兰多　我一定要陪公爵吃饭去；到两点钟我就会回来。

罗瑟琳　好，你去吧，你去吧！我知道你会变成怎样的人。我的朋友们这样对我说过，我也这样相信着，你是用你那种花言巧语来把我骗上手的。不过又是一个给人丢弃的罢了；好，死就死吧！你说是两点钟吗？

奥兰多　是的，亲爱的罗瑟琳。

罗瑟琳　凭着良心，一本正经，上帝保佑我，我可以向你起一切无关紧要的誓，要是你失了一点点儿的约，或是比约定的时间来迟了一分钟，我就要把你当作在一大堆无义的人们中间一个最可怜的背信者！最空心的情人，最不配被你叫作罗瑟琳的那人所爱的。所以，留心我的责骂，守你的约吧。

奥兰多　我一定恪遵，就像你真是我的罗瑟琳一样。好，再见。

罗瑟琳　好，时间是审判一切这一类罪人的老法官，让他来审判吧。再见。（奥兰多下。）

西莉娅　你在你那种情话中间简直是侮辱我们女性。我们一定要把你的衫裤揭到你的头上，让全世界的人看看鸟儿怎样作践了她自己的窠。

罗瑟琳　啊，小妹妹，小妹妹，我的可爱的小妹妹，你要是知道我是爱得多么深！可是我的爱是无从测计深度的，因为它有一个渊深莫测的底，像葡萄牙海湾一样。

西莉娅　或者不如说是没有底的吧；你刚把你的爱倒进去，它就漏了出来。

罗瑟琳　不,维纳斯的那个坏蛋私生子[①],那个因为忧郁而感孕,因为冲动而受胎,因为疯狂而诞生的,那个瞎眼的坏孩子,因为自己没有眼睛而把每个人的眼睛都欺蒙了的;让他来判断我是爱得多么深吧。我告诉你,爱莲娜,我不看见奥兰多便活不下去。我要找一处树荫,去到那儿长吁短叹地等着他回来。

西莉娅　我要去睡一个觉儿。(同下。)

第二场　林中的另一部分

杰奎斯、众臣及林居人等上。

杰奎斯　是谁把鹿杀死的?

臣　甲　先生,是我。

杰奎斯　让我们引他去见公爵,像一个罗马的凯旋将军一样;顶好把鹿角插在他头上,表示胜利的光荣。林居人,你们没有个应景的歌儿吗?

林居人　有的,先生。

杰奎斯　那么唱起来吧!不要管它调子怎样,只要可以热闹热闹就是了。

林居人　(唱)

杀鹿的人好幸福,
穿它的皮顶它角。
　唱个歌儿送送他。(众和)
顶了鹿角莫讥笑,

① 指丘比特。

古时便已当冠帽；
　你的祖父戴过它！
　你的阿爹顶过它，
鹿角鹿角壮而美，
你们取笑真不对。（众下。）

第三场　林中的另一部分

罗瑟琳及西莉娅上。

罗瑟琳　你现在怎么说？不是过了两点钟了吗？这儿哪见有什么奥兰多！

西莉娅　我对你说，他怀着纯洁的爱情和忧虑的头脑，带了弓箭出去睡觉去了。瞧，谁来了。

西尔维斯上。

西尔维斯　我奉命来见您，美貌的少年；我的温柔的菲苾要我把这信送给您。（将信交罗瑟琳）里面说的什么话我不知道；但是照她写这封信的时候那发怒的神气看来，多半是一些气恼的话。原谅我，我只是个不知情的送信人。

罗瑟琳　（阅信）最有耐性的人见了这封信也要暴跳如雷。是可忍！孰不可忍，她说我不漂亮；说我没有礼貌；说我骄傲；说即使男人像凤凰那样稀罕，她也不会爱我。天哪！我并不曾要追求她的爱，她为什么写这种话给我呢？好，牧人，好，这封信是你捣的鬼。

西尔维斯　不，我发誓我不知道里面写些什么；这封信是菲苾写的。

罗瑟琳　算了吧，算了吧，你是个傻瓜，为了爱情颠倒到这等地步。我看见过她的手，她的手就像一块牛皮那样粗糙，一块砂石那样颜色;我以为她戴着一副旧手套,哪知道原来就是她的手;她有一双做粗活的手;但这可不用管它。我说她从来不曾想到过写这封信!这是男人出的花样,是一个男人的笔迹。

西尔维斯　真的,那是她的笔迹。

罗瑟琳　嘿,这是粗暴的凶狠的口气,全然是挑战的口气;嘿,她就像土耳其人向基督徒那样向我挑战呢。女人家的温柔的头脑里,决不会想出这种恣睢暴戾的念头来!这种狠恶的字句,含着比字面更狠恶的用意。你要不要听听这封信?

西尔维斯　假如您愿意,请您念给我听听吧。因为我还不曾听到过它呢;虽然关于菲苾的凶狠的话,倒已经听了不少了。

罗瑟琳　她要向我撒野呢。听那只雌老虎怎样写法:(读)

你是不是天神的化身,
来燃烧一个少女的心?

女人会这样骂人吗?

西尔维斯　您把这种话叫作骂人吗?

罗瑟琳　(读)

撇下了你神圣的殿堂,
虐弄一个痴心的姑娘?

你听见过这种骂人的话吗?

人们的眼睛向我求爱,
从不曾给我丝毫损害。

意思说我是个畜生。

你一双美目中的轻蔑,

尚能勾起我这般情热;
唉!假如你能青眼相加,
我更将怎样意乱如麻!
你一边骂,我一边爱你;
你倘求我,我何事不依?
代我传达情意的来使,
并不知道我这段心事;
让他带下了你的回报,
告诉我你的青春年少,
肯不肯接受我的奉献,
把我的一切听你调遣;
否则就请把拒绝明言,
我准备一死了却情缘。

西尔维斯 您把这叫作骂吗?

西莉娅 唉,可怜的牧人!

罗瑟琳 你可怜他吗?不,他是不值得怜悯的。你会爱这种女人吗?嘿,利用你作工具,那样玩弄你!怎么受得住!好,你到她那儿去吧,因为我知道爱情已经把你变成一条驯服的蛇了;你去对她说:要是她爱我,我吩咐她爱你;要是她不肯爱你,那么我决不要她,除非你代她恳求。假如你是个真心的恋人,去吧,别说一句话;瞧又有人来了。(西尔维斯下。)

奥列佛上。

奥列佛 早安,两位。请问你们知不知道在这座树林的边界有一所用橄榄树围绕着的羊栏?

西莉娅 在这儿的西面,附近的山谷之下,从那微语喃喃的泉水旁边那一列柳树的地方向右出发,便可以到那边去。但现在那边只有一所空屋,没有人在里面。

奥列佛　假如听了人家嘴里的叙述便可以用眼睛认识出来,那么你们的模样正是我所听到说起的,穿着这样的衣服,这样的年纪:"那少年生得很俊,脸孔像个女人,行为举动像是老大姊似的,那女人是矮矮的,比她的哥哥黝黑些。"你们正是我所要寻访的那屋子的主人吗?

西莉娅　既蒙下问,那么我们说我们正是那屋子的主人,也不算是自己的夸口了。

奥列佛　奥兰多要我向你们两位致意;这一方染着血迹的手帕,他叫我送给他称为他的罗瑟琳的那位少年。您就是他吗?

罗瑟琳　正是,这是什么意思呢?

奥列佛　说起来徒增我的惭愧,假如你们要知道我是谁,这一方手帕怎样、为什么、在哪里沾上这些血迹。

西莉娅　请您说吧。

奥列佛　年轻的奥兰多上次跟你们分别的时候,曾经答应过在一小时之内回来;他正在林中行走,品味着爱情的甜蜜和苦涩,瞧,什么事发生了!他把眼睛向旁边一望,你瞧,他看见了些什么东西:在一株满覆着苍苔的秃顶的老橡树之下,有一个不幸的衣衫褴褛须发蓬松的人仰面睡着;一条金绿的蛇缠在他的头上,正预备把它的头敏捷地伸进他的张开的嘴里去,可是突然看见了奥兰多,它便松了开来,蜿蜒地溜进林莽中去了,在那林荫下有一头乳房干瘪的母狮,头贴着地蹲伏着,像猫一样注视这睡着的人的动静,因为那畜生有一种高贵的素性,不会去侵犯瞧上去似乎已经死了的东西。奥兰多一见了这情形,便走到那人的面前,一看却是他的兄长,他的大哥。

西莉娅　啊！我听见他说起过那个哥哥；他说他是一个再忍心害理不过的。

奥列佛　他很可以那样说，因为我知道他确是忍心害理的。

罗瑟琳　但是我们说奥兰多吧，他把他丢下在那儿，让他给那饿狮吃了吗？

奥列佛　他两次转身想去；可是善心比复仇更高贵，天性克服了他的私怨，使他去和那母狮格斗，很快地那狮子便在他手下丧命了。我听见了搏击的声音，就从苦恼的瞌睡中醒过来了。

西莉娅　你就是他的哥哥吗？

罗瑟琳　他救的便是你吗？

西莉娅　老是设计谋害他的便是你吗？

奥列佛　那是从前的我！不是现在的我。我现在感到很幸福，已经变了个新的人了，因此我可以不惭愧地告诉你们我从前的为人。

罗瑟琳　可是那块血渍的手帕是怎样来的？

奥列佛　别性急。那时我们两人述叙着彼此的经历，以及我到这荒野里来的原委；一面说一面自然流露的眼泪流个不住。简单地说，他把我领去见那善良的公爵，公爵赏给我新衣服穿，款待着我！吩咐我的弟弟照应我；于是他立刻带我到他的洞里去，脱下衣服来，看臂上给母狮抓去了一块肉，血不停地流着！那时他便晕了过去，嘴里还念着罗瑟琳的名字。简单地说，我把他救醒转来，裹好了他的伤口；略过些时，他精神恢复了。便叫我这个陌生人到这儿来把这件事通知你们，请你们原谅他的失约。这一方手帕在他的血里浸过，他要我交给他戏称为罗瑟琳的那位青年牧人。（罗瑟琳晕过去）

西莉娅　呀，怎么啦，盖尼米德！亲爱的盖尼米德！

奥列佛　有好多人一见了血便要发晕。

西莉娅　还有其他的缘故哩,哥哥!盖尼米德!

奥列佛　瞧!他醒过来了。

罗瑟琳　我要回家去。

西莉娅　我们可以陪着你去。——请您扶着他的臂膀好不好?

奥列佛　提起精神来,孩子。你算是个男人吗?你太没有男人气了。

罗瑟琳　一点不错,我承认。啊,好小子!人家会觉得我假装得很像哩。请您告诉令弟我假装得多么像。哎唷!

奥列佛　这不是假装;你的脸色已经有了太清楚的证明,这是出于真情的。

罗瑟琳　告诉您吧,真的是假装的。

奥列佛　好吧,那么振作起来,假装个男人样子吧。

罗瑟琳　我正在假装着呢。可是凭良心说,我理该是个女人。

西莉娅　来,你瞧上去脸色越变越白了;回家去吧,好先生,陪我们去吧。

奥列佛　好的,因为我必须把你怎样原谅舍弟的回音带回去呢,罗瑟琳。

罗瑟琳　我会想出些什么来的。但是我请您就把我的假装的样子告诉他吧。我们走吧。(同下。)

第五幕

第一场　亚登森林

试金石及奥德蕾上。

试金石　咱们总会找到一个时间的，奥德蕾；耐心点儿吧，温柔的奥德蕾。

奥德蕾　那位老先生虽然这么说，其实这个牧师也很好呀。

试金石　顶坏不过的奥列佛师傅，奥德蕾，顶不好的马坦克斯特。但是，奥德蕾，林子里有一个年轻人要向你求婚呢。

奥德蕾　嗯，我知道他是谁！他跟我全没有关涉。你说起的那个人来了。

威廉上。

试金石　看见一个村汉在我是家常便饭。凭良心说话，我们这辈聪明人真是作孽不浅；我们总是忍不住要寻寻人家的开心。

威　廉　晚安，奥德蕾。

奥德蕾　你晚安哪，威廉。

威　廉　晚安，先生。

试金石　晚安，好朋友。把帽子戴上了，把帽子戴上了；请不用客气，把帽子戴上了。你多大年纪了，朋友？

威　廉　二十五了，先生。

试金石　正是妙龄。你名叫威廉吗？

威　廉　威廉,先生。

试金石　一个好名字。是生在这林子里的吗?

威　廉　是的,先生,我感谢上帝。

试金石　"感谢上帝",很好的回答。很有钱吗?

威　廉　呃,先生,不过如此。

试金石　"不过如此",很好很好,好得很;可是也不算怎么好,不过如此而已。你聪明吗?

威　廉　呃,先生,我还算聪明。

试金石　啊,你说得很好。我现在记起一句话来了,"傻子自以为聪明,但聪明人知道他自己是个傻子。"异教的哲学家想要吃一颗葡萄的时候,便张开嘴唇来,把它放进嘴里去;那意思是表示葡萄是生下来给人吃,嘴唇是生下来要张开的。你爱这姑娘吗?

威　廉　是的,先生。

试金石　把你的手给我。你有学问吗?

威　廉　没有,先生。

试金石　那么让我教训你:有者有也;修辞学上有这么一个譬喻,把酒从杯子里倒在碗里,一只满了,那一只便要落空。写文章的人大家都承认"彼"即是他;好,你不是彼,因为我是他。

威　廉　哪一个他,先生?

试金石　先生,就是要跟这个女人结婚的他。所以,你这村夫,莫——那在俗话里就是不要——与此妇——那在土话里就是和这个女人——交游——那在普通话里就是来往;合拢来说,莫与此妇交游,否则,村夫,你就要毁灭;或者让你容易明白些,你就要死;那就是说,我要杀死你,把你干掉,叫你活不成,让你当奴才。我要用毒药毒死你,一顿棒儿打死你,或者用钢刀捅死你;我要跟你打架;我要想出计策来打倒你;我要用一百五十种法子杀死你,所以赶快发着抖滚吧。

奥德蕾　你快去吧，好威廉。

威　廉　上帝保佑您快活，先生。（下。）

柯林上。

柯　林　我们的大官人和小娘子找着你哪；来，走啊！走啊！

试金石　走，奥德蕾！走，奥德蕾！我就来，我就来。（同下。）

第二场　林中的另一部分

奥兰多及奥列佛上。

奥兰多　你跟她相识得这么浅便会喜欢起她来了吗？一看见了她，便会爱起她来了吗？一爱了她，便会求起婚来了吗？求了婚，她便会答应了你吗？你一定要得到她吗？

奥列佛　这件事进行的匆促！她的贫穷，相识的不久，我突然的求婚和她突然的允许——这些你都不用怀疑；只要你承认我是爱着爱莲娜的，承认她是爱着我的，允许我们两人的结合。这样你也会有好处；因为我愿意把我父亲老罗兰爵士的房屋和一切收入都让给你，我自己在这里终生做一个牧人。

奥兰多　你可以得到我的允许。你们的婚礼就在明天举行吧；我可以去把公爵和他的一切乐天的从者都请了来，你去吩咐爱莲娜预备一切，瞧！我的罗瑟琳来了，

罗瑟琳上。

罗瑟琳　上帝保佑你，哥哥。

奥列佛　也保佑你，好妹妹。（下。）

罗瑟琳　啊！我的亲爱的奥兰多，我瞧见你把你的心裹在绷带里，我是多么难过呀。

奥兰多　那是我的臂膀。

罗瑟琳　我以为是你的心给狮子抓伤了。

奥兰多　它的确是受了伤了,但却是给一位姑娘的眼睛伤害了的。

罗瑟琳　你的哥哥有没有告诉你当他把你的手帕给我看的时候!我假装晕去了的情形?

奥兰多　是的,而且还有更奇怪的事情呢。

罗瑟琳　噢!我知道你说的是什么。 欧,那倒是真的;从来不曾有过这么快的事情,除了两头公羊的打架和凯撒那句"我来,我看见,我征服"的傲语。令兄和舍妹刚见了面,便大家瞧起来了;一瞧便相爱了;一相爱便叹气了;一叹气便彼此问为的是什么;一知道了为的是什么,便要想补救的办法:这样一步一步地踏到了结婚的阶段,不久他们便要成其好事了,否则他们等不到结婚便要放肆起来的。他们简直爱得慌了,一定要在一块儿;用棒儿也打不散他们。

奥兰多　他们明天便要成婚,我就要去请公爵参加婚礼。但是,唉!从别人的眼中看见幸福,多么令人烦闷。明天我越是想到我的哥哥满足了心愿多么快活,我便将越是伤心。

罗瑟琳　难道我明天不能仍旧充作你的罗瑟琳了吗?

奥兰多　我不能老是靠着幻想而生存了。

罗瑟琳　那么我不再用空话来叫你心烦了。告诉了你吧!现在我不是说着玩儿,我知道你是一个有见识的上等人;我并不是因为希望你赞美我的本领而恭维你,也不是图自己的名气,只是想得到你一定程度的信任,那是为了你的好处,不是为了给我自己增光。假如你肯相信,那么我告诉你,我会行奇迹。从三岁时候起我就和一个术士结识,他的法术非常高深,可是并不作恶害人。要是你爱罗瑟琳真是爱得那么深,就像你瞧上去的那样,那么你哥哥和爱莲娜结婚的时候，你就可以和她结婚，我知道她现在的处境是多么不幸；只要你没有什么不方便，我一定能够明天叫她亲身出现在你的面前，一点没有危险。

奥兰多　你说的是真话吗？

罗瑟琳　我以生命为誓，我说的是真话；虽然我说我是个术士，可是我很重视我的生命呢。所以你得穿上你最好的衣服，邀请你的朋友们来；只要你愿意在明天结婚，你一定可以结婚；和罗瑟琳结婚，要是你愿意。瞧，我的一个爱人和她的一个爱人来了。

西尔维斯及菲苾上。

菲　苾　少年人，你很对不起我，把我写给你的信宣布了出来。

罗瑟琳　要是我把它宣布了，我也不管；我存心要对你傲慢不客气。你背后跟着一个忠心的牧人；瞧着他吧，爱他吧，他崇拜着你哩。

菲　苾　好牧人，告诉这个少年人恋爱是怎样的。

西尔维斯　它是充满了叹息和眼泪的；我正是这样爱着菲苾。

菲　苾　我也是这样爱着盖尼米德。

奥兰多　我也是这样爱着罗瑟琳。

罗瑟琳　我可是一个女人也不爱。

西尔维斯　它是全然的忠心和服务；我正是这样爱着菲苾。

菲　苾　我也是这样爱着盖尼米德。

奥兰多　我也是这样爱着罗瑟琳。

罗瑟琳　我可是一个女人也不爱。

西尔维斯　它是全然的空想，全然的热情，全然的愿望，全然的崇拜、恭顺和尊敬；全然的谦卑，全然的忍耐和焦心；全然的纯洁，全然的磨炼，全然的服从；我正是这样爱着菲苾。

菲　苾　我也是这样爱着盖尼米德。

奥兰多　我也是这样爱着罗瑟琳。

罗瑟琳　我可是一个女人也不爱。

菲　苾　（向罗瑟琳）假如真是这样，那么你为什么责备我爱你呢？

西尔维斯　（向菲苾）假如真是这样，那么你为什么责备我爱你呢？

奥兰多　假如真是这样，那么你为什么责备我爱你呢？

罗瑟琳　你在向谁说话。"你为什么责备我爱你呢？"

奥兰多　向那不在这里、也听不见我的说话的她。

罗瑟琳　请你们别再说下去了吧；这简直像是一群爱尔兰的狼向着月亮嗥叫！（向西尔维斯）要是我能够，我一定帮助你。（向菲苾）要是我有可能，我一定会爱你。明天大家来和我相会。（向菲苾）假如我会跟女人结婚，我一定跟你结婚，我要在明天结婚了。（向奥兰多）假如我会使男人满足；我一定使你满足；你要在明天结婚了。（向西尔维斯）假如使你喜欢的东西能使你满意，我一定使你满意；你要在明天结婚了。（向奥兰多）你既然爱罗瑟琳，请你赴约。（向西尔维斯）你既然爱菲苾，请你赴约。我既然不爱什么女人，我也赴约。现在再见吧，我已经吩咐过你们了。

西尔维斯　只要我活着，我一定不失约。

菲　苾　我也不失约。

奥兰多　我也不失约。（各下。）

第三场　林中的另一部分

试金石及奥德蕾上。

试金石　明天是快乐的好日子，奥德蕾，明天我们要结婚了。

奥德蕾　我满心盼望着呢，我希望盼望出嫁并不是一个不正当的愿望。老公爵的两个童儿来了。

二童上！

童　甲　遇见得巧啊，好先生。

试金石　巧得很，巧得很。来，请坐，请坐，唱个歌儿。

童　乙　遵命遵命。居中坐下吧。

童　甲　一副坏喉咙未唱之前，总少不了来些老套子，例如咳嗽吐痰或是说嗓子有点儿哑了之类；我们还是免了这些，马上唱起来怎样？

童　乙　好的，好的；两人齐声同唱，就像两个吉卜赛人骑在一匹马上。

歌

一对情人并着肩，
　哎唷哎唷哎哎唷，
走过了青青稻麦田，
　春天是最好的结婚天，
听嘤嘤歌唱枝头鸟，
姐郎们最爱春光好。

小麦青青大麦鲜，
　哎唷哎唷哎哎唷，
乡女村男交颈儿眠，
　春天是最好的结婚天，
听嘤嘤歌唱枝头鸟，
姐郎们最爱春光好。

新歌一曲意缠绵，
　哎唷哎唷哎哎唷，
人生美满像好花妍，
　春天是最好的结婚天，
听嘤嘤歌唱枝头鸟，

姐郎们最爱春光好。

劝君莫负艳阳天，
　哎唷哎唷哎哎唷，
恩爱欢娱要趁少年，
　春天是最好的结婚天，
听嘤嘤歌唱枝头鸟，
姐郎们最爱春光好。

试金石　老实说，年轻的先生们，这首歌词固然没有多大意思，那调子却也很不入调。

童　甲　您弄错了，先生，我们是照着板眼唱的，一拍也没有漏过。

试金石　凭良心说，我来听这么一首傻气的歌儿，真算是白糟蹋了时间。上帝和你们同在；上帝把你们的喉咙补补好吧！来，奥德蕾。（各下。）

第四场　林中的另一部分

老公爵、阿米恩斯、杰奎斯、奥兰多、奥列佛及西莉娅同上。

公　爵　奥兰多，你相信那孩子果真有他所说的那种本领吗？

奥兰多　我有时相信，有时不相信；就像那些因恐结果无望而心中惴惴的人，一面希望一面担着心事。

罗瑟琳、西尔维斯及菲苾上。

罗瑟琳　再请耐心听我说一遍我们所约定的条件。（向公爵）您不是说，假如我把您的罗瑟琳带了来，您愿意把她赏给这位奥兰多做妻子吗？

公　爵　即使再要我把几个王国作为陪嫁，我也愿意。

罗瑟琳 （向奥兰多）您不是说，假如我带了她来，您愿意娶她吗？

奥兰多 即使我是统治万国的君王，我也愿意。

罗瑟琳 （向菲苾）您不是说，假如我愿意，您便愿意嫁我吗？

菲 苾 即使我在一小时后就要一命丧亡，我也愿意。

罗瑟琳 但是假如您不愿意嫁我，您不是要嫁给这位忠心无比的牧人吗？

菲 苾 是这样约定着。

罗瑟琳 （向西尔维斯）您不是说，假如菲苾愿意，您便愿意娶她吗？

西尔维斯 即使娶了她等于送死，我也愿意。

罗瑟琳 我答应要把这一切事情安排得好好的。公爵，请您守约许嫁您的女儿；奥兰多，请您守约娶他的女儿；菲苾，请您守约嫁我，假如不肯嫁我，便得嫁给这位牧人；西尔维斯，请您守约娶她，假如她不肯嫁我：现在我就去给你们解释这些疑惑。（罗瑟琳、西莉娅下。）

公 爵 这个牧童使我记起了我的女儿的相貌，有几分活像是她。

奥兰多 殿下，我初次见他的时候，也以为他是郡主的兄弟呢；但是，殿下，这孩子是在林中生长的，他的伯父曾经教过他一些魔术的原理，据说他那伯父是一个隐居在这儿林中的大术士。

试金石及奥德蕾上。

杰奎斯 一定又有一次洪水来啦，这一对一对都要准备躲到方舟里去，又来了一对奇怪的畜生，傻瓜是他们公认的名字。

试金石 列位，这厢有礼了！

杰奎斯 殿下，请您欢迎他。这就是我在林中常常遇见的那位傻头傻脑的先生；据他说他还出入过宫廷呢。

试金石 要是有人不相信，尽管把我质问好了，我曾经跳过高雅的舞；我曾经恭维过一位贵妇；我曾经向我的朋友要过手腕，跟我的仇家们装亲热;我曾经毁了三个裁缝,闹过四回口角,有一次几乎打出手。

杰奎斯　那是怎样闹起来的呢?

试金石　呃,我们碰见了,一查这场争吵是根据着第七个原因。

杰奎斯　怎么叫第七个原因?——殿下,请您喜欢这个家伙。

公　爵　我很喜欢他。

试金石　上帝保佑您,殿下;我希望您喜欢我。殿下,我挤在这一对对乡村的姐儿郎儿中间到这里来,也是想来宣了誓然后毁誓,让婚姻把我们结合,再让血气把我们拆开。她是个寒伧的姑娘,殿下,样子又难看,可是,殿下,她是我自个儿的:我有一个坏脾气,殿下,人家不要的我偏要。宝贵的贞洁,殿下,就像是住在破屋子里的守财奴,又像是丑蚌壳里的明珠。

公　爵　我说,他倒很伶俐机警呢。

试金石　傻瓜们信口开河,逗人一乐!总是这样。

杰奎斯　但是且说那第七个原因;你怎么知道这场争吵是根据着第七个原因呢?

试金石　因为那是根据着一句经过七次演变后的谎话。——把你的身体站端正些,奥德蕾。——是这样的,先生:我不喜欢某位廷臣的胡须的式样;他回我说假如我说他的胡须的式样不好,他却自以为很好:这叫作"有礼的驳斥"。假如我再去对他说那式样不好,他就回我说他自己喜欢要这样:这叫作"谦恭的讥刺"。要是再说那式样不好,他便蔑视我的意见:这叫作"粗暴的答复"。要是再说那式样不好,他就回答说我讲的不对:这叫作"大胆的谴责"。要是再说那式样不好,他就要说我说谎:这叫作"挑衅的反攻"。于是就到了"委婉的说谎"和"公然的说谎"。

杰奎斯　你说了几次他的胡须式样不好呢?

试金石　我只敢说到“委婉的说谎”为止，他也不敢给我“公然的说谎”；因此我们较了较剑，便走开了。

杰奎斯　你能不能把一句谎话的各种程度按着次序说出来？

试金石　先生啊，我们争吵都是根据着书本的，就像你们有讲礼貌的书一样。我可以把各种程度列举出来。第一，有礼的驳斥；第二，谦恭的讥刺；第三，粗暴的答复；第四，大胆的谴责；第五，挑衅的反攻；第六，委婉的说谎；第七，公然的说谎。除了“公然的说谎”之外，其余的都可以避免；但是“公然的说谎”只要用了“假如”两个字，也就可以一天云散。我知道有一场七个法官都处断不了的争吵；当两告相遇时，其中的一个单单想起了“假如”两字，例如“假如”你是这样说的，那么我便是这样说的”，于是两人便彼此握手，结为兄弟了。“假如”是唯一的和事佬；“假如”之为用大矣哉！

杰奎斯　殿下，这不是一个很难得的人吗？他什么都懂，然而仍然是一个傻瓜。

公　爵　他把他的傻气当作了藏身的烟幕，在它的荫蔽之下放出他的机智来。

许门领罗瑟琳穿女装及西莉娅上。柔和的音乐。

许　门

天上有喜气融融，
人间万事尽亨通，
　和合无嫌猜。
公爵，接受你女儿，
许门一路带着伊，
　远从天上来；
请你为她做主张，

嫁给她心上情郎。

罗瑟琳 （向公爵）我把我自己交给您，因为我是您的。（向奥兰多）我把我自己交给您，因为我是您的。

公　爵 要是眼前所见的并不是虚假，那么你是我的女儿了。

奥兰多 要是眼前所见的并不是虚假，那么你是我的罗瑟琳了。

菲　苾 要是眼前的情形是真的！那么永别了，我的爱人！

罗瑟琳 （向公爵）要是您不是我的父亲，那么我不要有什么父亲。（向奥兰多）要是您不是我的丈夫，那么我不要有什么丈夫。（向菲苾）要是我不跟你结婚，那么我再不跟别的女人结婚。

许　门

请不要喧闹纷纷！
这种种古怪事情，
都得让许门断清。
这里有四对恋人，
说的话儿倘应心，
该携手共缔鸳盟。
你俩患难不相弃，（向奥兰多、罗瑟琳）
你们俩同心永系；（向奥列佛、西莉娅）
你和他宜室宜家，（向菲苾）
再莫恋镜里空花；
你两人形影相从，（向试金石、奥德蕾）
像风雪跟着严冬。
等一曲婚歌奏起，
尽你们寻根觅底，
莫惊讶咄咄怪事，

细想想原来如此。

歌

人间添美眷，
　天后爱团圆；
席上同心侣，
　枕边并蒂莲。
不有许门力，
　何缘众庶生？
同声齐赞颂，
　许门最堪称！

公　爵　啊，我的亲爱的侄女！我欢迎你，就像你是我自己的女儿。

菲　苾　（向西尔维斯）我不愿食言，现在你已经是我的；你的忠心使我爱上了你。

贾奎斯上。

贾奎斯　请听我说一两句话；我是老罗兰爵士的第二个儿子，特意带了消息到这群贤毕集的地方来。弗莱德里克公爵因为听见每天有才智之士投奔到这林中，故此兴起大军，亲自统率，预备前来捉拿他的兄长，把他杀死除害，他到了这座树林的边界，遇见了一位高年的修道士，交谈之下，悔悟前非，便即停止进兵；同时看破红尘！把他的权位归还给他的被放逐的兄长，一同流亡在外的诸人的土地，也都各还原主。这不是假话，我可以用生命作担保。

公　爵　欢迎，年轻人！你给你的兄弟们送了很好的新婚贺礼来了：一个是他的被扣押的土地；一个是一座绝大的公国，享有着绝对的主权，先让我们在这林中把我们正在进行中的好事办了；然后，在这幸运的一群中，每一个曾经跟着我忍受过艰辛的日子的人，都要按着各人的地位，分享我的恢复了的荣华。现在我们且把这种新近得来的尊荣暂时搁在脑后，举行起我们乡村的狂欢来吧。奏起来，音乐！你们各位新娘新郎，大家欢天喜地的，跳起舞来呀！

杰奎斯　先生，恕我冒昧。要是我没有听错，好像您说的是那公爵已经潜心修道，抛弃富贵的宫廷了？

贾奎斯　是的。

杰奎斯　我就找他去；从这种悟道者的地方，很可以得到一些绝妙的教训。（向公爵）我让你去享受你那从前的光荣吧；那是你的忍耐和德行的酬报。（向奥兰多）你去享受你那用忠心赢得的爱情吧。（向奥列佛）你去享有你的土地、爱人和权势吧。（向西尔维斯）你去享用你那用千辛万苦换来的老婆吧。（向试金石）至于你呢，我让你去口角吧；因为在你的爱情的旅程上，你只带了两个月的粮草。好，大家各人去找各人的快乐；跳舞可不是我的份。

公　爵　别走，杰奎斯，别走！

杰奎斯　我不想看你们的作乐；你们要有什么见教，我就在被你们遗弃了的山窟中恭候。（下。）

公　爵　进行下去吧，开始我们的嘉礼；我们相信始终都会很顺利。（跳舞。众下。）

收 场 白

罗瑟琳　叫娘儿们来念收场白，似乎不大合适；可是那也不见得比叫老爷子来念开场白更不成样子些！要是好酒无须招牌，那么好戏也不必有收场白；可是好酒要用好招牌，好戏倘再加上一段好收场白，岂不更好？那么我现在的情形是怎样的呢？既然不会念一段好收场白，又不能用一出好戏来讨好你们！我并不穿得像个叫化子一样，因此我不能向你们求乞；我的唯一的法子是恳请。我要先向女人们恳请。女人们啊！为着你们对于男子的爱情，请你们尽量地喜欢这本戏。男人们啊！为着你们对于女子的爱情——瞧你们那副痴笑的神气，我就知道你们没有一个讨厌她们的——请你们学着女人们的样子。也来喜欢这本戏。假如我是一个女人[①]你们中间只要谁的胡子生得叫我满意，脸蛋长得讨我欢喜，而且气息也不叫我恶心，我都愿意给他一吻。为了我这种慷慨的奉献，我相信凡是生得一副好胡子、长得一张好脸蛋或是有一口好气息的诸君，当我屈膝致敬的时候，都会向我道别。（下。）

① 伊丽莎伯时代舞台上女角皆用男童扮演。

William Shakespeare
COMPLETE WORKS

驯悍记

朱生豪　译

莎士比亚
全集

剧中人物

<table>
<tr><td>贵　族
克利斯朵夫·斯赖　补锅匠
酒店主妇，小童，伶人，猎奴，从仆等</td><td>序幕中的人物</td></tr>
</table>

巴普提斯塔　帕度亚的富翁

文森修　比萨的老绅士

路森修　文森修的儿子，爱恋比恩卡者

彼特鲁乔　维洛那的绅士，凯瑟丽娜的求婚者

<table>
<tr><td>葛莱米奥
霍坦西奥</td><td>比恩卡的求婚者</td></tr>
<tr><td>特拉尼奥
比昂台罗</td><td>路森修的仆人</td></tr>
<tr><td>葛鲁米奥
寇提斯</td><td>彼特鲁乔的仆人</td></tr>
</table>

老学究　假扮文森修者

<table>
<tr><td>凯瑟丽娜　悍妇
比恩卡</td><td>巴普提斯塔的女儿</td></tr>
</table>

寡　妇

裁缝，帽匠及巴普提斯塔，彼特鲁乔两家的仆人

地　点

帕度亚；有时在彼特鲁乔的乡间住宅

序幕

第一场　荒村酒店门前

女店主及斯赖上。

斯　赖　我揍你。

女店主　把你上了枷、带了铐，你才知道厉害，你这流氓！

斯　赖　你是个烂污货！你去打听打听，俺斯赖家从来不曾出过流氓，咱们的老祖宗是跟着理查万岁爷一块儿来的。给我闭住你的臭嘴；老子什么都不管。

女店主　你打碎了的杯子不肯赔我吗？

斯　赖　不，一个子儿也不给你。骚货，你还是钻进你那冰冷的被窝里去吧。

女店主　我知道怎样对付你这种家伙；我去叫官差来抓你。（下。）

斯　赖　随他来吧，我没有犯法，看他能把我怎样。是好汉决不逃走，让他来吧。（躺在地上睡去。）

号角声。猎罢归来的贵族率猎奴及从仆等上。

贵　族　猎奴，你好好照料我的猎犬。可怜的茂里曼，它跑得嘴唇边流满了白沫！把克劳德和那大嘴巴的母狗放在一起。你没看见锡尔佛在那篱笆角上，居然会把那失去了踪迹的畜生找到吗？人家就是给我二十镑，我也不肯把它转让出去。

猎奴甲　老爷，培尔曼也不比它差呢；它闻到一点点臭味就会叫起来，今天它已经两次发现猎物的踪迹！我觉得还是它好。

贵　族　你知道什么！爱柯要是脚步快一些，可以抵得过二十条这样的狗哩。可是你得好好喂饲它们，留心照料它们。明天我还要出来打猎。

猎奴甲　是，老爷。

贵　族　（见斯赖）这是什么？是个死人，还是喝醉了？瞧他有气没有？

猎奴乙　老爷，他在呼吸。他要不是喝醉了酒，不会在这么冷的地上睡得这么熟的。

贵　族　瞧这蠢东西！他躺在那儿多么像一头猪！一个人死了以后，那样子也不过这样难看！我要把这醉汉作弄一番。让我们把他抬回去放在床上，给他穿上好看的衣服，在他的手指上套上许多戒指，床边摆好一桌丰盛的酒食，穿得齐齐整整的仆人侍候着他，等他醒来的时候，这叫花子不是会把他自己也忘记了吗？

猎奴甲　老爷，我想他一定想不起来他自己是个什么人。

猎奴乙　他醒来以后，一定会大吃一惊。

贵　族　就像置身在一场美梦或空虚的幻想中一样。你们现在就把他抬起来，轻轻地把他抬到我的最好的一间屋子里，四周的墙壁上挂满了我那些风流的图画，用温暖的香水给他洗头，房间里熏起芳香的梼檀，还要把乐器预备好，等他醒来的时候，便弹奏起美妙的仙曲来。他要是说什么话，就立刻恭恭敬敬地低声问他，"老爷有什么吩咐？"一个仆人捧着银盆，里面盛着浸满花瓣的蔷薇水，还有一个人捧着水壶，第三个人拿着手巾，说，"请老爷净手。"那时另外一个人就拿着一身华贵的衣服，问他喜欢穿哪一件；还有一个人向他报告他的猎犬和马匹的情形，并且对他说他的夫人见他害病，心里非常难过。让他相信他自己曾经疯了；要是他说他自己是个什么人，就对他说他是在做梦，因为他是一个做大官的贵人。你们这样用心串演下去,不要闹得太过分,一定是一场绝妙的消遣。

猎奴甲　老爷,我们一定用心扮演,让他看见我们不敢怠慢的样子,相信他自己真的是一个贵人。

贵　族　把他轻轻抬起来,让他在床上安息一会儿,等他醒来的时候,各人都按着各自的职分好好做去。(众抬斯赖下;号角声)来人,去瞧瞧那吹号角的是什么人。(仆人下)也许有什么过路的贵人,要在这儿暂时歇脚。

仆人重上。

贵　族　啊,是谁?

仆　人　启禀老爷,是一班戏子要来侍候老爷。

贵　族　叫他们过来。

众伶人上。

贵　族　欢迎,列位!

众　伶　多谢大人。

贵　族　你们今晚想在我这里耽搁一夜吗?

伶　甲　大人要是不嫌弃的话,我们愿意侍候大人。

贵　族　很好,这一个人很面熟,我记得他曾经扮过一个农夫的长子,向一位小姐求爱,演得很不错。你的名字我忘了,可是那个角色你演来恰如其分,一点不做作。

伶　甲　您大概说的是苏多吧。

贵　族　对了,你扮得很好。你们来得很凑巧,因为我正要串演一幕戏文,你们可以给我不少帮助。今晚有一位贵人要来听你们的戏,他生平没有听过戏,我很担心你们看见他那傻头傻脑的样子,会忍不住笑起来,那就要把他气坏了;我告诉你们,他只要看见人家微微一笑,就会发起脾气来的。

伶　甲　大人，您放心好了。就算他是世上最古怪的人，我们也会控制我们自己。

贵　族　来人，把他们领到伙食房里去，好好款待他们；他们需要什么，只要我家里有，都可以尽量供给他们。（仆甲领众伶下）来人，你去找我的童儿巴索洛缪，把他装扮做一个贵妇，然后带着他到那醉汉的房间里去，叫他做太太，须要十分恭敬的样子。你替我吩咐他，他的一举一动，必须端庄稳重，就像他看见过的高贵的妇女在她们丈夫面前的那种样子；他对那醉汉说话的时候，必须温柔和婉，也不要忘记了屈膝致敬；他应当说，"夫君有什么事要吩咐奴家，请尽管说出来，好让奴家稍尽一点做妻子的本分，表示一点对您的爱心。"然后他就装出很多情的样子把那醉汉拥抱亲吻，把头偎在他的胸前，眼睛里流着泪，假装是他的丈夫疯癫了好久，七年以来，始终把自己当作一个穷苦的讨人厌的叫花子，现在他眼看他丈夫清醒过来，所以快活得哭起来了。要是这孩子没有女人家随时淌眼泪的本领，只要用一棵胡葱包在手帕里，擦擦眼皮，眼泪就会来了。你对他说他要是扮演得好，我一定格外宠爱他。赶快就把这事情办好了，我还有别的事要叫你去做。（仆乙下）我知道这孩子一定会把贵妇的举止行动声音步态模仿得很像。我很想听一听他把那醉汉叫作丈夫，看看我那些下人们向这个愚蠢的乡人行礼致敬的时候，怎样努力禁住发笑，我必须去向他们关照一番，也许他们看见有我在面前！自己会有些节制，不至露出破绽来。（率余众同下。）

第二场　贵族家中卧室

斯赖披富丽睡衣，众仆持衣帽壶盆等环侍，贵族亦作仆人装束杂立其内。

斯　赖　看在上帝的面上，来一壶淡麦酒！

仆　甲　老爷要不要喝一杯白葡萄酒？

仆　乙　老爷要不要尝一尝这些蜜饯的果子？

仆　丙　老爷今天要穿什么衣服？

斯　赖　我是克利斯朵夫·斯赖，别老爷长老爷短的。我从来不曾喝过什么白葡萄酒黑葡萄酒；你们倘要给我吃蜜饯果子，还是切两片干牛肉来吧。不要问我爱穿什么，我没有衬衫，只有一个光光的背！我没有袜子，只有两条赤裸裸的腿；我的一双脚上难得有穿鞋子的时候，就是穿起鞋子来，我的脚趾也会钻到外面来的。

贵　族　但愿上天给您扫除这一种无聊的幻想！真想不到像您这样一个有权有势、出身高贵、富有资财、受人崇敬的人物，会沾染到这样一个下贱的邪魔！

斯　赖　怎么！你们把我当作疯子吗？我不是勃登村斯赖老头子的儿子克利斯朵夫·斯赖，出身是一个小贩，也曾学过手艺，也曾走过江湖，现在当一个补锅匠吗？你们要是不信，去问曼琳·哈基特，那个温考特村里卖酒的胖婆娘，看她认不认识我；她要是不告诉你们我欠她十四便士的酒钱，就算我是天下第一名说谎的坏蛋。怎么！我难道疯了吗？这儿是——

仆　甲　唉！太太就是看了您这样子，才终日哭哭啼啼。

仆　乙　唉！您的仆人们就是看了您这样子，才个个垂头丧气。

贵　族　您的亲戚们因为您害了这种奇怪的疯病，才裹足不进您的大门。老爷啊，请您想一想您的出身，重新记起您从前的那种思想，把这些卑贱的恶梦完全忘却吧。瞧，您的仆人们都在侍候着您，各人等候着您的使唤。您要听音乐吗？听！阿波罗在弹琴了，（音乐）二十只笼里的夜莺在歌唱。您要睡觉吗？我们会把您扶到比古代王后特制的御床更为温香美软的卧榻上，您要走路吗？我们会给您在地上铺满花瓣。您要骑马吗？您有的是鞍鞯上镶嵌着金珠的骏马。您要放鹰吗？您有的是飞得比清晨的云雀还高的神鹰。您要打猎吗？您的猎犬的吠声，可以使山谷响应，上彻云霄。

仆　甲　您要狩猎吗？您的猎犬奔跑得比糜鹿还要迅捷。

仆　乙　您爱观画吗？我们可以马上给您拿一幅阿都尼的画像来，他站在流水之旁，西塞利娅隐身在芦苇里[①]，那芦苇似乎因为受了她气息的吹动！在那里摇曳生姿一样。

贵　族　我们可以给您看那处女时代的伊俄[②]怎样被诱遇暴的经过，那情形就跟活的一样。

仆　丙　或是在荆棘林中漫步的达芙妮，她腿上为棘刺所伤，看上去就真像在流着鲜血；伤心的阿波罗瞧了她这样子，不禁潸然泪下；那血和泪都被画工描摹得栩栩如生。

贵　族　您是一个不折不扣的贵人；您有一位太太，比世上任何一个女子都要美貌万倍。

---

① 阿都尼（Adonis）：希腊神话中被维纳斯女神所恋之美少年；西塞利娅为维纳斯的别名。

② 伊俄（IO）：希腊神话中被天神宙斯所诱奸之女子。

仆 甲 在她没有因为您的缘故而让滔滔的泪涛流满她那可爱的面庞之前，她是一个并世无俦的美人，即以现在而论，她也不比任何女人逊色。

斯 赖 我是一个老爷吗？我有这样一位太太吗？我是在做梦，还是到现在才从梦中醒来？我现在并没有睡着；我看见，我听见，我会说话；我嗅到一阵阵的芳香，我抚摸到柔软的东西。哎呀，我真的是一个老爷，不是补锅匠，也不是克利斯朵夫·斯赖，好吧，你们去给我把太太请来；可别忘记再给我倒一壶最淡的麦酒来。

仆 乙 请老爷洗手。（数仆持壶盆手巾上前）啊，您现在已经恢复神智，知道您自己是个什么人，我们真是说不出地高兴！这十五年来，您一直在做梦，就是醒着的时候，也跟睡着一样。

斯 赖 这十五年来！哎呀，这一觉可睡得长久！可是在那些时候我不曾说过一句话吗？

仆 甲 啊，老爷，您话是说的，不过都是些胡言乱语；虽然您明明睡在这么一间富丽的房间里，您却说您给人家打出门外，还骂着那屋子里的女主人，说要上衙门告她去，因为她拿缸子卖酒，不按官家的定量。有时候您叫着西息莉·哈基特。

斯 赖 不错，那是酒店里的一个女侍。

仆 丙 哎哟，老爷，您几时知道有这么一家酒店，这么一个女人？您还说起过什么史蒂芬·斯赖！什么希腊人老约翰·拿普斯，什么彼得·忒夫！什么亨利·品布纳尔，还有一二十个诸如此类的名字，都是从来不曾有过、谁也不曾看见过的人。

斯 赖 感谢上帝，我现在醒过来了！

众 仆 阿门！

斯 赖 谢谢你们，等会儿我重重有赏。

小童扮贵妇率侍从上。

小　童　老爷，今天安好？

斯　赖　喝好酒，吃好肉，当然很好啰。我的老婆呢？

小　童　在这儿，老爷，您有什么吩咐？

斯　赖　你是我的老婆，怎么不叫我丈夫？我的仆人才叫我老爷。我是你的亲人。

小　童　您是我的夫君，我的主人；我是您的忠顺的妻子。

斯　赖　我知道。我应当叫她什么？

贵　族　夫人。

斯　赖　艾丽丝夫人呢，还是琼夫人？

贵　族　夫人就是夫人，老爷们都是这样叫着太太的。

斯　赖　夫人太太，他们说我已经做了十五年以上的梦。

小　童　是的，这许多年来我不曾和您同床共枕，在我就好像守了三十年的活寡。

斯　赖　那真太委屈了你啦。喂，你们都给我走开。夫人，宽下衣服，快到床上来吧。

小　童　老爷，请您恕我这一两夜，否则就等太阳西下以后吧。医生们曾经关照过我，叫我暂时不要跟您同床，免得旧病复发。我希望这一个理由可以使您原谅我。

斯　赖　我实在有些等不及，可是我不愿意再做那些梦，所以只好忍住欲火，慢慢再说吧。

一仆人上。

仆　人　启禀老爷，那班戏子们听见贵体痊愈，想来演一出有趣的喜剧给您解解闷儿。医生说过，您因为思虑过度，所以血液停滞；太多的忧愁会使人发狂，因此他们以为您最好听听戏开开心，这样才可以消灾延寿。

斯　赖　很好，就叫他们演起来吧。你说的什么喜剧，可不就是翻翻斤斗、蹦蹦跳跳的那种玩意儿?

小　童　不,老爷,比那要有趣得多呢?

斯　赖　什么!是家里摆的玩意儿吗?

小　童　他们表演的是一桩故事。

斯　赖　好,让我们瞧瞧。来,夫人太太,坐在我的身边,让我们享受青春,管他什么世事沧桑!(喇叭奏花腔。)

第一幕

第一场　帕度亚。广场

路森修及特拉尼奥上。

路森修　特拉尼奥，我久慕帕度亚是人文渊薮，学术摇篮，这次多蒙父亲答应，并且在像你这样一位练达世故的忠仆陪同之下，终于来到了这景物优胜的名都。让我们就在这里停留下来，访几位名师益友，研究些有用的学问。比萨城出过不少有名人士，我和我父亲都是在那里诞生的；我父亲文森修是班提佛里家族的后裔，他五湖四海经商立业，积聚了不少家财。我自己是在佛罗伦萨长大成人的，现在必须勤求上进，敦品力学，方才不致辱没家声。所以，特拉尼奥，我想把我的时间用在研究哲学和做人的道理上，在修身养志的功夫里寻求我的乐趣，因为我离开披萨，来到帕度亚，就像一个人从清浅的池沼里踊身到汪洋大海中，希望满足他的焦渴一样。你的意思怎样？

特拉尼奥　恕我冒昧，好少爷，我对这一切的想法都和您一样；您能够立志在哲学里寻求至道妙理！使我听了非常高兴；可是少爷，我们一方面向慕着仁义道德，一方面却也不要板起一副不近人情的道学面孔，不要因为一味服膺亚里斯多德的箴言，而把奥维德的爱经深恶痛绝。您在相识的面前，不妨运用逻辑和他们滔滔雄辩；日常谈话的中间，也可以练习练习修辞学；音乐和诗歌可以开启您的心灵;您要是胃口好的时候,研究研究数学和形而上学也未始不可。学问必须合乎自己的兴趣,方才可以得益,所以,少爷,您尽管拣您最喜欢的东西研究吧。

路森修　特拉尼奥,你这番话说得非常有理。等比昂台罗来了,我们就可以去找一个适当的寓所,将来有什么朋友也可以在那里招待招待。且慢,那边来的是些什么人?

特拉尼奥　少爷,大概这里的人知道我们来了,所以要演一场戏给我们看,表示他们的欢迎。

巴普提斯塔、凯瑟丽娜、比恩卡、葛莱米奥、霍坦西奥同上。路森修及特拉尼奥避立一旁。

巴普提斯塔　两位先生,你们不必向我多说,因为你们知道我的意思是非常坚决的。我必须先让我的大女儿有了丈夫以后,方才可以把小女儿出嫁。你们两位中间倘有哪一位喜欢凯瑟丽娜,那么你们两位都是熟人,我也很敬重你们,我一定答应你们向她求婚。

葛莱米奥　求婚?哼,还不如送她上囚车;我可吃她不消。霍坦西奥,你娶了她吧。

凯瑟丽娜　(向巴普提斯塔)爸爸,你是不是要让我给这两个臭男人取笑?

霍坦西奥　姑娘,您放心吧,像您这样厉害的女人,无论哪个臭男人都会给您吓走的。

凯瑟丽娜　先生,你也放心吧,她是不愿嫁给你的;可是她要是嫁了你,她会用三只脚的凳子打破你的鼻头,把你涂成花脸叫人笑话的。

霍坦西奥　求上帝保佑我们逃过这种灾难!

葛莱米奥　阿门!

特拉尼奥　少爷,咱们有好戏看了。那个女人倘不是个疯子,倒泼辣得可以。

路森修　可是还有那一位不声不响的姑娘,却很贞静幽娴。别说话了,特拉尼奥!

特拉尼奥　很好,少爷,咱们闭住嘴看个饱。

巴普提斯塔　两位先生,我刚才说过的话决不失信,——比恩卡,你进去吧;你不要懊恼,好比恩卡,爸爸疼你,我的好孩子。

凯瑟丽娜　好心肝,好宝贝!她要是机灵的话,还是自己拿手指捅捅眼睛,回去哭一场吧。

比恩卡　姊姊,你尽管看着我的懊恼而高兴吧。爸爸,我一切都听您的主张,我可以在家里看看书,玩玩乐器解闷。

路森修　特拉尼奥,你听!好一个贤淑的姑娘!

霍坦西奥　巴普提斯塔先生,您为什么一定这样固执?我们本来是一片好意,不料反而害得比恩卡小姐心里不快乐,真是抱歉得很。

葛莱米奥　巴普提斯塔先生,您难道要她代人受过,因为您那位大令爱的悍声四播,而把她终身禁锢吗?

巴普提斯塔　请你们不要见怪,我已经这样决定了。比恩卡,进去吧。(比恩卡下)我知道她喜欢音乐诗歌,正想请一位教师在家教授。霍坦西奥先生,葛莱米奥先生,你们要是知道有这样适当的人才,请介绍他到这儿来;我因为希望我的孩子们得到良好的教育,对于有才学的人是竭诚欢迎的。再会,两位先生。凯瑟丽娜,你可以在这儿多玩一会儿;我还要去跟比恩卡说两句话。(下。)

凯瑟丽娜　什么难道我就不可以进去?难道我就得听人家安排时间,仿佛自己连要什么不要什么都不知道吗?哼!(下。)

葛莱米奥　你到魔鬼的老娘那里去吧!你的盛情没有人敢领教,谁也不会留住你的,霍坦西奥先生,女人的爱也不是大不了的事,现在你我同病相怜，大家还是回去自认晦气，把这段痴情斩断了吧。可是为了我对于可爱的比恩卡的爱慕，要是我能够找到一个可以教授她功课的人，我一定要把他介绍给她的父亲。

霍坦西奥　葛莱米奥先生，我也是这样的意思。可是我说我们两人虽然站在互相敌对的立场，然而为了共同的利害，在一件事情上我们应当携手合作，否则恐怕我们就是再要为了比恩卡的爱而成为情敌的机会也没有了。

葛莱米奥　愿闻其详。

霍坦西奥　简简单单一句话，给她的姊姊找一个丈夫。

葛莱米奥　找个丈夫！还是找个魔鬼给她吧。

霍坦西奥　我说，给她找个丈夫。

葛莱米奥　我说给她找个魔鬼。霍坦西奥，虽然她的父亲那么有钱，你以为竟有那样一个傻子，愿意娶个活阎罗供在家里吗？

霍坦西奥　嘿，葛莱米奥！我们虽然受不了她那种打骂吵闹，可是世上尽有胃口好的人，看在金钱面上，会把她当作活菩萨一样迎了去的。

葛莱米奥　那我可不知道。可是我要是贪图她的嫁奁，我宁愿每天给人绑在柱子上抽一顿鞭子，作为娶她回去的交换条件。

霍坦西奥　正像人家说的，两只坏苹果之间，没有什么选择。可是这一条禁令既然已经使我们两人成为朋友，那么让我们的交情暂时继续下去，直到我们帮助巴普提斯塔把他的大女儿嫁出去，让他的小女儿也有了嫁人的机会以后，再做起敌人来吧。可爱的比恩卡！不知道哪一个幸运儿捷足先登！葛莱米奥先生，你说怎样？

葛莱米奥　我很赞成。要是能够找到那么一个人，我愿意把帕度亚最好的马送给他，让他立刻前去求婚，赶快和她结婚睡觉，把她早早带走。我们走吧。（葛莱米奥、霍坦西奥同下。）

特拉尼奥　少爷，请您告诉我，难道爱情会这么快就把一个人征服吗？

路森修　啊，特拉尼奥！倘不是我自己今天亲身经历，我决不相信这样的事是可能的。当我在这儿闲望着他们的时候，我却在无意中感到了爱情的力量。特拉尼奥，你是我的心腹，正像安娜是她姐姐迦太基女王狄多的心腹一样，我坦白向你招认了吧，要是我不能娶这位年轻的贞淑的姑娘做妻子，我一定会被爱情燃烧得憔悴而死的。给我想想法子吧，特拉尼奥，我知道你一定能够也一定肯帮助我的。

特拉尼奥　少爷，我现在也不能责怪您，因为爱情进了人的心里，是打骂不走的。它既然到了您的身上，就会占有您的一切。您既然已经爱上了，事情就只好如此，唯一的途径是想个最便宜的方法如愿以偿。

路森修　谢谢你，再说下去吧。你的话很有道理，句句说中我的心意。

特拉尼奥　少爷，您那样出神地望着这位姑娘，恐怕没有注意到最重要的一点。

路森修　不，我没有把它忽略过去；我看见她那秀美的容颜，就是天神看见了她，也会向她屈膝长跪，请求她准许他吻一吻她的纤手的。

特拉尼奥　此外您没有注意到什么吗？您没有听见她那姊姊怎样破口骂人，大大地闹了一场，把人家耳朵都嚷聋了吗？

路森修　特拉尼奥，我看见她的樱唇微启，她嘴里吐出的气息，把空气都熏得充满了麝兰的香味。我看见她的一切都是圣洁而美妙的。

特拉尼奥　他已经着了迷了，我必须把他叫醒。少爷，请您醒醒吧，您要是爱这姑娘，就该想法把她弄到手里。事情是这样的：她的姊姊是个泼辣凶悍的女子，除非她的父亲先把她姊姊嫁出去，那么少爷，您的爱人只好待在家里做个老处女；他因为不愿让那些求婚的人向她麻烦，所以已经把她关起来不让她出来了。

路森修　啊，特拉尼奥！他真是个狠心的父亲！可是你没有听说他正在留心为她访寻一个好教师吗？

特拉尼奥　是的，少爷，我正在这上面想法子呢。

路森修　我有了计策了，特拉尼奥。

特拉尼奥　妙极了，也许我们不谋而合。

路森修　你先说吧。

特拉尼奥　我知道您想去做她的教书先生。

路森修　是啊，你看这件事可做得到？

特拉尼奥　做不到，您去做了教书先生，有谁替您在这儿帕度亚充当文森修的公子？有谁可以替您主持家务，研究学问，招待朋友，访问邻里，宴请宾客？

路森修　不要紧，我已经仔细想过了。我们初到此地，还不曾到什么人家里去过，人家也不认识我们两人谁是主人谁是仆人；所以我想这样：你就顶替我的名字，代我主持家务，指挥仆人；我自己改名换姓，扮做一个从佛罗伦萨、那不勒斯或是比萨来的穷苦书生，就这么办吧。特拉尼奥，你快快脱下衣服，戴上我的华贵的帽子，披上我的外套。等比昂台罗来了，就叫他侍候你；可是我还要先嘱咐他说话小心些。（二人交换服装。）

特拉尼奥　那是很必要的。少爷，既然这是您的意思，我也只好从命，因为在我们临走的时候，老爷曾经吩咐过我，“你要听少爷的话，用心做事，”虽然我想他未必想到会有今天的情形；可是因为我敬爱路森修，所以我愿意自己变成路森修。

路森修　很好，特拉尼奥，因为路森修正在恋爱着一个人。她那惊鸿似的一面，已经摄去了我的魂魄；为了博取她的芳心，我甘心做一个奴隶。这狗才来了。

比昂台罗上。

路森修　喂,你到什么地方去了?

比昂台罗　我到什么地方去了! 咦,怎么,您在什么地方? 少爷,是特拉尼奥把您的衣服偷了呢,还是您把他的衣服偷了? 还是两个人你偷我的我偷你的,究竟是怎么一回事呀?

路森修　你过来,我对你说,现在不是说笑话的时候,你好好听我的话。我上岸以后,因为跟人家吵架,杀死了一个人,恐怕被人看见,所以叫特拉尼奥穿上我的衣服,假扮做我的样子,我自己穿了他的衣服逃走。为了保全性命,我只好离开你们,你要好好侍候他,就像侍候我自己一样,你懂了吗?

比昂台罗　少爷,我一点都不懂!

路森修　你嘴里不许说出一声特拉尼奥来,特拉尼奥已经变成路森修了。

比昂台罗　算他运气,我也这样变一变就好了!

特拉尼奥　我更希望路森修能够得到巴普提斯塔的小女儿。可是我要劝你无论在什么人面前,都要规规矩矩,在私下我是特拉尼奥,当着人我就是你的主人路森修;这并不是我要在你面前摆什么架子,我只是为少爷的好处着想。

路森修　特拉尼奥,我们去吧。我还要你做一件事,你也必须去做一个求婚的人,你不必问为什么,总之我自有道理。(同下。)

舞台上方观剧者的谈话。

仆　甲　老爷,您在瞌睡了,您没有听戏吗?

斯　赖　不,我在听着,好戏好戏,下面还有吗?

小　童　还刚开始呢,夫君。

斯　赖　是一本非常的杰作,夫人;我希望它快些完结! (继续看戏。)

第二场　同前。霍坦西奥家门前

彼特鲁乔及葛鲁米奥上。

彼特鲁乔　我暂时离开了维洛那,到帕度亚来访问朋友,尤其要看看我的好朋友霍坦西奥;他的家大概就在这里,葛鲁米奥,……上去,打。

葛鲁米奥　打老爷!叫我打谁?有谁冒犯您了吗?

彼特鲁乔　浑蛋,我说向这儿打,好好地给我打。

葛鲁米奥　好好地给您打,老爷!哎哟,老爷,小人哪里有这胆量,敢向您这儿打?

彼特鲁乔　浑蛋,我说给我打门,给我使劲儿打,不然我就要打你几个耳光。

葛鲁米奥　主人又闹脾气了。您叫我先打您,就为的是让我事后领略谁尝的苦处更多。

彼特鲁乔　你还不听吗?你要不肯打,我就敲敲看,我倒要敲敲你这面锣,看到底有多响。(揪葛鲁米奥耳朵。)

葛鲁米奥　救人,列位乡亲们,救人!我主人疯了。

彼特鲁乔　我叫你打你就打,混账东西。

霍坦西奥上。

霍坦西奥　啊,我道是谁!原来是我的老朋友葛鲁米奥!还有我的好朋友彼特鲁乔!你们在维洛那都好?

彼特鲁乔　霍坦西奥先生,你是来劝架的吗?真是得瞻尊颜,三生有幸。

霍坦西奥　光临敝舍,蓬荜生辉,可敬的彼特鲁乔先生,起来吧,葛鲁米奥，起来吧，我叫你们两人言归于好。

葛鲁米奥 哼，他咬文嚼字地说些什么都没关系，老爷。就是按法律，我这回也有理由辞掉不干了。您知道吗，老爷？他叫我打他，使劲地打他，老爷。可是，仆人哪里有这样欺侮主人的呢，虽然他糊里糊涂，也总是二十来岁的大个子了。我倒恨不得当初真老实打他几下，这会儿就不会吃这个苦头了。

彼特鲁乔 没脑筋的浑蛋。霍坦西奥，我叫他上去打门，可是死说活说他也不肯。

葛鲁米奥 打门？我的老天爷呀！您不是明明说："狗才，向这儿打，向这儿敲，好好地给我打，使劲地给我打"吗？这会儿又说起"打门"来了吗？

彼特鲁乔 狗才，听我告诉你，滚蛋，要不然趁早住口。

霍坦西奥 彼特鲁乔，别生气。我可以给葛鲁米奥担保，你这个葛鲁米奥是一个服侍你多年的仆人，忠实可靠，很有风趣。刚才的事完全是出于误会。可是，告诉我，好朋友，是哪一阵好风把你们从维洛那吹到帕度亚来了？

彼特鲁乔 因为年轻人倘不在外面走走，老是待在家里，孤陋寡闻，终非长策，所以风才把我吹到这儿来了。不瞒你说，霍坦西奥，家父安东尼奥已经不幸去世，所以我才到这异乡客地，想要物色一位妻房，成家立业；我袋里有的是钱，家里有的是财产，闲着没事，出来见见世面也好。

霍坦西奥 彼特鲁乔，你既然想娶一个妻子，我倒想起一个人来了；可惜她脾气太坏，又长得难看，我想你一定不会中意；不过我可以向你保证她很有钱；可是因为你是我的好朋友，我还是不要把她介绍给你的好。

彼特鲁乔 霍坦西奥，咱们是知己朋友，用不着多说废话。如果你真认识什么女人，财富多到足以做彼特鲁乔的妻子，那么既然我的求婚主要是为了钱，无论她怎样淫贱老丑，泼辣凶悍，我都一样欢迎；尽管她的性子暴躁得像起着风浪的怒海，也不能影响我对她的好感，只要她的嫁奁丰盛，我就心满意足了。

葛鲁米奥　霍坦西奥大爷，你听，他说的都是老老实实的真心话，只要有钱，就是把一个木人泥偶给他做妻子他也要；倘然她是一个满嘴牙齿落得一个不剩的老太婆，浑身病痛有五十二匹马合起来那么多，他也满不在乎，可就是得有钱。

霍坦西奥　彼特鲁乔，我们既然已经谈起了这件事，那么我要老实告诉你，我刚才说的话，一半是笑话。彼特鲁乔，我可以帮助你娶到一位妻子，又有钱，又年轻，又美貌，而且还受过良好的教育；她就是有一个很大的缺点，脾气非常之坏，撒起泼来，谁也吃她不消，即使我是个身无立锥之地的穷光蛋，她愿意倒贴一座金矿嫁给我，我也要敬谢不敏的。

彼特鲁乔　算了吧，霍坦西奥，你可不知道金钱的好处哩。我只要你告诉我她父亲的名字就够了。尽管她骂起人来像秋天的雷鸣一样震耳欲聋，我也要把她娶了回去。

霍坦西奥　她的父亲是巴普提斯塔·米诺拉，是一位彬彬有礼的绅士；她的名字叫作凯瑟丽娜·米诺拉，在帕度亚以擅于骂人出名。

彼特鲁乔　我虽然不认识她，可是我认识她的父亲，他和先父也是老朋友。霍坦西奥，我要是不见她一面，我会睡不着觉的，所以我要请你恕我无礼。匆匆相会，又要向你告别了。要是你愿意陪着我去，那可再好没有了。

葛鲁米奥　霍坦西奥大爷，您让他趁着这股兴致就去吧。说句老实话，她要是也像我一样了解他，她就会明白对于像他这样的人，骂死也是白骂。她也许会骂他一二十声死人杀千刀，可是那算得了什么,他要是开口骂起人来,说不定就会亮家伙。我告诉您吧,她要是顶撞了他,他会随手给她一下子,把她眼睛堵死,什么都看不见。您还没有知道他呢。

霍坦西奥　等一等,彼特鲁乔,我要跟你同去。因为在巴普提斯塔手里还有一颗无价的明珠,他的美丽的小女儿比恩卡,她是我生命中最珍贵的东西,可是巴普提斯塔却把她保管得非常严密,不让向她求婚的人们有亲近她的机会。他恐怕凯瑟丽娜有了我刚才说过的那种缺点,没有人愿意向她求婚,所以一定要让凯瑟丽娜这泼妇嫁了人以后,方才允许人家向比恩卡提起亲事。

葛鲁米奥　凯瑟丽娜这泼妇!一个姑娘家,什么头衔不好,一定要加上这么一个头衔!

霍坦西奥　彼特鲁乔,我的好朋友,现在我要请求你一件事,我想换上一身朴素的服装!扮成一个教书先生的样子,请你把我举荐给巴普提斯塔,就说我精通音律,可以做比恩卡的教师。我用了这个计策,就可以有机会向她当面求爱,不至于引起人家的疑心了。

葛鲁米奥　好狡猾的计策!瞧,现在这班年轻人瞒着老年人干的好事!

葛莱米奥、路森修化装挟书上。

葛鲁米奥　大爷,大爷,您瞧谁来啦?

霍坦西奥　别闹,葛鲁米奥!这是我的情敌,彼特鲁乔,我们站到旁边去。

葛鲁米奥　好一个卖弄风流的哥儿!

葛莱米奥　啊,很好,我已经看过那张书单了。听着,先生。我就去叫人把它们精工装订起来;必须注意每一本都是讲恋爱的,其他什么书籍都不要教她念。你懂得我的意思吗?巴普提斯塔先生给你的待遇当然不会错的,就是我也还要给你一份谢礼哩。把这张纸也带去。我还要叫人把这些书熏得香喷喷的,因为她自己比任何香料都要芬芳。你预备读些什么东西给她听?

路森修　我无论向她读些什么,都是代您申诉您的心曲,就像您自己在她面前一样;而且也许我所用的字句,比您自己所用的更为适当,也未可知,除非您也是一个读书人,先生。

葛莱米奥　啊,学问真是好东西!

葛鲁米奥　啊,这家伙真是傻瓜!

彼特鲁乔　闭嘴,狗才!

霍坦西奥　葛鲁米奥,不要多话。葛莱米奥先生,您好!

葛莱米奥　咱们遇见得巧极了,霍坦西奥先生。您知道我现在到什么地方去吗?我是到巴普提斯塔家里去的。我答应他替比恩卡留心访寻一位教师,算我运气,找到了这位年轻人,他的学问品行,都可以说得过去,他读过不少诗书,而且都是很好的诗书哩。

霍坦西奥　那好极了。我也碰到一位朋友,他答应替我找一位很好的声乐家来教她音乐,我对于我那心爱的比恩卡总算也尽了责任了。

葛莱米奥　我可以用我的行为证明,比恩卡是我心爱的人。

葛鲁米奥　他也可以用他的钱袋证明。

霍坦西奥　葛莱米奥,现在不是我们争风吃醋的时候,你要是对我客客气气,我可以告诉你一个好消息,对于我们两人都是一样有好处的。这位朋友我刚才偶然遇到,他已经答应愿意去向那泼妇凯瑟丽娜求婚,而且只要她的嫁奁丰盛,他就可以和她结婚。

葛莱米奥　这当然很好,可是霍坦西奥,你有没有把她的缺点告诉他?

彼特鲁乔　我知道她是一个喜欢吵吵闹闹的长舌妇,倘然她只有这一点毛病,那我以为没有什么要紧。

葛莱米奥　你说没有什么要紧吗,朋友?请教贵乡?

彼特鲁乔　舍间是维洛那,已故的安东尼奥就是家父。我因为遗产颇堪温饱,所以很想尽情玩玩,过些痛痛快快的日子。

葛莱米奥　啊,你要过痛快的日子,却去找这样一位妻子,真是奇怪!可是你要是真有那样的胃口,那么我是非常赞成你去试一试的,但凡有可以效劳之处,请老兄尽管吩咐好了。可是你真的要向这只野猫求婚吗?

彼特鲁乔　那还用得着问吗?

葛鲁米奥　他要不向她求婚,我就把她绞死。

彼特鲁乔　我倘不是为了这一件事情,何必到这儿来?你们以为一点点的吵闹,就可以使我掩耳退却吗?难道我不曾听见过狮子的怒吼?难道我不曾听见过海上的狂风暴浪,像一头疯狂的巨熊一样咆哮,难道我不曾听见过战场上的炮轰,天空中的霹雳?难道我不曾在白刃相交的激战中,听见过震天的杀声,万马的嘶奔,金鼓的雷鸣?你们现在却向我诉说女人的口舌如何可怕;就是把一枚栗子丢在火里,那爆声也要比它响得多哩。嘿,你们想捉了个跳蚤来吓小孩子吗?

葛鲁米奥　反正他是不害怕的。

葛莱米奥　霍坦西奥,这位朋友既然不以为意,那就再好也没有了,他自己既人财两得!而且也帮了我们很大的忙。

霍坦西奥　他所需要的一切求婚费用,就归我们两个人共同担负吧。

葛莱米奥　很好,只要他能够娶她回去。

葛鲁米奥　只要我能够吃饱肚皮。

特拉尼奥盛装偕比昂台罗上。

特拉尼奥　列位先生请了!我要大胆借问一声,到巴普提斯塔·米诺拉先生家里去打哪一条路走最近?

比昂台罗　您说的就是有两位漂亮小姐的那位老先生吗？

特拉尼奥　就是他，比昂台罗。

葛莱米奥　先生，您说的不就是她——

特拉尼奥　也许是他，也许是她，这和你有什么相干？

彼特鲁乔　大概不是爱骂人的那个她吧？

特拉尼奥　先生，我不爱骂人的人。比昂台罗，我们走吧。

路森修　（旁白）特拉尼奥，你装扮得很好。

霍坦西奥　先生，请您慢走一步。请问您也是要去向您刚才说起的那位小姐求婚的吗？

特拉尼奥　假如我是去求婚的，那不会有什么罪吧？

葛莱米奥　只要你乖乖地给我回去，那就什么事都没有。

特拉尼奥　咦，我倒要请问，官塘大路，你走得我就走不得？

葛莱米奥　她可不用你多费心。

特拉尼奥　这是什么理由？

葛莱米奥　告诉你吧，因为她是葛莱米奥大爷的爱人。

霍坦西奥　因为她是霍坦西奥大爷的意中人。

特拉尼奥　两位先生少安毋躁！你们倘然都是通达事理的君子，请听我说句话儿。巴普提斯塔是一位有名望的绅士，我的父亲和他也是素识，他的女儿就是再美十倍，也应该有比现在更多十倍的男子向她求婚，为什么我就不能在其中参加一份呢？勒达[①]的美貌的女儿有一千个求婚者，那么美貌的比恩卡为什么不能在她原有的求婚者之外，再加上一个呢？虽然帕里斯希望鳌头独占，森修却也要参加这一场竞赛。

葛莱米奥　啊，这个人的口才会把我们全都压倒哩。

---

①　勒达（Leda）：古代斯巴达王后，宙斯与之私通而生海伦。

路森修　让他试试身手吧，我知道他会临阵怯退的。

彼特鲁乔　霍坦西奥，你们这样尽说废话，有什么意思？

霍坦西奥　请问尊驾有没有见过巴普提斯塔的女儿？

特拉尼奥　没有，可是我听说他有两个女儿，大的那个是出名的泼辣，小的那个是出名的美貌温文。

彼特鲁乔　诸位，那个大的已经被我定下了，你们不用提她。

葛莱米奥　对了，这一份艰巨的工作，还是让我们伟大的英雄去独力进行吧。

彼特鲁乔　新来的朋友，让我告诉你，你听人家说起的那个小女儿，被她的父亲看管得非常严紧，在他的大女儿没有嫁人以前，他拒绝任何人向他的小女儿求婚，也不愿意把她许嫁给任何人。

特拉尼奥　这样说来，那么我们都要仰仗尊驾的大力，就是小弟也要沾您老兄的光了。您要是能够娶到他的大女儿，给我们开辟出一条路来，好让我们有机会争取他的小女儿，无论这一场幸运落在哪一个人身上，对您老兄总是一样终生感激的。

霍坦西奥　您说得有理，既然您说您自己也是一个须知求婚者，那么您对于这位朋友也该给他一些酬报才是，因为我们大家都是一样仰赖着他。

特拉尼奥　这没有问题，为了表示我的诚意！我想就在今天下午！请在场各位，大家在一块儿欢宴一次，恭祝我们共同的爱人的健康。我们应该像法庭上打官司的律师，在竞争的时候是冤家对头，在吃吃喝喝的时候还是像好朋友一样。

葛鲁米奥
比昂台罗　妙极妙极！咱们大家走吧。

霍坦西奥　这建议果然很好，就这样决定吧。彼特鲁乔，让我来给你洗尘，款待款待你。（同下。）

第二幕

第一场　帕度亚。巴普提斯塔家中一室

凯瑟丽娜及比恩卡上。

比恩卡　好姊姊，我是你的亲妹妹！不要把我当作婢子奴才一样看待。你要是不喜欢我身上穿戴的东西，那么请你松开我手上的捆缚，我会自己把它们拿下来的；只要你吩咐我，我把裙子脱下来都可以；你要我怎么做，我就怎么做，因为你是姊姊，我是应该服从你的。

凯瑟丽娜　那么我要问你，在那些向你求婚的男人中间，你最爱哪一个？你可不许说谎。

比恩卡　相信我，姊姊，在一切男子中间，我到现在还没有遇到一个特别中我心意的人。

凯瑟丽娜　丫头，你说谎！是不是霍坦西奥？

比恩卡　姊姊，你要是喜欢他，我可以发誓我一定竭力帮助你得到他。

凯瑟丽娜　噢，那么你大概希望嫁到一个比霍坦西奥更有钱的人；你要葛莱米奥把你终生供养吗？

比恩卡　你是为了他才这样恨我吗？不，你是说着玩的；我现在知道了，你刚才的话原来都是说着玩的。凯德好姊姊，请你松开我的手吧。

凯瑟丽娜　你说我说着玩，我就打着你玩。（打比恩卡。）

巴普提斯塔上。

巴普提斯塔　怎么，怎么，这丫头！又在撒泼吗？比恩卡，你站开些。可怜的孩子！你看，她给你欺侮得哭起来了。你去做你的针线活儿吧。别理她。你这恶鬼一样的贱人！她从来不曾惹过你，你怎么又欺侮她了？她什么时候顶撞过你一句？

凯瑟丽娜　她嘴里一声不响，心里却瞧不起我；我气不过，非叫她知道些厉害不可。（追比恩卡。）

巴普提斯塔　怎么，当着我的面你也敢这样放肆吗？比恩卡，你快进去。（比恩卡下。）

凯瑟丽娜　啊！你不让我打她吗？好，我知道了，她是你的宝贝，她一定要嫁个好丈夫；我就只好在她结婚的那一天光着脚跳舞，因为你偏爱她的缘故，我一辈子也嫁不出去，死了在地狱里也只能陪猴子玩。不要跟我说话，我要去找个地方坐下来痛哭一场。你看着吧，我总有一天要报仇的。（下。）

巴普提斯塔　世上还有比我更倒霉的父亲吗？可是谁来了？

葛莱米奥率路森修作寒士装束、彼特鲁乔率霍坦西奥化装乐师！特拉尼奥率比昂台罗携七弦琴及书籍各上。

葛莱米奥　早安，巴普提斯塔先生！

巴普提斯塔　早安，葛莱米奥先生！各位先生，你们都好？

彼特鲁乔　您好，老先生。请问，您不是有一位美貌贤德的令爱名叫凯瑟丽娜吗？

巴普提斯塔　先生，我有一个小女名叫凯瑟丽娜。

葛莱米奥　你说话太莽撞了，要慢慢地说到题目上去。

彼特鲁乔　葛莱米奥先生，请你不用管我。巴普提斯塔先生，我是从维洛那来的一个绅士，因为久闻令爱美貌多才，端庄贤淑，品格出众，举止温柔，所以不揣冒昧，到府上来做一个不速之客，瞻仰瞻仰这位心仪已久的绝世佳人。为了表示我的寸心起见，我特地介绍这位朋友给您,(介绍霍坦西奥)他熟谙音律,精通数理,可以担任令爱的教师,我知道她对于这两门功课一定研究有素。您要是不嫌弃我,就请把他收留下来;他的名字叫里西奥,是曼多亚人。

巴普提斯塔　你们两位我都一样欢迎。可是说起小女凯瑟丽娜,我实在非常抱歉,她是仰攀不上您这样的一位人物的。

彼特鲁乔　看来您是疼惜令爱,不愿把她遣嫁,否则就是您对我这个人不大满意。

巴普提斯塔　哪里的话,我说的是实在情形。请问贵乡何处,尊姓大名?

彼特鲁乔　贱名是彼特鲁乔,安东尼奥是我的先父,他在意大利是很有一点名望的。

巴普提斯塔　我跟他是很熟的,您原来就是他的贤郎,欢迎欢迎!

葛莱米奥　彼特鲁乔,不要尽管一个人说话,让我们也说几句吧,退后一步,你真太自鸣得意啦。

彼特鲁乔　啊,对不起,葛莱米奥先生,我也巴不得把事情早点讲妥呢。

葛莱米奥　我相信你一定会成功,可是以后你要是后悔今天不该来此求婚,可不要抱怨别人。巴普提斯塔先生,我相信您一定很乐意接受他这份礼物;我因为平常多蒙您另眼相看,十分厚待,所以也要同样地为您效劳,现在特地把这位青年学士介绍给您。(介绍路森修)他曾经在里姆留学多年,对于希腊文、拉丁文以及其他各国语言,都非常精通,不下于那位先生对音乐和数学的造诣。他的名字叫堪比奥,请您准许他在您这儿服务吧。

巴普提斯塔　我非常感谢您的好意,葛莱米奥先生。堪比奥,我欢迎你。(向特拉尼奥)可是这位先生好像是从外省来的,恕我冒昧!请问尊驾来此有何贵干?

特拉尼奥　巴普提斯塔先生，我才要请您多多原谅呢，因为我初到贵地，居然敢大胆前来，向您美貌贤德的令爱比恩卡小姐求婚，实在是冒昧万分。我也知道您的意思是要先给您那位大令爱许配了婚姻，然后再谈其他，所以我现在唯一的请求，是希望您在知道我的家世以后，能够给我一个和其他各位求婚者同等的机会。这一件不值钱的乐器，和这一包希腊文和拉丁文的书籍，是奉献给两位公主的一点小小礼物，您要是不嫌菲薄，受纳下来！那就是我莫大的荣幸了。

巴普提斯塔　台甫是路森修，请问府上在什么地方？

特拉尼奥　敝乡是比萨，文森修就是家严。

巴普提斯塔　啊，他是比萨地方数一数二的人物，我闻名已久，您就是他的令郎，欢迎欢迎！（向霍坦西奥）你把这琴拿了，（向路森修）你把这几本书拿了，我就叫人领你们去见你们的学生。喂，来人！

一仆人上。

巴普提斯塔　你把这两位先生领去见大小姐二小姐，对她们说这两位就是来教她们的先生，叫她们千万不可怠慢。（仆人领霍坦西奥、路森修下）诸位，我们现在先到花园里散一会儿步！然后吃饭。你们都是难得的佳宾，请你们相信我是诚心欢迎你们的。

彼特消鲁乔　巴普提斯塔先生，我事情很忙，不能每天到府上来求婚。您知道我父亲的为人，您也可以根据我父亲的为人，推测到我这个人是不是靠得住，他去世以后，全部田地产业都已归我承继下来，我自己亲手也挣下了一些家产。现在我要请您告诉我，要是我得到了令爱的垂青，您愿意拨给她怎样一份嫁奁？

巴普提斯塔　我死了以后，我的田地的一半都给她，另外再给她二万个克朗。

彼特鲁乔　很好，您既然答应了我这样一份嫁奁，我也可以向她保证要是我比她先死，我的一切田地产业都归她所有。我们现在就把契约订好，双方各执一份为凭吧。

巴普提斯塔　好的，可是最要紧的，还是先去把她的爱求到了再说。

彼特鲁乔　啊，那算得了什么难事！告诉您吧，老伯，她固然脾气高傲，我也是天性刚强；两股烈火遇在一起，就把怒气在燃料上消磨净尽了。一星星的火花，虽然会被微风吹成烈焰，可是一阵拔山倒海的飓风，却可以把大火吹熄；我对她就是这样，她见了我一定会屈服的，因为我是个性格暴躁的人，我不会像小孩子一样谈情说爱。

巴普提斯塔　那么很好，愿你马到成功！可是你要准备着听几句刺耳的话呢。

彼特鲁乔　那我也有恃无恐，尽管狂风吹个不停，山岳是始终屹立不动的。

霍坦西奥头破血流上。

巴普提斯塔　怎么，我的朋友！你怎么这样面无人色？

霍坦西奥　我是吓成这个样子的。

巴普提斯塔　怎么，我的女儿是不是一个可造之才？

霍坦西奥　我看令爱很可以当兵打仗去；只有铁链可以锁住她，我这琴儿是经不起她一敲的。

巴普提斯塔　难道她不能学会用琴吗？

霍坦西奥　不然，她用琴打人的手段十分高明。我不过告诉她她把音柱弄错了，按着她的手教她怎样弹奏，她就冒起火来，喊道："你管这些玩意儿叫琴柱吗？好，我就筑你几下。"说着就砰的给我迎头一下子，琴给她敲通了，我的头颈也给琴套住了；我像一个戴枷的犯人一样站着发怔，一面她还骂我是弹琴的无赖，沿街卖唱的叫花子，以及诸如此类的难听的话，好像她是有意要寻我的晦气。

彼特鲁乔　哎呀，好一个勇敢的姑娘！我现在更加十倍地爱她了。啊，我真想跟她谈谈天！

巴普提斯塔　（向霍坦西奥）好，你跟我去，请不要懊恼；你可以去教我的小女儿，她很愿意虚心学习，很懂得好歹。彼特鲁乔先生，您愿意陪我们一块儿走走呢，还是让我叫我的女儿凯德出来见您？

彼特鲁乔　有劳您去叫她出来吧，我就在这儿等着她。（巴普提斯塔、葛莱米奥、特拉尼奥、霍坦西奥等同下）等她来了，我要提起精神来向她求婚：要是她开口骂人，我就对她说她唱的歌儿像夜莺一样曼妙；要是她向我皱眉头，我就说她看上去像浴着朝露的玫瑰一样清丽；要是她默不作声，我就恭维她的能言善辩；要是她叫我滚蛋，我就向她道谢，好像她留我多住一个星期一样；要是她不愿意嫁给我，我就向她请问吉期。她已经来啦，彼特鲁乔，现在要看看你的本领了。

凯瑟丽娜上。

彼特鲁乔　早安，凯德，我听说这是你的小名。

凯瑟丽娜　算你生着耳朵会听，可是我这名字是会刺痛你的耳朵的。人家提起我的时候，都叫我凯瑟丽娜。

彼特鲁乔　你骗我，你的名字就叫凯德，你是可爱的凯德，人家有时也叫你泼妇凯德；可是你是世上最美最美的凯德，凯德大厦的凯德，我最娇美的凯德，因为娇美的东西都该叫凯德。所以，凯德，我的心上的凯德，请你听我诉说：我因为到处听见人家称赞你的温柔贤德，传扬你的美貌娇姿，虽然他们嘴里说的话，还抵不过你实在的好处的一半，可是我的心却给他们打动了，所以特地前来向你求婚，请你答应嫁给我做妻子。

凯瑟丽娜　打动了你的心！哼！叫那打动你到这儿来的那家伙再打动你回去吧，我早知道你是个给人搬来搬去的东西。

彼特鲁乔　什么东西是给人搬来搬去的？

凯瑟丽娜　就像一张凳子一样。

彼特鲁乔　对了，来，坐在我的身上吧。

凯瑟丽娜　驴子是给人骑坐的，你也就是一头驴子。

彼特鲁乔　女人也是一样，你就是一个女人。

凯瑟丽娜　要想骑我，像尊驾那副模样可不行。

彼特鲁乔　好凯德，我不会叫你承担过多的重量，因为我知道你年纪轻轻——

凯瑟丽娜　要说轻，像你这样的家伙的确抓不住；要说重，我的分量也够瞧的。

彼特鲁乔　够瞧的！够——刁的。

凯瑟丽娜　叫你说着了，你就是个大笨雕。

彼特鲁乔　啊，我的小鸽子，让大雕捉住你好不好？

凯瑟丽娜　你拿我当驯良的鸽子吗，鸽子也会叼虫子哩。

彼特鲁乔　你火性这么大，就像一只黄蜂。

凯瑟丽娜　我倘然是黄蜂，那么留心我的刺吧。

彼特鲁乔　我就把你的刺拔下。

凯瑟丽娜　你知道它的刺在什么地方吗？

彼特鲁乔　谁不知道黄蜂的刺是在什么地方！在尾巴上。

凯瑟丽娜　在舌头上。

彼特鲁乔　在谁的舌头上？

凯瑟丽娜　你的，因为你话里带刺，好吧，再会。

彼特鲁乔　怎么，把我的舌头带在你尾巴上吗？别走，好凯德，我是个冠冕堂皇的绅士。

凯瑟丽娜　我倒要试试看。（打彼特鲁乔。）

彼特鲁乔　你再打我，我也要打你了。

凯瑟丽娜　绅士只动口，不动手。你要打我，你就算不了绅士，算不了绅士也就别冠冕堂皇了。

彼特鲁乔　你也懂得绅士的冠冕和章服吗，凯德？欣赏欣赏我吧！

凯瑟丽娜　你的冠冕是什么？鸡冠子？

彼特鲁乔　要是凯德肯做我的母鸡，我也宁愿做老实的公鸡。

凯瑟丽娜　我不要你这个公鸡，你叫得太像鹌鹑了。

彼特鲁乔　好了好了，凯德，请不要这样横眉怒目的。

凯瑟丽娜　我看见了丑东西，总是这样的。

彼特鲁乔　这里没有丑东西，你应当和颜悦色才是。

凯瑟丽娜　谁说没有？

彼特鲁乔　请你指给我看。

凯瑟丽娜　我要是有镜子，就可以指给你看。

彼特鲁乔　啊，你是说我的脸吗？

凯瑟丽娜　年轻轻的，识见倒很老成。

彼特鲁乔　凭圣乔治起誓，你会发现我是个年轻力壮的汉子。

凯瑟丽娜　哪里？你一脸皱纹。

彼特鲁乔　那是思虑过多的缘故。

凯瑟丽娜　你就思虑去吧。

彼特鲁乔　请听我说，凯德！你想这样走了可不行。

凯瑟丽娜　倘然我留在这儿，我会叫你讨一场大大的没趣的，还是放我走吧。

彼特鲁乔　不，一点也不，我觉得你是无比的温柔。人家说你很暴躁，很骄傲，性情十分乖僻，现在我才知道别人的话完全是假的，因为你是潇洒娇憨，和蔼谦恭，说起话来腼腼腆腆的。就像春天的花朵一样可爱。你不会颦眉蹙额，也不会斜着眼睛看人，更不会像那些性情嚣张的女人们一样咬着嘴唇；你不喜欢在谈话中间和别人顶撞,你款待求婚的男子,都是那么温和柔婉。为什么人家要说凯德走起路来有些跷呢？这些爱造谣言的家伙！凯德是像榛树的枝儿一样娉婷纤直的。啊,让我瞧瞧你走路的姿势吧,你那轻盈的步伐是多么醉人！

凯瑟丽娜　傻子,少说些疯话吧！去对你家里的下人们发号施令去。

彼特鲁乔　在树林里漫步的狄安娜女神,能够比得上在这间屋子里姗姗徐步的凯德吗？啊,让你做狄安娜女神！让她做凯德吧,你应当分给她几分贞洁,她应当分给你几分风流！

凯瑟丽娜　你这些好听的话是向谁学来的？

彼特鲁乔　我这些话都是不假思索,随口而出。

凯瑟丽娜　准是你妈妈口里的 ;你不过是个愚蠢学舌的儿子。

彼特鲁乔　我的话难道不是火热的吗？

凯瑟丽娜　勉强还算暖和。

彼特鲁乔　是啊,可爱的凯瑟丽娜,我正打算到你的床上去暖和暖和呢。闲话少说,让我老实告诉你,你的父亲已经答应把你嫁给我做妻子,你的嫁奁也已经议定了,你愿意也好,不愿意也好,我一定要和你结婚。凯德,我们两人是天造地设的一双佳偶,我真喜欢你,你是这样的美丽,你除了我之外,不能嫁给别人,因为我是天生下来要把你降伏的,我要把你从一个野性的凯德变成一个柔顺听话的贤妻良母。你的父亲来了,你不能不答应,我已经下了决心,一定要娶凯瑟丽娜做妻子。

巴普提斯塔、葛莱米奥及特拉尼奥重上。

巴普提斯塔　彼特鲁乔先生,您跟我的女儿谈得怎么样啦？

彼特鲁乔　难道还会不圆满吗？我知道我一定不会失败。

巴普提斯塔　啊,怎么,凯瑟丽娜我的女儿！你怎么不大高兴？

凯瑟丽娜　你还叫我女儿吗？你真是一个好父亲,要我嫁给一个疯疯癫癫的汉子，一个轻薄的恶少，一个胡说八道的家伙，他以为凭着几句疯话，就可以把事情硬干成功。

彼特鲁乔　老伯，事情是这样的：人家所讲的关于她的种种的话，都是错的，就是您自己也有些不大知道令爱的为人；她那些泼辣的样子，都是故意装出来的，其实她一点不倔强，却像鸽子一样地柔和，她一点不暴躁，却像黎明一样地安静，她的忍耐、她的贞洁，可以和古代的贤媛媲美；总而言之，我们彼此的意见十分融洽，我们已经决定在星期日举行婚礼了。

凯瑟丽娜　我要看你在星期日上吊！

葛莱米奥　彼特鲁乔，你听，她说她要看你在星期日上吊。

特拉尼奥　这就是你所夸耀的成功吗？看来我们的希望也都完了！

彼特鲁乔　两位不用着急，我自己选中了她，只要她满意，我也满意，不就行了吗？我们两人刚才已经约好，当着人的时候，她还是装作很泼辣的样子。我告诉你们吧，她那么爱我，简直不能叫人相信；啊，最多情的凯德！她挽住我的头颈，把我吻了又吻，一遍遍地发着盟誓，我在一霎眼间，就完全被她征服了。啊，你们都是不曾经历过恋爱妙谛的人，你们不知道男人女人私下在一起的时候，一个最不中用的懦夫也会使世间最凶悍的女人驯如绵羊。凯德，让我吻一吻你的手。我就要到威尼斯去购办结婚礼服去了。岳父，您可以预备酒席，宴请宾客了。我可以断定凯瑟丽娜在那天一定打扮得非常美丽。

巴普提斯塔　我不知道应当怎么说，可是把你们两人的手给我，彼特鲁乔，愿上帝赐您快乐！这门亲事算是定妥了。

葛莱米奥
特拉尼奥　阿门！我们愿意在场作证。

彼特鲁乔　岳父，贤妻，各位，再见了。我要到威尼斯去，星期日就在眼前了。我们要有很多的戒指，很多的东西，很好的陈设。凯德，吻我吧，我们星期日就要结婚了。（彼特鲁乔、凯瑟丽娜各下。）

葛莱米奥　有这样速成的婚姻吗？

巴普提斯塔　老实对两位说吧，我现在就像一个商人，因为货物急于出手，这注买卖究竟做得做不得，也在所不顾了。

特拉尼奥　这是一笔使你摇头的滞货，现在有人买了去，也许有利可得，也许人财两空。

巴普提斯塔　我也不希望什么好处，但愿他们婚后平安无事就是了。

葛莱米奥　他娶了这样一位夫人去，一定会家宅安宁的。可是巴普提斯塔先生，现在要谈到您的第二位令媛了，我们好容易才盼到这一天。你我是邻居素识，而且我是第一个来求婚的人。

特拉尼奥　可是我对于比恩卡的爱，是不能用言语来形容的，也不是您所能想象得到的。

葛莱米奥　你是个后生小子，哪里会像我一样真心爱人。

特拉尼奥　瞧你胡须都斑白了，你的爱情是冰冻的。

葛莱米奥　你的爱情会把人烧坏。无知的小儿，退后去，你不懂得应该让长者居先的规矩吗？

特拉尼奥　可是在娘儿们的眼睛里，年轻人是格外讨人喜欢的。

巴普提斯塔　两位不必争执，让我给你们公平调处；我们必须根据实际的条件判定谁是锦标的得主。你们两人中谁能够答应给我的女儿更重的聘礼，谁就可以得到我的比恩卡的爱。葛莱米奥先生！您能够给她什么保证？

葛莱米奥　第一，您知道我在城里有一所房子，陈设着许多金银器皿，金盆玉壶给她洗纤纤的嫩手，室内的帷幕都用古代的锦绣制成，象牙的箱子里满藏着金币，杉木的橱里堆垒着锦毡绣帐、绸缎绫罗、美衣华服、珍珠镶嵌的绒垫、金线织成的流苏以及铜锡用具，一切应用的东西。在我的田庄里，我还有一百头乳牛，一百二十头公牛，此外的一切可以依此类推。我必须承认我自己已经上了几岁年纪，要是我明天死了，这一切都是她的，只要当我活着的时候，她愿意做我一个人的妻子。

特拉尼奥　这“一个人”三个字加得很妙！巴普提斯塔先生，请您听我说：我父亲只有我一个儿子，我是他唯一的后嗣，令爱倘然嫁给了我，我可以把我在比萨城内三四所像这位葛莱米奥老先生所有的一样好的房子归在她的名下，此外还有田地上每年二千块金圆的收入！都给她作为我死后的她的终身的产业。葛莱米奥先生，您听了我的话很不舒服吗？

葛莱米奥　田地上每年二千块金圆的收入！我的田地都加起来也不值那么多，可是我除了把我所有的田地给她之外，还可以给她一艘大商船，现在它就在马赛的码头边停泊着。啊，你听我说起了一艘大商船，吓得说不出话来了吗？

特拉尼奥　葛莱米奥，你去打听打听，我的父亲有三艘大商船，还有两艘大划船，十二艘小划船，我可以把这些都划给她；你要是还有什么家私给她的话，我都可以加倍给她。

葛莱米奥　不，我的家私尽在于此，她可以得到我所有的一切。您要是认为满意的话，那么我和我的财产都是她的。

特拉尼奥　您已经有言在先，令爱当然是属于我的。葛莱米奥已经给我压倒了。

巴普提斯塔　我必须承认您所答应的条件比他强，只要令尊能够亲自给她保证，她就可以嫁给您；否则恕我说句不客气的话，要是您比令尊先死，那么她的财产岂不是落了空？

特拉尼奥　那您可太多心了，他年纪已经老了，我还年轻得很哩。

葛莱米奥　难道年轻的人就不会死？

巴普提斯塔　好,两位先生,我已经这样决定了。你们知道下一个星期日是我的大女儿凯瑟丽娜的婚期;再下一个星期,就是比恩卡的婚期,您要是能够给她确实的保证,她就嫁给您,否则就嫁给葛莱米奥。多谢两位光临,现在我要失陪了。

葛莱米奥　再见,巴普提斯塔先生。(巴普提斯塔下)我可不把你放在心上,你这败家的浪子!你父亲除非是一个傻子,才肯把全部财产让你来挥霍,活到这一把年纪来受你的摆布。哼!一头意大利的老狐狸是不会这样慷慨的,我的孩子!(下。)

特拉尼奥　这该死的坏老头子!可是我刚才吹了那么大的牛,无非是想要成全我主人的好事,现在我这个冒牌的路森修,却必须去找一个冒牌的文森修来认做父亲。笑话年年有,今年分外多,人家都是先有父亲后有儿子,这回的婚事却是先有儿子后有父亲。(下。)

第三幕

第一场　帕度亚。巴普提斯塔家中一室

路森修、霍坦西奥及比恩卡上。

路森修　喂,弹琴的,你也太猴急了。难道你忘记了她的姊姊凯瑟丽娜是怎样欢迎你的吗?

霍坦西奥　谁要你这酸学究多嘴!音乐是使宇宙和谐的守护神,所以还是让我先去教她音乐吧;等我教完了一点钟,你也可以给她讲一点钟的书。

路森修　荒唐的驴子,你因为没有学问,所以不知道音乐的用处!它不是在一个人读书或是工作疲倦了以后,可以舒散舒散他的精神吗?所以你应当让我先去跟她讲解哲学,等我讲完了,你再奏你的音乐好了。

霍坦西奥　嘿,我可不能受你的气!

比恩卡　两位先生,先教音乐还是先念书,那要看我自己的高兴,你们这样争先恐后,未免太不成话了。我不是在学校里给先生打手心的小学生,我念书没有规定的钟点,自己喜欢学什么便学什么!你们何必这样子呢?大家不要吵,请坐下来;您把乐器预备好,您一面调整弦音,他一面给我讲书;等您调好了音,他的书也一定讲完了。

霍坦西奥　好,等我把音调好以后,您可不要听他讲书了。(退坐一旁。)

路森修　你去调你的乐器吧，我看你永远是个不入调的。

比恩卡　我们上次讲到什么地方？

路森修　这儿，小姐：Hac ibat Simois;hic est Singeia tellus; Hicstererat Priami regia celsa senis.[①]

比恩卡　请您解释给我听。

路森修　Hac ibat，我已经对你说过了，Simois，我是路森修，hicest，比萨地方文森修的儿子，Sigeia，tellus，因为希望得到你的爱，所以化装来此；Hic stererat，冒充路森修来求婚的，Priami，是我的仆人特拉尼奥，regia 他假扮成我的样子，celsa senis，是为了哄骗那个老头子。

霍坦西奥　（回原处）小姐，我的乐器已经调好了。

比恩卡　您弹给我听吧。（霍坦西奥弹琴）哎呀，那高音部分怎么这样难听！

路森修　朋友！你吐一口唾沫在那琴眼里，再给我去重新调一下吧。

比恩卡　现在让我来解释解释看：Hac ibat Simois，我不认识你；hic est Sigeia tellus，我不相信你；Hic steterat Priami，当心被他听见；regia，不要太自信；celsa senis，不必灰心.

霍坦西奥　小姐，现在调好了。

路森修　只除了下面那个音。

霍坦西奥　说得很对；因为有个下流的浑蛋在捣乱。我们的学究先生倒是满神气活现的！（旁白）这家伙一定在向我的爱人调情，我倒要格外注意他才好。

比恩卡　慢慢地我也许会相信你，可是现在我却不敢相信你。

---

① 拉丁文，引自奥维德的《书信集》（Epistolae）：原文大意为："这里流着西摩亚斯河，这里是西基亚平原；这里耸立着普里阿摩斯的雄伟的宫殿；"。

路森修　请你不必疑心，埃阿西得斯就是埃阿斯，他是照他的祖父取名的。

比恩卡　你是我的先生，我必须相信你，否则我还要跟你辩论下去呢。里西奥，现在要轮到你啦。两位好先生，我跟你们随便说着玩的话，请不要见怪。

霍坦西奥　（向路森修）你可以到外面去走走，不要打搅我们，我这门音乐课用不着三部合奏。

路森修　你还有这样的讲究吗？（旁白）好，我就等着，我要留心观察他的行动，因为我相信我们这位大音乐家有点儿色迷迷起来了。

霍坦西奥　小姐，在您没有接触这乐器、开始学习手法以前，我必须先从基本方面教起，简简单单地把全部音阶向您讲述一个大概，您会知道我这教法要比人家的教法更有趣更简捷。我已经把它们写在这里。

比恩卡　音阶我早已学过了。

霍坦西奥　可是我还要请您读一读霍坦西奥的音阶。

比恩卡　（读）

G是“度”，你是一切和谐的基础，
A是“累”，霍坦西奥对你十分爱慕；
B是“迷”，比恩卡，他要娶你为妻，
C是“发”，他拿整个心儿爱着你；
D是“索”，也是“累”，一个调门两个音，
E是“拉”，也是“迷”，可怜我一片痴心。

这算是什么音阶？哼，我可不喜欢那个。还是老法子好，这种稀奇古怪的玩意儿我不懂。

一仆人上。

仆　人　小姐，老爷请您不要读书了，叫您去帮助他们把大小姐的房间装饰装饰，因为明天就是大喜的日子了。

比恩卡　两位先生，我现在要少陪了。（比恩卡及仆人下。）

路森修　她已经去了，我还待在这儿干什么？（下。）

霍坦西奥　可是我却要仔细调查这个穷酸，我看他好像在害着相思。比恩卡，比恩卡，你要是甘心降尊纡贵，垂青到这样一个呆鸟身上，那么谁爱要你，谁就要你吧；如果你这样水性杨花，霍坦西奥也要和你一刀两断，另觅新欢了。（下。）

第二场　同前。巴普提斯塔家门前

巴普提斯塔、葛莱米奥、特拉尼奥、凯瑟丽娜、比恩卡、路森修及从仆等上。

巴普提斯塔　（向特拉尼奥）路森修先生，今天是定好彼特鲁乔和凯瑟丽娜结婚的日子，可是我那位贤婿到现在还没有消息。这成什么话呢？牧师等着为新夫妇证婚，新郎却不知去向，这不是笑话吗！路森修，您说这不是一桩丢脸的事吗？

凯瑟丽娜　谁也不丢脸，就是我一个人丢脸。你们不管我愿意不愿意，硬要我嫁给一个疯头疯脑的家伙，他求婚的时候那么性急，一到结婚的时候，却又这样慢腾腾了。我对你们说吧，他是一个疯子，他故意装出这一副穷形极相来开人家的玩笑；他为了要人家称赞他是一个爱寻开心的角色，会去向一千个女人求婚，和她们约定婚期，请好宾朋，宣布订婚，可是却永远不和她们结婚。人家现在将要指点着苦命的凯瑟丽娜说，“瞧！这是那个疯汉彼特鲁乔的妻子，要是他愿意来和她结婚。”

特拉尼奥　不要懊恼，好凯瑟丽娜；巴普提斯塔先生，您也不要生气。

我可以保证彼特鲁乔没有恶意,他今天失约,一定有什么缘故。他虽然有些莽撞,可是我知道他是个很有见识的人;虽然爱开玩笑,然而人倒是很诚实的。

凯瑟丽娜　算我倒霉碰到了他!(哭泣下,比恩卡及余众随下。)

巴普提斯塔　去吧,孩子,我现在可不怪你伤心;受到这样的欺侮,就是圣人也会发怒,何况是你这样一个脾气暴躁的泼妇。

比昂台罗上。

比昂台罗　少爷,少爷!新闻,旧新闻!您从来没有听见过这样奇怪的新闻!

巴普提斯塔　什么,新闻,又是旧新闻?这是怎么回事?

比昂台罗　彼特鲁乔来了,这不是新闻吗?

巴普提斯塔　他已经来了吗?

比昂台罗　没有。

巴普提斯塔　这话怎么讲?

比昂台罗　他就要来了。

巴普提斯塔　他什么时候可以到这里?

比昂台罗　等他站在这地方和你们见面的时候。

特拉尼奥　可是你说你有什么旧新闻?

比昂台罗　彼特鲁乔就要来了;他戴着一顶新帽子,穿着一件旧马甲,他那条破旧的裤子脚管高高卷起;一双靴子千疮百孔,可以用来插蜡烛,一只用扣子扣住,一只用带子缚牢;他还佩着一柄武器库里拿出来的锈剑,柄也断了,鞘子也坏了,剑锋也钝了;他骑的那匹马儿,鞍鞯已经蛀破,镫子不知像个什么东西;那马儿鼻孔里流着涎,上腭发着炎肿,浑身都是疮疖,腿上也肿,脚上也肿,再加害上黄疸病、耳下腺炎、脑脊髓炎、寄生虫病,弄得脊梁歪转,肩膀脱骱;它的前腿是向内弯曲的,嘴里衔着只有半面拉紧的马衔,头上套着羊皮做成的韁勒，因为防那马儿颠蹶，不知拉断了多少次，断了再把它结拢，现在已经打了无数结子，那肚带曾经补缀过六次，还有一副天鹅绒的女人用的马鞦，上面用小钉嵌着她名字的两个字母，好几块地方是用粗麻线补缀过的。

巴普提斯塔　谁跟他一起来的？

比昂台罗　啊，老爷！他带着一个跟班，装束得就跟那匹马差不多，一只脚上穿着麻线袜，一只脚上穿着罗纱的连靴袜，用红蓝两色的布条做着袜带，破帽子上插着一卷烂纸充当羽毛，那样子就像一个妖怪，哪里像个规规矩矩的仆人或者绅士的跟班！

特拉尼奥　他大概一时高兴，所以打扮成这个样子；他平常出来的时候，往往装束得很俭朴。

巴普提斯塔　不管他怎么来法，既然来了，我也就放了心了。

比昂台罗　老爷，他可不会来。

巴普提斯塔　你刚才不是说他来了吗？

比昂台罗　谁来了？彼特鲁乔吗？

巴普提斯塔　是啊！你说彼特鲁乔来了。

比昂台罗　没有，老爷。我说他的马来了，他骑在马背上。

巴普提斯塔　那还不是一样吗？

比昂台罗　圣杰美为我做主！
我敢跟你打个赌，
一匹马，一个人，比一个，多几分，
比两个，又不足。

彼特鲁乔及葛鲁米奥上。

彼特鲁乔　喂，这一班公子哥儿呢？谁在家里？

巴普提斯塔　您来了吗？欢迎欢迎！

彼特鲁乔　我来得很莽撞。

巴普提斯塔　你倒是不吞吞吐吐。

特拉尼奥　可是我希望你能打扮得更体面一些。

彼特鲁乔　打扮有什么要紧？反正我得尽快赶来！但是凯德呢？我的可爱的新娘呢？老丈人，您好？各位先生，你们怎么都皱着眉头？为什么大家出神呆看，好像瞧见了什么奇迹，什么彗星，什么稀奇古怪的东西一样？

巴普提斯塔　您知道今天是您举行婚礼的日子，我们刚才很觉得扫兴，因为担心您也许不会来了；现在您来了，却这样一点没有预备，更使我们扫兴万分。快把这身衣服换一换，它太不合您的身份，而且在这样郑重的婚礼中间，也会让人瞧着笑话的。

特拉尼奥　请你告诉我们什么要紧的事情绊住了你，害你的尊夫人等得这样久？难道你这样忙，来不及换一身像样一些的衣服吗？

彼特鲁乔　说来话长，你们一定不愿意听；总而言之，我现在已经守约前来，就是有些不周之处，也是没有办法；等我有了空，再向你们解释，一定使你们满意就是了。可是凯德在哪里？我应该快去找她，时间不早了，该到教堂里去了。

特拉尼奥　你穿得这样不成体统，怎么好见你的新娘？快到我的房间里去，把我的衣服拣一件穿上吧。

彼特鲁乔　谁要穿你的衣服，我就这样见她又有何妨？

巴普提斯塔　可是我希望您不是打算就这样和她结婚吧。

彼特鲁乔　当然，就是这样；别啰哩啰唆了。她嫁给我，又不是嫁给我的衣服；假使我把这身破烂的装束换掉，就能够补偿我为她所花的心血，那么对凯德和我说来都是莫大的好事。可是我这样跟你们说些废话，真是个傻子，我现在应该向我的新娘请安去，还要和她亲一个正名定分的嘴哩。（彼特鲁乔、葛鲁米奥、比昂台罗同下。）

特拉尼奥　他打扮得这样疯疯癫癫，一定另有用意。我们还是劝他穿得整齐一点，再到教堂里去吧。

巴普提斯塔　我要跟去，看这事到底怎样了局。（巴普提斯塔、葛莱米奥及从仆等下。）

特拉尼奥　少爷，我们不但要得到她的欢心，还必须得到她父亲的好感，所以我也早就对您说过，我要去找一个人来扮做比萨的文森修，不管他是什么人，我们都可以利用他达到我们的目的。我已经夸下海口，说是我可以给比恩卡多重的一份聘礼，现在再找了个冒牌的父亲来，叫他许下更大的数目，这样您就可以如愿以偿，坐享其成，得到一位如花似玉的夫人了。

路森修　倘不是那个教音乐的家伙一眼不放松地监视着比恩卡的行动，我倒希望和她秘密举行婚礼，等到木已成舟，别人就是不愿意也无可奈何了。

特拉尼奥　那我们可以慢慢地等机会。我们要把那个花白胡子的葛莱米奥、那个精明的父亲米诺拉、那个可笑的音乐家、自作多情的里西奥，全都哄骗过去，让我的路森修少爷得到最后胜利。

葛莱米奥重上。

特拉尼奥　葛莱米奥先生，您是从教堂里来的吗？

葛莱米奥　正像孩子们放学归来一样，我走出了教堂的门，也觉得如释重负。

特拉尼奥　新娘新郎都回来了吗？

葛莱米奥　你说他是个新郎吗？他是个卖破烂的货郎，口出不逊的郎中，那姑娘早晚会明白的。

特拉尼奥　难道他比她更凶？哪有这样的事？

葛莱米奥　哼，他是个魔鬼，是个魔鬼，简直是个魔鬼！

特拉尼奥　她才是个魔鬼母夜叉呢。

葛莱米奥　嘿！她比起他来，简直是头羔羊，是只鸽子，是个傻瓜呢。

我告诉你，路森修先生，当那牧师正要问他愿不愿意娶凯瑟丽娜为妻的时候，他就说，“是啊，他妈的！”他还高声诅咒，把那牧师吓得连手里的《圣经》都掉下来了；牧师正要弯下身子去把它拾起来，这个疯狂的新郎又一拳把他连人带书、连书带人地打倒在地上，嘴里还说，“谁要是高兴，让他去把他搀起来吧。”

特拉尼奥　牧师站起来以后，那女人怎么说呢？

葛莱米奥　她吓得浑身发抖，因为他顿足大骂，就像那牧师敲诈了他似的。可是后来仪式完毕了，他又叫人拿酒来，好像他是在一艘船上，在一场风波平静以后，和同船的人们开怀畅饮一样；他喝干了酒，把浸在酒里的面包丢到教堂司事的脸上，他的理由只是因为那司事的胡须稀疏干枯，好像要向他讨些东西吃似的。然后他就搂着新娘的头颈，亲她的嘴，那咂嘴的声音响得那样厉害，弄得四壁都发出了回声。我看见这个样子，倒觉得非常不好意思，所以就出来了。闹得乱哄哄的这一班人，大概也要来了。这种疯狂的婚礼真是难得看见。听！听！那边不是乐声吗？（音乐。）

彼特鲁乔、凯瑟丽娜、比恩卡、巴普提斯塔、霍坦西奥、葛鲁米奥及仆从等重上。

彼特鲁乔　各位来宾，各位朋友，我谢谢你们的好意。我知道你们今天想要参加我的婚宴，已经为我备下了丰盛的酒席，可惜我因为事情很忙，不能久留，所以我想就此告别了。

巴普提斯塔　难道你今晚就要去吗？

彼特鲁乔　我必须在天色未暗以前赶回去。你们不要奇怪，要是你们知道我还有些什么事情必须办好！你们就要催我快去，不会留我了。我谢谢你们各位，你们已经看见我把自己奉献给这个最和顺、最可爱、最贤惠的妻子了。大家不要客气，陪我的岳父多喝几杯，我一定要走了,再见。

特拉尼奥　让我们请您吃过了饭再走吧。

彼特鲁乔。那不成。

葛莱米奥　请您赏我一个面子,吃了饭去。

彼特鲁乔　不能。

凯瑟丽娜　让我请求你多留一会儿。

彼特鲁乔　我很高兴。

凯瑟丽娜　你高兴留着吗?

彼特鲁乔　因为你留我,所以我很高兴;可是我不能留下来,你怎么请求我都没用。

凯瑟丽娜　你要是爱我,就不要去。

彼特鲁乔　葛鲁米奥,备马!

葛鲁米奥　大爷,马已经备好了。燕麦已经被马都吃光了。

凯瑟丽娜　好!那么随你的便吧,我今天可不去,明天也不去,要是一辈子不高兴去,我就一辈子不去。大门开着,没人拦住你,你的靴子还管事,就趿拉着走吧。可是我却要等自己高兴的时候再去。你刚一结婚就摆出这种威风来,将来我岂不要整天看你的脸色吗?

彼特鲁乔　啊,凯德!请你不要生气。

凯瑟丽娜　我生气你便怎样?爸爸,别理他,我说不去就不去。

葛莱米奥　你看,先生,已经热闹起来了。

凯瑟丽娜　诸位先生,大家请入席吧。我知道一个女人倘然一点不知道反抗,她会终生被人愚弄的。

彼特鲁乔　凯德,你叫他们入席,他们必须服从你的命令。大家听新娘的话,快去喝酒吧,痛痛快快地高兴一下,否则你们就给我上吊去。可是我那娇滴滴的凯德必须陪我一起去。哎哟,你们不要睁大了眼睛,不要顿足,不要发怒,我自己的东西难道自己做不得主?她是我的家私,我的财产;她是我的房屋,我的家具,我的田地,我的谷仓!我的马,我的牛,我的驴子,我的一切;她现在站在这地方,看谁敢碰她一碰。谁要是挡住我的去路,不管他是个什么了不得的人物,我都要对他不起。葛鲁米奥,拿出你的武器来,我们现在给一群强盗围住了,快去把你的主妇救出来,才是个好小子。别怕,好娘儿们,他们不会碰你的,凯德,就算他们是百万大军,我也会保护你的。(彼特鲁乔、凯瑟丽娜、葛鲁米奥同下。)

巴普提斯塔　让他们去吧,去了倒清静些。

葛莱米奥　倘不是他们这么快就去了,我笑也要笑死了。

特拉尼奥　这样疯狂的婚姻今天真是第一次看到。

路森修　小姐,您对于令姊有什么意见?

比恩卡　我说,她自己就是个疯子,现在配到一个疯汉了。

葛莱米奥　我看彼特鲁乔这回讨了个制伏他的人去了。

巴普提斯塔　各位高邻朋友,新娘新郎虽然缺席,桌上有的是美酒佳肴。路森修,您就坐在新郎的位子上,让比恩卡代替她的姊姊吧。

特拉尼奥　比恩卡现在就要学做新娘了吗?

巴普提斯塔　是的,路森修。来,各位,我们进去吧。(同下。)

第四幕

第一场　彼特鲁乔乡间住宅中的厅堂

葛鲁米奥上。

葛鲁米奥　他妈的，马这样疲乏，主人这样疯狂，路这样泥泞难走！谁给人这样打过？谁给人这样骂过？谁像我这样辛苦？他们叫我先回来生火，好让他们回来取暖。倘不是我小小壶儿容易热，等不到走到火炉旁边，我的嘴唇早已冻结在牙齿上，舌头冻结在上腭上，我那颗心也冻结在肚子里了。现在让我一面扇火，一面自己也烘烘暖吧，像这样的天气，比我再高大一点的人也要受寒的。喂！寇提斯！

寇提斯上！

寇提斯　谁在那儿冷冰冰地叫着我。

葛鲁米奥　是一块冰。你要是不相信，可以从我的肩膀上一直滑到我的脚跟。好寇提斯，快给我生起火来。

寇提斯　大爷和他的新夫人就要来了吗，葛鲁米奥？

葛鲁米奥　啊，是的，寇提斯，是的，所以快些生火呀，可别往上浇水。

寇提斯　她真是像人家所说的那样一个火性很大的泼妇吗？

葛鲁米奥　在冬天没有到来以前，她是个火性很大的泼妇；可是像这样冷的天气，无论男人、女人、畜生，火性再大些也是抵抗不住的。连我的旧主人，我的新主妇，带我自己全让这股冷气制伏了，寇提斯大哥。

寇提斯　去你的，你这三寸钉！你自己是畜生，别和我称兄道弟的。

葛鲁米奥　我才有三寸吗？你脑袋上的绿头巾有一尺长，我也足有那么长。你要再不去生火，我可要告诉我们这位新奶奶，谁都知道她很有两手，一手下去，你就吃不消。谁叫你干这种热活却是那么冷冰冰的！

寇提斯　好葛鲁米奥，请你告诉我，外面有什么消息？

葛鲁米奥　外面是一个寒冷的世界，寇提斯，只有你的工作是热的；所以快生起火来吧，鞠躬尽瘁，自有厚赏。大爷和奶奶都快要冻死了。

寇提斯　火已经生好，你可以讲新闻给我听了。

葛鲁米奥　好吧，"来一杯，喝一杯！"你爱听多少新闻都有。

寇提斯　得了，别这么急人了。

葛鲁米奥　那你就快生火呀，我这是冷得发急。厨子呢？晚饭烧好了没有？屋子收拾了没有？芦草铺上了没有？蛛网扫净了没有？佣人们穿上了新衣服白袜子没有？管家披上了婚礼制服没有？公的酒壶、母的酒瓶，里外全擦干净了没有？桌布铺上了没有？一切都布置好了吗？

寇提斯　都预备好了，那么请你讲新闻吧。

葛鲁米奥　第一，你要知道，我的马已经走得十分累了，大爷和奶奶也闹翻了。

寇提斯　怎么？

葛鲁米奥　从马背上翻到烂泥里，因此就有了下文。

寇提斯　讲给我听吧，好葛鲁米奥。

鲁米奥　把你的耳朵伸过来。

寇提斯　好。

葛鲁米奥　（打寇提斯）喏。

寇提斯　我要你讲给我听，谁叫你打我？

葛鲁米奥　这一个耳光是要把你的耳朵打清爽。现在我要开始讲了。首先：我们走下了一个崎岖的山坡，奶奶骑着马在前面，大爷骑着马在后面——

寇提斯　是一匹马还是两匹马？

葛鲁米奥　这跟你有什么关系？

寇提斯　咳，就是人马的关系。

葛鲁米奥　你要是知道得比我还仔细，那么请你讲吧。都是你打断了我的话头，否则你可以听到她的马怎样跌了一跤，把她压在底下；那地方是怎样的泥泞，她浑身脏成怎么一个样子；他怎么让那马把她压住，怎么因为她的马跌了一跤而把我痛打；她怎么在烂泥里爬起来把他扯开；他怎么骂人；她怎么向他求告，她是从来不曾向别人求告过的；我怎么哭；马怎么逃走；她的马缰怎么断了；我的马鞦怎么丢了；还有许许多多新鲜的事情，现在只有让它们永远埋没，你到死也不能长这一分见识了。

寇提斯　这样说来，他比她还要厉害了。

葛鲁米奥　是啊，你们等他回来瞧着吧。可是我何必跟你讲这些话？去叫纳森聂尔、约瑟夫、尼古拉斯、腓力普、华特、休格索普他们这一批人出来吧，叫他们把头发梳光，衣服刷干净，袜带要大方而不扎眼，行起礼来不要忘记屈左膝，在吻手以前，连大爷的马尾巴也不要摸一摸。他们都预备好了吗？

寇提斯　都预备好了。

葛鲁米奥　叫他们出来。

寇提斯　你们听见吗？喂！大爷就要来了，快出来迎接去，还要服侍新奶奶哩。

葛鲁米奥　她自己会走路。

寇提斯　这个谁不知道?

葛鲁米奥　你就好像不知道,不然你干吗要叫人来扶着她?

寇提斯　我是叫他们来给她帮帮忙。!

葛鲁米奥　用不着,她不是来向他们告帮的。

众仆人上。

纳森聂尔　欢迎你回来,葛鲁米奥!

腓力普　你好,葛鲁米奥!

约瑟夫　啊,葛鲁米奥!

尼古拉斯　葛鲁米奥,好小子!

纳森聂尔　怎么样,小伙子?

葛鲁米奥　欢迎你!你好,你!啊,你!好小子,你”现在我们打过招呼了,我的漂亮的朋友们,一切都预备好,收拾清楚了吗?

纳森聂尔　一切都预备好了。大爷什么时候可以到来?

葛鲁米奥　就要来了,现在大概已经下马了;所以你们必须——哎哟,静些!我听见他的声音了。

彼特鲁乔及凯瑟丽娜上。

彼特鲁乔　这些混账东西都在哪里?怎么门口没有一个人来扶我的马镫,接我的马?纳森聂尔!葛雷古利!腓力普!

众仆人　有,大爷。有,大爷。

彼特鲁乔　有,大爷!有,大爷!有,大爷!有,大爷!你们这些木头人一样的不懂规矩的奴才!你们可以不用替主人做事,什么名分都不讲了吗?我先打发他回来的那个蠢材在哪里?

葛鲁米奥　在这里,大爷,还是和先前一样蠢。

彼特鲁乔　这婊子生的下贱东西!我不是叫你召齐了这批狗头们,到大门口来接我的吗?

葛鲁米奥　大爷,纳森聂尔的外衣还没有做好,盖勃里尔的鞋子后跟上全是洞,彼得的帽子没有刷过黑烟,华特的剑在鞘子里锈住了拔不出来,只有亚当、拉尔夫和葛雷古利的衣服还算整齐,其余的都破旧不堪,像一群叫花子似的。可是他们现在都来迎接您了。

彼特鲁乔　去,浑蛋们,把晚饭拿来。(若干仆人下)(唱)"想当年,我也曾——"那些家伙全——坐下吧,凯德,你到家了,嗯,嗯,嗯,嗯。

数仆持食具重上。

彼特鲁乔　怎么,到这时候才来?——可爱的好凯德,你应当快乐一点。——混账东西,给我把靴子脱下来!死东西,有耳朵没有?(唱)"有个灰衣的行脚僧!路上奔波不停——"该死的狗才!你把我的脚都拉痛了;我非得揍你,好叫你脱那只的时候当心一点。(打仆人)凯德,你高兴起来呀。喂!给我拿水来!我的猎狗特洛伊罗斯呢?嗨,小子,你去把我的表弟腓迪南找来。(仆人下)凯德,你应该跟他见个面,认识认识。我的拖鞋在什么地方?怎么,没有水吗?凯德,你来洗手吧。(仆人失手将水壶跌落地上,彼特鲁乔打仆人)这狗娘养的!你故意让它跌在地下吗?

凯瑟丽娜　请您别生气,这是他无心的过失。

彼特鲁乔　这狗娘养的笨虫!来,凯德,坐下来,我知道你肚子饿了。是由你来作祈祷呢,好凯德,还是我来作?这是什么?羊肉吗?

仆　甲　是的。

彼特鲁乔　谁拿来的?

仆　甲　是我。

彼特鲁乔　它焦了,所有的肉都焦了。这批狗东西!那个混账厨子呢?你们好大胆子,知道我不爱吃这种东西,敢把它拿了出来!(将肉等向众仆人掷去)盆儿杯儿盘儿一起还给你们吧,你们这些没有头脑不懂规矩的奴才!怎么,你在咕噜些什么?等着,我就来跟你算账。

凯瑟丽娜　夫君，请您不要那么生气，这肉烧得还不错哩。

彼特鲁乔　我对你说，凯德，它已经烧焦了；再说，医生也曾经特别告诉我不要碰羊肉，因为吃了下去有伤脾胃，会使人脾气暴躁的。我们两人的脾气本来就暴躁，所以还是挨些饿，不要吃这种烧焦的肉吧。请你忍耐些，明天我叫他们烧得好一点，今夜我们两个人大家饿一夜，来，我领你到你的新房里去。（彼特鲁乔、凯瑟丽娜、寇提斯同下。）

纳森聂尔　彼得，你看见过这样的事情吗？

彼得　这叫做以其人之道，还治其人之身。

寇提斯重上。

葛鲁米奥　他在哪里？

寇提斯　在她的房间里，向她大讲节制的道理，嘴里不断骂人，弄得她坐立不安，眼睛也不敢看，话也不敢说，只好呆呆坐着，像一个刚从梦里醒来的人一般，看样子怪可怜的。快去，快去！他来了。（四人同下。）

彼特鲁乔重上。

彼特鲁乔　我已经开始巧妙地把她驾驭起来，希望能够得到美满的成功。我这只悍鹰现在非常饥饿，在她没有俯首听命以前，不能让她吃饱，不然她就不肯再练习打猎了。我还有一个治服这鸷鸟的办法，使她能呼之则来，挥之则去；那就是总叫她睁着眼，不得休息，拿她当一只乱扑翅膀的倔强鹞子一样对待。今天她没有吃过肉，明天我也不给她吃；昨夜她不曾睡觉，今夜我也不让她睡觉，我要故意嫌被褥铺得不好，把枕头、枕垫、被单、线毯向满房乱丢，还说都是为了爱惜她才这样做；总之她将要整夜不能合眼，倘然她昏昏思睡，我就骂人吵闹，吵得她睡不着。这是用体贴为名惩治妻子的法子,我就这样克制她的狂暴倔强的脾气;要是有谁知道还有比这更好的驯悍妙法,那么我倒要请教请教。(下。)

第二场 帕度亚。巴普提斯塔家门前

特拉尼奥及霍坦西奥上。

特拉尼奥 里西奥朋友,难道比恩卡小姐除了路森修以外,还会爱上别人吗?我告诉你吧,她对我很有好感呢。

霍坦西奥 先生,为了证明我刚才所说的话,你且站在一旁,看看他是怎样教法。(二人站立一旁。)

比恩卡及路森修上。

路森修 小姐,您的功课念得怎么样啦?

比恩卡 先生,您在念什么?先回答我。

路森修 我念的正是我的本行——《恋爱的艺术》。

比恩卡 我希望您在这方面成为一个专家。

路森修 亲爱的,我希望您做我实验的对象。(二人退后。)

霍坦西奥 哼,他们的进步倒是很快!现在你还敢发誓说你的爱人比恩卡只爱着路森修吗?

特拉尼奥 啊,可恼的爱情!朝三暮四的女人!里西奥,我真想不到有这种事情。

霍坦西奥 老实告诉你吧,我不是里西奥,也不是一个音乐家。我为了她不惜降低身价,乔扮成这个样子;谁知道她不爱绅士,却去爱上一个穷酸小子。先生,我的名字是霍坦西奥。

特拉尼奥 原来足下便是霍坦西奥先生,失敬失敬!久闻足下对比恩卡十分倾心,现在你我已经亲眼看见她这种轻狂的样子,我看我们大家把这一段痴情割断了吧。

霍坦西奥　瞧，他们又在接吻亲热了！路森修先生，让我握你的手，我郑重宣誓，今后决不再向比恩卡求婚，像她这样的女人，是不值得我像过去那样对她盲目恋慕的。

特拉尼奥　我也愿意一秉至诚，作同样的宣誓，即使她向我苦苦哀求，我也决不娶她。不害臊的！瞧她那副浪相！

霍坦西奥　但愿除了他以外，所有的人都发誓把比恩卡舍弃。至于我自己，我一定坚守誓言；三天之内，我就要和一个富孀结婚，她已经爱我很久，可是我却迷上了这个鬼丫头。再会吧，路森修先生，讨老婆不在乎姿色，有良心的女人才值得我去爱她。好吧，我走了。主意已拿定，决不更改。（霍坦西奥下；路森修、比恩卡上前。）

特拉尼奥　比恩卡小姐，祝您爱情美满！我刚才已经窥见你们的秘密，而且我已经和霍坦西奥一同发誓把您舍弃了。

比恩卡　特拉尼奥，你又在说笑话了。可是你们两人真的都已经发誓把我舍弃了吗？

特拉尼奥　是的，小姐。

路森修　那么里西奥不会再来打搅我们了。

特拉尼奥　不骗你们，他现在决心要娶一个风流寡妇。打算求婚结婚都在一天之内完成呢。

比恩卡　愿上帝赐他快乐！

特拉尼奥　他还要把她管束得十分驯服呢。

比恩卡　他不过说说罢了，特拉尼奥。

特拉尼奥　真的，他已经进了驭妻学校了。

比恩卡　驭妻学校！有这样一个所在吗？

特拉尼奥　是的，小姐，彼特鲁乔就是那个学校的校长，他教授着层出不穷的许多驯伏悍妇的妙计和对付长舌的秘诀。

比昂台罗奔上。

比昂台罗　啊,少爷,少爷!我守了半天,守得腿酸脚软,好容易给我发现了一位老人家,他从山坡上下来。看他的样子倒还适合我们的条件。

特拉尼奥　比昂台罗。他是个什么人?

比昂台罗　少爷,他也许是个商店里的掌柜,也许是个三家村的学究,我也弄不清楚,可是他的装束十分规矩,他的神气和相貌都像个老太爷的样子。

路森修　特拉尼奥!我们找他来干吗呢?

特拉尼奥　他要是能够听信我随口编造的谣言,我可以叫他情情愿愿地冒充文森修,向巴普提斯塔一口答应一份丰厚的聘礼。把您的爱人带进去,让我在这儿安排一切。(路森修、比恩卡同下。)

老学究上。

学　究　上帝保佑您先生!

特拉尼奥　上帝保佑您,老人家!您是路过此地!还是有事到此?

学　究　先生,我想在这儿耽搁一两个星期,然后动身到罗马去;要是上帝让我多活几年,我还希望到特里坡利斯去一次。

特拉尼奥　请问府上是什么地方?

学　究　敝乡是曼多亚。

特拉尼奥　曼多亚吗,老先生!哎哟,糟了!您敢到帕度亚来,难道不想活命了吗?

学　究　怎么,先生!我不懂您的话。

特拉尼奥　曼多亚人到帕度亚来,都是要处死的。您还不知道吗?你们的船只只能停靠在威尼斯,我们的公爵和你们的公爵因为发生争执,已经宣布不准敌邦人民入境的禁令,大概您是新近到此,否则应该早就知道的。

学　究　唉,先生!这可怎么办呢?我还有从佛罗伦萨汇来的钱,要在这儿取出来呢!

特拉尼奥　好,老先生,我愿意帮您一下忙。第一要请您告诉我,您有没有到过比萨?

学　究　啊,先生,比萨是我常去的地方,那里是以正人君子多而出名的。

特拉尼奥　在那些正人君子中间,有一位文森修您认识不认识?

学　究　我不认识他,可是听到过他的名字;他是一个非常豪富的商人。

特拉尼奥　老先生,他就是家父;不骗您,他的相貌可有点儿像您呢。

比昂台罗　(旁白)就像苹果跟牡蛎差不多一样。

特拉尼奥　您现在既然有生命的危险,那么我看您不妨暂时权充家父,您生得像他,这总算是您的运气。您可以住在我的家里,受我的竭诚款待,可是您必须注意您的说话行动,别让人瞧出破绽来!您懂得我的意思吧,老先生;您可以这样住下来,等到办好了事情再走。如果不嫌怠慢,那么就请您接受我的好意吧。

学　究　啊,先生,这样您真是我的救命恩人了,我一定永远不忘您的大德。

特拉尼奥　那么跟我去装扮起来。不错,我还要告诉您一件事:我跟这儿一位巴普提斯塔的女儿正在议订婚约,只等我的父亲来通过一注聘礼,关于这件事情我可以仔细告诉您一切应付的方法。现在我们就去找一身合适一点的衣服给您穿吧。(同下。)

第三场　彼特鲁乔家中一室

凯瑟丽娜及葛鲁米奥上。

葛鲁米奥　不,不,我不敢。

凯瑟丽娜　我越是心里委屈,他越是把我折磨得厉害。难道他娶了我来,是要饿死我吗？到我父亲门前求乞的叫花,也总可以讨到一点布施;这一家讨不到,那一家总会给他一些冷饭残羹。可是从来不知道怎样恳求人家、也从来不需要向人恳求什么的我,现在却吃不到一点东西,得不到一刻钟的安眠;他用高声的詈骂使我不能合眼,让我饱听他的喧哗的吵闹;尤其可恼的,他这一切都借着爱惜我的名义,好像我一睡着就会死去,吃了东西就会害重病一样。求求你去给我找些食物来吧,不管什么东西,只要可以吃的就行。

葛鲁米奥　你要不要吃红烧蹄子？

凯瑟丽娜　那好极了,请你拿来给我吧。

葛鲁米奥　恐怕您吃了会上火。清大肠好不好？

凯瑟丽娜　很好,好葛鲁米奥,给我拿来。

葛鲁米奥　我不大放心,恐怕它也是上火的。胡椒牛肉好不好？

凯瑟丽娜　那正是我爱吃的一道菜。

葛鲁米奥　嗯,可是那胡椒太辣了点儿。

凯瑟丽娜　那么就是牛肉,别放胡椒了吧。

葛鲁米奥　那可不成,您要吃牛肉,一定得放胡椒。

凯瑟丽娜　放也好,不放也好,牛肉也好,别的什么也好,随你的便给我拿些来吧。

葛鲁米奥　那么好，只有胡椒，没有牛肉。

凯瑟丽娜　给我滚开，你这欺人的奴才！（打葛鲁米奥）你不拿东西给我吃，却向我报出一道道的菜名来逗我；你们瞧着我倒霉得意，看你们得意到几时！去，快给我滚！

彼特鲁乔持肉一盆，与霍坦西奥同上。

彼特鲁乔　我的凯德今天好吗？怎么，好人儿，不高兴吗？

霍坦西奥　嫂子，您好？

凯瑟丽娜　哼，我浑身发冷。

彼特鲁乔　不要这样垂头丧气的，向我笑一笑吧。亲爱的，你瞧我多么至诚，我自己给你煮了肉来了。（将肉盆置桌上）亲爱的凯德，我相信你一定会感谢我这一片好心的。怎么！一句话也不说吗？那么你不喜欢它；我的辛苦都白费了。来，把这盆子拿去。

凯瑟丽娜　请您让它放着吧。

彼特鲁乔　最微末的服务，也应该得到一声道谢；你在没有吃这肉之前，应该谢谢我才是。

凯瑟丽娜　谢谢您，夫君。

霍坦西奥　哎哟，彼特鲁乔先生，你何必这样！嫂子，让我奉陪您吧。

彼特鲁乔　（旁白）霍坦西奥，你倘然是个好朋友，请你尽量大吃。——凯德，这回你可高兴了吧；吃得快一点。现在，我的好心肝，我们要回到你爸爸家里去了；我们要打扮得非常体面，我们要穿绸衣，戴绢帽、金戒；高高的绉领，飘飘的袖口，圆圆的裙子，肩巾，折扇，什么都要备着两套替换；还有琥珀的镯子，珍珠的项圈，以及诸如此类的玩意儿。啊，您还没有吃好吗？裁缝在等着替你穿新衣服呢。

裁缝上。

彼特鲁乔　来,裁缝,让我们瞧瞧你做的衣服;先把那件袍子展开来——

帽匠上。

彼特鲁乔　你有什么事?

帽　匠　这是您叫我做的那顶帽子。

彼特鲁乔　啊,样子倒很像一只汤碗。一个绒制的碟子!呸,呸!寒伧死了,简直像个蚌壳或是胡桃壳,一块饼干,一个胡闹的玩意儿,只能给洋娃娃戴。拿去!换一顶大一点的来。

凯瑟丽娜　大一点的我不要;这一顶式样很新,贤媛淑女们都是戴这种帽子的。

彼特鲁乔　等你成为一个贤媛淑女以后,你也可以有一顶;现在还是不要戴它吧。

霍坦西奥　(旁白)那倒还要经过相当的时间哩。

凯瑟丽娜　哼,我相信我也有说话的权利;我不是三岁小孩,比你尊长的人,也不能禁止我自由发言,你要是不愿意听,还是请你把耳朵塞住吧。我这一肚子的气恼,要是再不让我的嘴把它发泄出来,我的肚子也要气破了。

彼特鲁乔　是啊,你说得一点不错,这帽子真不好,活像块牛奶蛋糕,丝织的烧饼,值不了几个子儿。你不喜欢它,所以我才格外爱你。

凯瑟丽娜　爱我也好,不爱我也好,我喜欢这顶帽子,我只要这一顶,不要别的。(帽匠下。)

彼特鲁乔　你的袍子吗?啊,不错;来,裁缝,让我们瞧瞧看。哎哟,天哪!这算是什么古怪的衣服?这是什么?袖子吗?那简直像一尊小炮。怎么回事,上上下下都是褶儿,和包子一样。这儿也是缝,那儿也开口,东一道,西一条,活像剃头铺子里的香炉。他妈的!裁缝。你把这叫作什么东西?

霍坦西奥　(旁白)看来她帽子袍子都穿戴不成了。

裁　缝　这是您叫我照着流行的式样用心裁制的。

彼特鲁乔　是呀，可是我没有叫你做得这样乱七八糟。去，给我滚回你的狗窠里去吧，我以后决不再来请教你了。我不要这东西，拿去给你自己穿吧。

凯瑟丽娜　我从来没有见过一件比这更漂亮、更好看的袍子了。你大概想把我当作一个木头人一样随你摆布吧。

彼特鲁乔　对了，他想把你当作木头人一样随意摆布。

裁　缝　她说您想把她当作木头人一样随意摆布。

彼特鲁乔　啊，大胆的狗才！你胡说，你这拈针弄线的傻瓜，你这个长码尺、中码尺、短码尺、钉子一样长的浑蛋！你这跳蚤，你这虫卵，你这冬天的蟋蟀！你拿着一绞线，竟敢在我家里放肆吗？滚！你这破布头，你这不是东西的东西！我非得好生拿尺揍你一顿，看你这辈子还敢不敢胡言乱语。好好的一件袍子，给你剪成这个样子。

裁　缝　您弄错了，这袍子是我们东家照您吩咐的样子做起来的。葛鲁米奥一五一十地给我们讲了尺寸和式样。

葛鲁米奥　我什么都没讲；我就把料子给他了。

裁　缝　你没说怎么做吗？

葛鲁米奥　那我倒是说了，老兄，用针线做。

裁　缝　你没叫我们裁吗？

葛鲁米奥　这些地方是你放出来的。

裁　缝　不错。

葛鲁米奥　少跟我放肆；这些玩意儿是你装上的，少跟我装腔。你要是放肆装腔，我是不买账的。我老实告诉你：我叫你们东家裁一件袍子，可是没有叫他裁成碎片。所以你完全是信口胡说。

裁　缝　这儿有式样的记录，可以作证。

彼特鲁乔　你念念。

葛鲁米奥　反正要说是我说的，那记录也是撒谎。

裁　缝　（读）“一 :肥腰身女袍一件。”

葛鲁米奥　老爷，我要是说过肥腰身，你就把我缝在袍子里面，拿一轴黑线把我打死。我明明就说女袍一件。

彼特鲁乔　往下念。

裁　缝　（读）“外带小披肩。”

葛鲁米奥　披肩我倒是说过。

裁　缝　（读）“灯笼袖。”

葛鲁米奥　我要的是两只袖子。

裁　缝　（读）“袖子要裁得花样新奇。”

彼特鲁乔　嘿，毛病就出在这儿。

葛鲁米奥　那是写错了，老爷，那是写错了。我不过叫他裁出袖子来，再给缝上。你这家伙要是敢否认我说的半个字，就是你小拇指上套着顶针，我也敢揍你。

裁　缝　我念的完全没有错。你要敢跟我到外面去，我就给你点颜色看。

葛鲁米奥　算数，你拿着账单，我拿着码尺，看咱们谁先求饶。

霍坦西奥　老天在上，葛鲁米奥！你拿着他的尺，他可就没的耍了。

彼特鲁乔　总而言之，这袍子我不要。

葛鲁米奥　那是自然，老爷，本来也是给奶奶做的。

彼特鲁乔　卷起来，让你的东家拿去玩吧。

葛鲁米奥　浑蛋，你敢卷？卷起我奶奶的袍子，让你东家玩去？

彼特鲁乔　怎么了，你这话里有什么意思？

葛鲁米奥　唉呀，老爷，这意思可是你万万想不到的。卷起我奶奶的袍子，让他东家玩去！嘿，这太不成话了！

彼特鲁乔　（向霍坦西奥旁白）霍坦西奥，你说工钱由你来付。（向裁缝）快拿去，走吧走吧，别多说了。

霍坦西奥　（向裁缝旁白）裁缝，那袍子的工钱我明天拿来给你。他一时使性子说的话，你不必跟他计较；快去吧，替我问你们东家好。（裁缝下。）

彼特鲁乔　好吧，来，我的凯德，我们就老老实实穿着这身家常便服，到你爸爸家里去吧。只要我们袋里有钱，身上穿得寒酸一点，又有什么关系？因为使身体阔气，还要靠心灵。正像太阳会从乌云中探出头来一样，布衣粗服，可以格外显出一个人的正直。鸟并不因为羽毛的美丽，而比云雀更为珍贵；蝮蛇并不因为皮肉的光泽，而比鳗鲡更有用处。所以，好凯德，你穿着这一身敝旧的衣服，也并不因此而降低了你的身价。你要是怕人笑话，那么让人家笑话我吧。你还是要高高兴兴的，我们马上就到你爸爸家里去喝酒作乐。去，叫他们准备好，我们就要出发了。我们的马在小路那边等着，我们走到那里上马。让我看，现在大概是七点钟，我们可以在吃中饭以前赶到那里。

凯瑟丽娜　我相信现在快两点钟了，到那里去也许赶不上吃晚饭呢。

彼特鲁乔　不是七点钟，我就不上马。我说的话，做的事，想着的念头，你总是要跟我闹别扭。好，大家不用忙了，我今天不去了。你倘然要我去，那么我说是什么钟点，就得是什么钟点。

霍坦西奥　唷，这家伙简直想要太阳也归他节制哩。（同下。）

第四场　帕度亚。巴普提斯塔家门前

特拉尼奥及老学究扮文森修上。

特拉尼奥　这儿已是巴普提斯塔的家了，我们要不要进去看望他？

学　究　那还用说吗？我倘然没有弄错，那么巴普提斯塔先生也许还记得我，二十年以前，我们曾经在热那亚做过邻居哩。

特拉尼奥　这样很好，请你随时保持着做一个父亲的庄严风度吧。

学　究　您放心好了。瞧，您那跟班来了。我们应该把他教导一番才是。

比昂台罗上。

特拉尼奥　你不用担心他。比昂台罗，你要好好侍候这位老先生，就像他是真的文森修老爷一样。

比昂台罗　嘿！你们放心吧。

特拉尼奥　可是你看见巴普提斯塔没有？

比昂台罗　看见了，我对他说，您的老太爷已经到了威尼斯，您正在等着他今天到帕度亚来。

特拉尼奥　你事情办得很好，这几个钱拿去买杯酒喝吧。巴普提斯塔来啦，赶快装起一副严肃的面孔来。

巴普提斯塔及路森修上。

特拉尼奥　巴普提斯塔先生，我们正要来拜访您。（向学究）父亲，这就是我对您说起过的那位老伯。请您成全您儿子的好事，答应我娶比恩卡为妻吧。

学　究　吾儿且慢！巴普提斯塔先生，久仰久仰。我这次因为追索几笔借款，到帕度亚来，听见小儿向我说起，他跟令爱十分相爱。像先生这样的家声，能够仰攀，已属万幸，我当然没有不赞成之理；而且我看他们两人情如胶漆，也很愿意让他早早成婚，了此一桩心事。要是先生不嫌弃的话，那么关于问名纳聘这一方面的种种条件，但有所命，无不乐从；先生的盛名我久已耳闻，自然不会斤斤计较。

巴普提斯塔　文森修先生，恕我不会客套，您刚才那样开诚布公的说话，我听了很是高兴。令郎和小女的确十分相爱，如果是伪装，万不能如此逼真；您要是不忍拂令郎之意，愿意给小女一份适当的聘礼，那么我是毫无问题的，我们就此一言为定吧。

特拉尼奥　谢谢您，老伯。那么您看我们最好在什么地方把双方的条件互相谈妥。

巴普提斯塔　舍间恐怕不大方便，因为属垣有耳，我有许多仆人，也许会被他们听了泄漏出去；而且葛莱米奥那老头子痴心不死，也许会来打扰我们。

特拉尼奥　那么还是到敝寓去吧，家父就在那里耽搁，我们今夜可以在那边悄悄地把事情谈妥。请您就叫这位尊价去请令爱出来；我就叫我这奴才去找个书记来。但恐事出仓促，一切招待未能尽如尊意！要请您多多原谅。

巴普提斯塔　不必客气！这样很好。堪比奥，你到家里去叫比恩卡梳洗梳洗，我们就要到一处地方去；你也不妨告诉她路森修先生的尊翁已经到了帕度亚，她的亲事大概就可定夺下来了。

比昂台罗　但愿神明祝福她嫁得一位如意郎君！

特拉尼奥　不要惊动神明了，快快去吧。巴普提斯塔先生，请了。我们只有些薄酒粗肴，谈不上什么款待；等您到比萨来的时候，才要好好地请您一下哩。

巴普提斯塔　请了。（特拉尼奥、巴普提斯塔及老学究下。）

比昂台罗　堪比奥！

路森修　有什么事，比昂台罗？

比昂台罗　您看见我的少爷向您眨着眼睛笑吗？

路森修　他向我眨着眼睛笑又怎么样？

比昂台罗　没有什么，可是他要我慢走一步，向您解释他的暗号。

路森修　那么你就解释给我听吧。

比昂台罗　他叫您不要担心巴普提斯塔，他正在和一个冒牌的父亲讨论关于他的冒牌的儿子的婚事。

路森修　那便怎样？

比昂台罗　他叫您带着他的女儿一同到他们那里吃晚饭。

路森修　带着她去又怎样？

比昂台罗　您可以随时去找圣路加教堂里的老牧师。

路森修　这到底是什么意思？

比昂台罗　我也不知道是什么意思，我只知道趁着他们都在那里假装谈条件的时候，您就赶快同着她到教堂里去，找到了牧师执事，再找几个靠得住的证人，取得“只此一家，不准翻印”的权利。这倘不是您盼望已久的好机会，那么您也从此不必再在比恩卡身上转念头了。（欲去。）

路森修　听我说，比昂台罗。

比昂台罗　我不能待下去了。我知道有一个女人，一天下午在园里拔菜喂兔子，就这样莫名其妙地跟人家结了婚了；也许您也会这样。再见，先生。我的少爷还要叫我到圣路加教堂去，叫那牧师在那边等着你和你的附录，也就是随从。（下。）

路森修　只要她肯，事情就好办；她一定愿意的，那么我还疑惑什么？不要管它，让我直截了当地对她说；堪比奥要是不能把她弄到手，那才是怪事哩。（下。）

第五场　公路

彼特鲁乔、凯瑟丽娜、霍坦西奥及从仆等上。

彼特鲁乔　走，走，到我们老丈人家里去。主啊，月亮照得多么光明！

凯瑟丽娜　什么月亮！这是太阳，现在哪里来的月亮？

彼特鲁乔　我说这是月亮的光。

凯瑟丽娜　这明明是太阳光。

彼特鲁乔　我指着我母亲的儿子——那就是我自己——起誓，我要说它是月亮，它就是月亮，我要说它是星，它就是星，我要说它是什么，它就是什么，你要是说我说错了，我就不到你父亲家里去。来，掉转马头，我们回去了。老是跟我闹别扭，闹别扭！

霍坦西奥　随他怎么说吧，否则我们永远去不成了。

凯瑟丽娜　我们已经走了这么远，请您不要再回去了吧。您高兴说它是月亮，它就是月亮；您高兴说它是太阳，它就是太阳；您要是说它是蜡烛，我也就当它是蜡烛。

彼特鲁乔　我说它是月亮。

凯瑟丽娜　我知道它是月亮。

彼特鲁乔　不，你胡说，它是太阳。

凯瑟丽娜　那么它就是太阳。可是您要是说它不是太阳，它就不是太阳；月亮的盈亏圆缺，就像您心性的捉摸不定一样。随您叫它是什么名字吧，您叫它什么，凯瑟丽娜也叫它什么就是了。

霍坦西奥　彼特鲁乔，恭喜恭喜，你已经得到胜利了。

彼特鲁乔　好，往前走！正是顺水行舟快，逆风打桨迟。且慢，那边有谁来啦？

文森修作旅行装束上。

彼特鲁乔　（向文森修）早安，好姑娘，你到哪里去？亲爱的凯德，老老实实告诉我，你可曾看见过一个比她更娇好的淑女？她颊上又红润，又白嫩，相映得多么美丽，点缀在天空中的繁星，怎么及得上她那天仙般美的脸上那一双眼睛的清秀？可爱的美貌姑娘，早安！亲爱的凯德，因为她这样美，你应该和她亲热亲热。

霍坦西奥　把这人当作女人，他一定要发怒的。

凯瑟丽娜　年轻娇美的姑娘，你到哪里去？你家住在什么地方？你的父亲母亲生下你这样美丽的孩子，真是几生修得；不知哪个幸运的男人，有福消受你这如花美眷！

彼特鲁乔　啊，怎么，凯德，你疯了吗？这是一个满脸皱纹的白发衰翁，你怎么说他是一个姑娘？

凯瑟丽娜　老丈，请您原谅我一时眼花，因为太阳光太炫耀了，所以看出来什么都是迷迷糊糊的。现在我才知道您是一位年尊的老丈，请您千万恕我刚才的唐突吧。

彼特鲁乔　老伯伯，请你原谅她；还要请问你现在到哪儿去，要是咱们是同路的话，那么请你跟我们一块儿走吧。

文森修　好先生！还有你这位淘气的娘子，萍水相逢，你们把我这样打趣，倒把我弄得莫名其妙。我的名字叫文森修，舍间就在比萨，我现在要到帕度亚去。瞧瞧我的久别的儿子。

彼特鲁乔　令郎叫什么名字？

文森修　他叫路森修。

彼特鲁乔　原来尊驾就是路森修的尊翁，那巧极了，算来你还是我的姻伯呢。这就是拙荆，她有一个妹妹，现在多半已经和令郎成了婚了。你不用吃惊，也不必忧虑，她是一个名门淑女，嫁奁也很丰富，她的品貌才德，当得起君子好逑四字。文森修老先生，刚才多多失敬，现在我们一块儿看你的令郎去吧，他见了你一定是异常高兴的。

文森修　您说的是真话，还是像有些爱寻开心的旅行人一样，路上见了什么人就随便开开玩笑？

霍坦西奥　老丈，我可以担保他的话都是真的。

彼特鲁乔　来，我们去吧，看看我的话究竟是真是假；你大概因为我先前和你开过玩笑，所以有点不相信我了。（除霍坦西奥外皆下。）

霍坦西奥　彼特鲁乔，你已经鼓起了我的勇气。我也要照样去对付我那寡妇！她要是倔强抗命，我就记着你的教训，也要对她不客气了。（下。）

第五幕

第一场 帕度亚。路森修家门前

比昂台罗、路森修及比恩卡自一方上；葛莱米奥在另一方行走。

比昂台罗 少爷，放轻脚步快快走，牧师已经在等着了。

路森修 我会飞了过去的，比昂台罗。可是他们在家里也许要叫你做事，你还是回去吧。

比昂台罗 不，我要把您送到教堂门口，然后再奔回去。（路森修、比恩卡、比昂台罗同下。）

葛莱米奥 真奇怪，堪比奥怎么到现在还不来。

彼特鲁乔、凯瑟丽娜、文森修及从仆等上。

彼特鲁乔 老伯，这就是路森修家的门前；我的岳父就住在靠近市场的地方，我现在要到他家里去，暂时失陪了。

文森修 不，我一定要请您进去喝杯酒再走。我想我在这里是可以略尽地主之谊的。嘿，听起来里面已经相当热闹了。（叩门。）

葛莱米奥 他们在里面忙得很，你还是敲得响一点。

老学究自上方上，凭窗下望。

学 究 谁在那里把门都要敲破了？

文 森 修请问路森修先生在家吗？

学 究 他人是在家里，可是你不能见他。

文森修 要是有人带了一二百镑钱来，送给他吃吃玩玩呢？

学　究　把你那一百镑钱留着自用吧，我一天活在世上，他就一天不愁没有钱用。

彼特鲁乔　我不是告诉过您吗？令郎在帕度亚是人缘极好的。废话少讲，请你通知一声路森修先生，说他的父亲已经从比萨来了，现在在门口等着和他说话。

学　究　胡说，他的父亲就在帕度亚，正在窗口说话呢。

文森修　你是他的父亲吗？

学　究　是啊，你要是不信，不妨去问问他的母亲。

彼特鲁乔　（向文森修）啊，怎么，朋友！你原来假冒别人的名字，这真是岂有此理了。

学　究　把这混账东西抓住！我看他是想要假冒我的名字，在这城里向人讹诈。

比昂台罗重上。

比昂台罗　我看见他们两人一块儿在教堂里，上帝保佑他们一帆风顺！可是谁在这儿？我的老太爷文森修！这可糟了，我们的计策都要败露了。

文森修　（见比昂台罗）过来，死鬼！

比昂台罗　借光，请让我过去。

文森修　过来，狗才！你难道忘记我了吗？

比昂台罗　忘记你！我怎么会忘记你？我见也没有见过你哩。

文森修　怎么，你这该死的东西！你难道没有见过你家主人的父亲文森修吗？

比昂台罗　啊，你问起我们的老太爷吗？瞧那站在窗口的就是他。

文森修　真的吗？（打比昂台罗。）

比昂台罗　救命！救命！救命！这疯子要谋害我啦！（下。）

学　究　吾儿，巴普提斯塔先生，快来救人！（自窗口下。）

彼特鲁乔　凯德,我们站在一旁,瞧这场纠纷怎样解决。(二人退后。)

老学究自下方重上;巴普提斯塔、特拉尼奥及众仆上。

特拉尼奥　老头儿,你是个什么人,敢动手打我的仆人?

文森修　我是个什么人,嘿,你是个什么人?哎呀,天哪!你这家伙!你居然穿起绸缎的衫子、天鹅绒的袜子、大红的袍子,戴起高高的帽子来了!啊呀,完了!完了!我在家里舍不得花一个钱,我的儿子和仆人却在大学里挥霍到这个样子!

特拉尼奥　啊,是怎么一回事?

巴普提斯塔　这家伙疯了吗?

特拉尼奥　瞧你这一身打扮,倒像一位明白道理的老先生,可是你说的却是一派疯话。我就是佩戴些金银珠玉,那又跟你什么相干?多谢上帝给我一位好父亲,他会供给我的花费。

文森修　你的父亲!哼!他是在贝格摩做船帆的。

巴普提斯塔　你弄错了,你弄错了。请问你知道他叫什么名字?

文森修　他叫什么名字?你以为我不知道他的名字吗?我把他从三岁起抚养长大,他的名字叫作特拉尼奥。

学　究　去吧,去吧,你这疯子!他的名字是路森修,我叫文森修,他是我的独生子。

文森修　路森修!啊!他已经把他的主人谋害了。我用公爵的名义请你们赶快把他抓住。啊,我的孩子,我的孩子!狗才,快对我说,我的儿子路森修在哪里?

特拉尼奥　去叫一个官差来。

一仆人偕差役上。

特拉尼奥　把这疯子抓进监牢里去。岳父大人,叫他们把他好好看管起来。

文森修　把我抓进监牢里去!

葛莱米奥　且慢，官差，你不能把他送进监牢。

巴普提斯塔　您不用管，葛莱米奥先生，我说非把他抓进监牢里不可。

葛莱米奥　宁可小心一点，巴普提斯塔先生，也许您会上人家的圈套。我敢发誓这个人才是真的文森修。

学　究　你有胆量就发个誓看看。

葛莱米奥　不，我不敢发誓。

特拉尼奥　那么你还是说我不是路森修吧。

葛莱米奥　不，我知道你是路森修。

巴普提斯塔　把那呆老头儿抓去！把他关起来！

文森修　你们这里是这样对待外方人的吗？好混账的东西！

比昂台罗偕路森修及比恩卡重上。

比昂台罗　啊，我们的计策要完全败露了！他就在那里。不要去认他，假装不认识他，否则我们就完了！

路森修　（跪下）亲爱的爸爸，请您原谅我！

文森修　我的最亲爱的孩子还在人世吗？（比昂台罗、特拉尼奥及老学究逃走。）

比恩卡　（跪下）亲爱的爸爸，请您原谅我！

巴普提斯塔　你做错了什么事要我原谅？路森修呢？

路森修　路森修就在这里，我是这位真文森修的真正的儿子，已经正式娶您的女儿为妻，您却受了骗了。

葛莱米奥　他们都是一党，现在又拉了个证人来欺骗我们了！

文森修　那个该死的狗头特拉尼奥竟敢对我这样放肆，现在到哪儿去了？

巴普提斯塔　咦，这个人不是我们家里的堪比奥吗？

比恩卡　堪比奥已经变成路森修了。

路森修　爱情造成了这些奇迹。我因为爱比恩卡，所以和特拉尼奥交换地位，让他在城里顶替着我的名字；现在我已经美满地达到了我的心愿。特拉尼奥的所作所为，都是我强迫他做的；亲爱的爸爸，请您看在我的面上原谅他吧。

文森修　这狗才要把我送进监牢里去，我一定要割破他的鼻子。

巴普提斯塔　（向路森修）我倒要请问你，你没有得到我的允许，怎么就可以和我的女儿结婚？

文森修　您放心好了，巴普提斯塔先生，我们一定会使您满意的。可是他们这样作弄我，我一定要去找着他们出出这一口闷气。（下。）

巴普提斯塔　我也要去把这场诡计调查一个仔细。（下。）

路森修　不要害怕，比恩卡，你爸爸不会生气的。（路森修、比恩卡下。）

葛莱米奥　我的希望已成画饼，可是我也要跟他们一起进去，分一杯酒喝喝。（下。）

彼特鲁乔及凯瑟丽娜上前。

凯瑟丽娜　夫君，我们也跟着去瞧瞧热闹吧。

彼特鲁乔　凯德，先给我一个吻，我们就去。

凯瑟丽娜　怎么！就在大街上吗？

彼特鲁乔　啊！你觉得嫁了我这种丈夫辱没了你吗？

凯瑟丽娜　不，那我怎么敢，我只是觉得这样接吻，太难为情了。

彼特鲁乔　好，那么我们还是回家去吧。来，我们走。

凯瑟丽娜　不，我就给你一个吻。现在，我的爱，请你不要回去了吧。

彼特鲁乔　这样不很好吗？来，我的亲爱的凯德，知过则改永远是不嫌迟的。（同下。）

第二场 路森修家中一室

室中张设筵席。巴普提斯塔、文森修、葛莱米奥、老学究、路森修、比恩卡、彼特鲁乔、凯瑟丽娜、霍坦西奥及寡妇同上；特拉尼奥、比昂台罗、葛鲁米奥及其他仆人等随侍。

路森修 虽然经过了长久的争论，我们的意见终于一致了；现在偃旗息鼓，正是我们杯酒交欢的时候。我的好比恩卡，请你向我的父亲表示欢迎；我也要用同样诚恳的心情，欢迎你的父亲。彼特鲁乔姻兄，凯瑟丽娜大姊，还有你，霍坦西奥，和你那位亲爱的寡妇，大家不要客气，在婚礼酒筵之后再来个尽情醉饱，都请坐下来吧，让我们一面吃，一面谈话。（各人就坐。）

彼特鲁乔 这真是饱食终日，无所用心了！

巴普提斯塔 彼特鲁乔贤婿，帕度亚的风气是这么好客的。

彼特鲁乔 帕度亚人都是那么和和气气的。

霍坦西奥 对于你我两人，我希望这句话是真的。

彼特鲁乔 我敢说霍坦西奥一定叫他的寡妇唬着了。

寡 妇 我会唬着了？那才是没有的事。

彼特鲁乔 您太多心了，可是您还是没猜透我的意思；我是说霍坦西奥一定怕您。

寡 妇 头眩的人以为世界在旋转。

彼特鲁乔 您这话可是一点也不转弯抹角。

凯瑟丽娜 嫂子，请教这句话是什么意思？

寡 妇 我知道他的心事。

彼特鲁乔 知道我的心事？霍坦西奥不吃醋吗？

霍坦西奥　我的寡妇意思是说她明白你的处境。

彼特鲁乔　你倒会圆场。好寡妇,为了这个,您就该吻他一下。

凯瑟丽娜　“头眩的人以为世界在旋转。”请您解释解释这句话是什么意思。

寡　妇　尊夫因为家有悍妇,所以以己度人,猜想我的丈夫也有同样不可告人的隐痛。现在您懂得我的意思了吧?

凯瑟丽娜　您的意思真坏!

寡　妇　既然是指您,自然好不了。

凯瑟丽娜　我和您比起来总还算不错哩。

彼特鲁乔　对,给她点厉害看,凯德!

霍坦西奥　给她点厉害看,寡妇!

彼特鲁乔　我敢赌一百马克,我的凯德能把她压倒。

霍坦西奥　压倒她的活儿应该由我来干。

彼特鲁乔　果然不愧是男子汉。我敬你一盅,老兄。(向霍坦西奥敬酒。)

巴普提斯塔　葛莱米奥先生,您看这些傻子们唇枪舌剑多有意思?

葛莱米奥　是啊,真是说得头头是道。

比恩卡　头头是道!要是赶上个嘴快的人,准得说您的头头是道其实是头头是角。

文森修　哎哟,媳妇,你听见这话就醒了吗?

比恩卡　醒了,可不是吓醒的。我又要睡了。

彼特鲁乔　那可不行;既然你开始挑衅,我也得让你尝我一两箭!

比恩卡　你拿我当鸟吗?我要另择新枝了,你就张弓搭箭地跟在后面追吧。列位,少陪了。(比恩卡、凯瑟丽娜及寡妇下。)

彼特鲁乔　特拉尼奥先生,她也是你瞄准的鸟儿,可惜给她飞去了;让我们为那些射而不中的人干一杯吧。

特拉尼奥　啊,彼特鲁乔先生,我给路森修占了便宜去;我就像他的猎狗，为他辛苦奔走，得来的猎物都被主人拿去了。

彼特鲁乔　应答虽然快！比方却有点狗臭气。

特拉尼奥　还是您好，先生，己猎来，自己享用，可是人家都说您那头鹿儿把您逼得走投无路呢。

巴普提斯塔　哈哈，彼特鲁乔！现在你给特拉尼奥说中要害了。

路森修　特拉尼奥，你把他挖苦得很好，我要谢谢你。

霍坦西奥　快快招认吧，他是不是说着了你的心病？

彼特鲁乔　他挖苦的虽然是我，可是他的讥讽仅仅打我身边擦过，我怕受伤的十分之九倒是你们两位。

巴普提斯塔　不说笑话，彼特鲁乔贤婿，我想你是娶着了一个最悍泼的女人了。

彼特鲁乔　不，我否认，让我们赌一个东道，各人去叫他自己的妻子出来，谁的妻子最听话，出来得最快的，就算谁得胜。

霍坦西奥　很好，赌什么东道？

路森修　二十个克朗。

彼特鲁乔　二十个克朗！这样的数目只好让我拿我的鹰犬打赌；要是拿我的妻子打赌，应当加二十倍。

路森修　那么一百克朗吧。

霍坦西奥　好。

彼特鲁乔　就是一百克朗，一言为定。

霍坦西奥　谁先去叫？

路森修　让我来，比昂台罗，你去对你奶奶说，我叫她来见我。

比昂台罗　我就去。（下。）

巴普提斯塔　贤婿，我愿意代你拿出一半赌注，比恩卡一定会来的。

路森修　我不要和别人对分，我要独自下注。

比昂台罗重上。

路森修　啊，她怎么说？

比昂台罗　少爷，奶奶叫我对您说，她有事不能来。

彼特鲁乔　怎么！她有事不能来！这算是什么答复？

葛莱米奥　这样的答复也算很有礼貌的了，希望尊夫人不给你一个更不客气的答复。

彼特鲁乔　我希望她会给我一个更满意的答复。

霍坦西奥　比昂台罗，你去请我的太太立刻出来见我。（比昂台罗下。）

彼特鲁乔　哈哈！请她出来，那么她总应该出来的了。

霍坦西奥　老兄，我怕尊夫人随你怎样请也请不出来。

比昂台罗重上。

霍坦西奥　我的太太呢？

比昂台罗　她说您在开玩笑，不愿意出来；她叫您进去见她。

彼特鲁乔　更糟了，更糟了！她不愿意出来！嘿，是可忍，孰不可忍！葛鲁米奥，到你奶奶那儿去，说！我命令她出来见我。（葛鲁米奥下。）

霍坦西奥　我知道她的回答。

彼特鲁乔　什么回答。

霍坦西奥　她不高兴出来。

彼特鲁乔　她要是不出来！就算是我晦气。

凯瑟丽娜重上。

巴普提斯塔　呀，我的天，凯瑟丽娜果然来了！

凯瑟丽娜　夫君，您叫我出来有什么事？

彼特鲁乔　你的妹妹和霍坦西奥的妻子呢？

凯瑟丽娜　她们都在火炉旁边谈天。

彼特鲁乔　你去叫她们出来；她们要是不肯出来，就把她们打出来见她们的丈夫。快去。（凯瑟丽娜下。）

路森修　真是怪事！

霍坦西奥　怪了怪了；这预兆着什么呢？

彼特鲁乔　它预兆着和睦、亲爱和恬静的生活，尊严的统治和合法的主权，总而言之，一切的美满和幸福。

巴普提斯塔　恭喜恭喜，彼特鲁乔贤婿！你已经赢了东道；而且在他们输给你的现款之外，我还要额外给你二万克朗，算是我另外一个女儿的嫁奁，因为她已经完全变了一个人了。

彼特鲁乔　为了让你们知道我这东道不是侥幸赢得，我还要向你们证明她是多么听话。瞧，她已经用她的妇道，把你们那两个桀骜不驯的妻子俘虏来了。

凯瑟丽娜率比恩卡及寡妇重上。

彼特鲁乔　凯瑟琳，你那顶帽子不好看，把那玩意儿脱下，丢在地上吧。（凯瑟丽娜脱帽掷地上。）

寡　妇　谢谢上帝！我还没有像她这样傻法！

比恩卡　呸！你把这算做什么愚蠢的妇道？

路森修　比恩卡，我希望你的妇道也像她一样愚蠢就好了；为了你的聪明，我已经在一顿晚饭的工夫里损失了一百个克朗。

比恩卡　你自己不好，反来怪我。

彼特鲁乔　凯瑟琳，你去告诉这些倔强的女人，做妻子的应该向她们的夫主尽些什么本分。

寡　妇　好了，好了，别开玩笑了；我们不要听这些个。

彼特鲁乔　说吧，先讲给她听。

寡　妇　用不着她讲。

彼特鲁乔　我偏要她讲；先讲给她听。

凯瑟丽娜　哎呀！展开你那颦蹙的眉头，收起你那轻蔑的瞥视，不要让它伤害你的主人，你的君王，你的支配者。它会使你的美貌减色，就像严霜啮噬着草原，它会使你的名誉受损，就像旋风摧残着蓓蕾；它绝对没有可取之处，也丝毫引不起别人的好感。一个使性的女人，就像一池受到激动的泉水，混浊可憎，失去一切的美丽，无论怎样喉干吻渴的人，也不愿把它啜饮一口。你的丈夫就是你的主人、你的生命、你的所有者、你的头脑、你的君王；他照顾着你，扶养着你，在海洋里陆地上辛苦操作，夜里冒着风波，白天忍受寒冷，你却穿得暖暖的住在家里，享受着安全与舒适，他希望你贡献给他的，只是你的爱情，你的温柔的辞色，你的真心的服从；你欠他的好处这么多，他所要求于你的酬报却是这么微薄！一个女人对待她的丈夫，应当像臣子对待君王一样忠心恭顺；倘使她倔强使性、乖张暴戾，不服从他正当的愿望，那么她岂不是一个大逆不道，忘恩负义的叛徒？应当长跪乞和的时候，她却向他挑战，应当尽心竭力服侍他、敬爱他、顺从他的时候，她却企图篡夺主权，发号施令：这一种愚蠢的行为，真是女人的耻辱。我们的身体为什么这样柔软无力，耐不了苦，熬不起忧患？那不是因为我们的性情必须和我们的外表互相一致，同样的温柔吗？听我的话吧，你们这些倔强而无力的可怜虫！我的心从前也跟你们一样高傲，也许我有比你们更多的理由，不甘心向人俯首认输，可是现在我知道我们的枪矛只是些稻草，我们的力量是软弱的，我们的软弱是无比的，我们所有的只是一个空虚的外表。所以你们还是挫抑你们无益的傲气，跪下来向你们的丈夫请求怜爱吧，为了表示我的顺从，只要我的丈夫吩咐我，我就可以向他下跪，让他因此而心中快慰。

彼特鲁乔　啊，那才是个好妻子！来，吻我，凯德。

路森修　老兄，真有你的！

文森修　对顺从的孩子们说，这一番话大有好处。

路森修　对暴戾的女人说，这一番话可毫无是处。

彼特鲁乔　来，凯德，我们好去睡了。我们三个人结婚，可是你们两人都输了。（向路森修）你虽然采到了明珠，我却赢了东道；现在我就用得胜者的身份，祝你们晚安！（彼特鲁乔、凯瑟丽娜下。）

霍坦西奥　你已经降伏了一个悍妇，可以踌躇满志了。

路森修　她会这样被他降伏，倒是一桩想不到的事。（同下。）

William Shakespeare
COMPLETE WORKS

终成眷属

朱生豪　译

莎士比亚
全集

剧中人物

法国国王

佛罗伦萨公爵

勃特拉姆　罗西昂伯爵

拉　佛　法国宫廷中的老臣

帕　洛　勃特拉姆的侍从

罗西昂伯爵夫人的管家

拉瓦契　伯爵夫人府中的小丑

侍　童

罗西昂伯爵夫人　勃特拉姆之母

海丽娜　寄养于伯爵夫人府中的少女

佛罗伦萨老寡妇

狄安娜　寡妇之女

薇奥兰塔、玛利安娜　寡妇的邻居女友

法国及佛罗伦萨的群臣、差役、兵士等

地　点

罗西昂；巴黎；佛罗伦萨；马赛

第一幕

第一场　罗西昂。伯爵夫人府中一室

勃特拉姆、罗西昂伯爵夫人、海丽娜、拉佛同上；均服丧。

伯爵夫人　我儿如今离我而去，无异使我重新感到先夫去世的痛苦。

勃特拉姆　母亲，我因为离开您膝下而流泪，也像是再度悲恸父亲的死亡一样。可是儿子多蒙王上眷顾，理应尽忠效命，他的命令是必须服从的。

拉　佛　夫人，王上一定会尽力照顾您，就像尊夫在世的时候一样，他对于令郎，也一定会看作自己的儿子一样。不要说王上圣恩宽厚，德泽广被，决不会把您冷落不顾，就凭着夫人这么贤德，无论怎样刻薄寡恩的人，也一定愿意推诚相助的。

伯爵夫人　听说王上圣体违和，不知道有没有早占勿药之望？

拉　佛　夫人，他已经谢绝了一切的医生。他曾经在他们的诊治之下，耐心守候着病魔脱体，可是药石无灵，痊愈的希望一天比一天淡薄了。

伯爵夫人　这位年轻的姑娘有一位父亲，可惜现今已经不在人世了！他不但为人正直，而且精通医术，要是天假以年，使他能够更求深造，那么也许他真会使世人尽得长生，死神也将无所事事了。要是他现在还活着，王上的病一定会霍然脱体的。

拉　佛　夫人您说起的那个人叫什么名字？

伯爵夫人　大人，他在他们这一行之中，是赫赫有名的，而且的确不是滥博虚声；他的名字是吉拉·德·拿滂。

拉　佛　啊，夫人，他的确是一个好医生；王上最近还称赞过他的本领，悼惜他死得太早。要是学问真能和死亡抗争，那么凭着他的才能，他应该至今健在的。

勃特拉姆　大人，王上害的究竟是什么病？

拉　佛　他害的是瘘管症。

勃特拉姆　这病名我倒没有听见过。

拉　佛　我但愿这病对世人是永远生疏的。这位姑娘就是吉拉·德·拿滂的女儿吗？

伯爵夫人　她是他的独生女儿，大人；他在临死的时候，托我把她照顾。她有天赋淳厚优美的性质，并且受过良好的教育，犹如锦上添花，我对她抱着极大的期望。一个心地不纯正的人，即使有几分好处，人家在称赞他的时候，总不免带着几分惋惜；因为那样的好处也就等于是邪恶的帮手。可是她的优点却由于天性纯朴而越加出色，她的正直得自天禀，教育更培植了她的德性。

拉　佛　夫人，您这样称赞她，使她感激涕零了。

伯爵夫人　女孩儿家听见人家称赞而流泪，是最适合她的身份的。她每次想起她的父亲，总是自伤身世而面容惨淡。海丽娜，别伤心了，算了吧；人家看见你这样，也许会说你是故意做作出来的。

海丽娜　我的伤心的确是做作出来的，可是我也有真正伤心的事情。

拉　佛　适度的悲伤是对于死者应有的情分，过分的哀戚是摧残生命的仇敌。

海丽娜　如果人们不对悲伤屈服，过度的悲伤不久就会自己告终的。

勃特拉姆　母亲，请您祝福我。

拉　佛　这话怎么讲？

伯爵夫人　祝福你，勃特拉姆，愿你不但在仪表上像你的父亲，在气概风度上也能够克绍箕裘，愿你的出身和美德永远不相上下，愿你的操行与你高贵的血统相称！对众人一视同仁，对少数人推心置腹，对任何人不要亏负；在能力上你应当能和你的敌人抗衡，但不要因为争强好胜而炫耀你的才干；对于你的朋友，你应该开诚相与；宁可被人责备你朴讷寡言，不要让人嗔怪你多言偾事。愿上天的护佑和我的祈祷降临到你的头上！再会，大人；他是一个不懂世故的孩子，请您多多指教他。

拉　佛　夫人，您放心吧，他不会缺少出自对他一片热爱的最好的忠告。

伯爵夫人　上天祝福他！再见，勃特拉姆。（下。）

勃特拉姆　（向海丽娜）愿你一切如愿！好好安慰我的母亲，你的女主人，替我加意侍候她老人家。

拉　佛　再见；好姑娘，愿你不要辱没了你父亲的令誉。（勃特拉姆、拉佛下。）

海丽娜　唉！要是真的只是这样倒好了。我不是想我的父亲；我这些滔滔的眼泪，虽然好像是一片孺慕的哀忱，却不是为他而流。他的容貌怎样，我也早就忘记了，在我的想象之中，除了勃特拉姆以外没有别人的影子。我现在一切都完了，要是勃特拉姆离我而去，我还有什么生趣，我正像爱上了一颗灿烂的明星，痴心地希望着有一天能够和它结合，他是这样高不可攀；我不能逾越我的名分和他亲近，只好在他的耀目的光华下，沾取他的几分余辉，安慰安慰我的饥渴。我的爱情的野心使我备受痛苦，希望和狮子匹配的驯鹿，必须为爱而死。每时每刻看见他，是愉快也是苦痛；我默坐在他的旁边，在心版上深深地刻画着他的秀曲的眉毛，他的敏锐的眼睛，他的迷人的鬈发，他那可爱的脸庞上的每一根线条，每一处微细的特点，都会清清楚楚地摄在我的心里。可是现在他去了，我的爱慕的私衷，只好以眷怀旧日的陈迹为满足。——谁来啦？这是一个和他同去的人，为了他的缘故我爱他，虽然我知道他是一个出名爱造谣言的人，是一个傻子，也是一个懦夫。但是这些本性难移的坏处，加在他身上，却十分合适，比起美德的嶒崚瘦骨受寒风摧残要合适得多；我们不是时常见到衣不蔽体的聪明人，不得不听候浑身锦绣的愚夫使唤吗？

帕洛上。

帕　洛　您好，美貌的娘娘！

海丽娜　您好，大人！

帕　洛　不敢。

海丽娜　我也不敢。

帕　洛　您是不是在想着处女的贞操问题？

海丽娜　是啊。你还有几分军人的经验，让我请教你一个问题。男人是处女贞操的仇敌，我们应当怎样实施封锁，才可以御他？

帕　洛　不要让他进来。

海丽娜　可是他会向我们进攻；我们的贞操虽然奋勇抵抗，毕竟是脆弱的。告诉我们一些有效的防御战略吧。

帕　洛　没有。男人不动声色坐在你的面前，他会在暗中埋下地雷，轰破你的贞操的。

海丽娜　上帝保佑我们可怜的贞操不要给人这样轰破！那么难道处女们就不能采取一种战术，把男人轰得远远的吗？

帕　洛　处女的贞操轰破了以后，男人就会更快地被轰得远远的。但是，你们虽然把男人轰倒了，自己的围墙也就有了缺口，那么城市当然就保不住啦。在自然界中，保全处女的贞操决非得策。贞操的丧失是合理的增加，倘不先把处女的贞操破坏，处女们从何而来？你的身体恰恰就是造成处女的材料。贞操一次丧失可以十倍增加；永远保持，就会永远失去。这种冷冰冰的东西，你要它做什么！

海丽娜　我还想暂时保全它一下，虽然也许我会因此而以处女终老。

帕　洛　那未免太说不过去了，这是违反自然界的法律的。你要是为贞操辩护，等于诋毁你的母亲，那就是忤逆不孝。以处女终老的人，等于自己杀害了自己，这种女人应该让她露骨道旁，不让她的尸骸进入圣地，因为她是反叛自然意志的罪人。贞操像一块干酪一样，搁的日子长久了就会生虫霉烂，自己把自己的内脏掏空；而且它是一种乖僻骄傲无聊的东西，重视贞操的人，无非因为自视不凡，这是教条中所大忌的一种罪过。何必把它保持起来呢？这样做只有让你吃亏。算了吧！在一年之内，你就可以收回双倍利息，而且你的本钱也不会怎么走了样子。放弃了它吧！

海丽娜　请问一个女人怎样才可以照她自己的意思把它失去？

帕　洛　这得好好想想。有了，就是得倒行逆施，去喜欢那不喜欢贞操的人。贞操是一种搁置过久了会失去光彩的商品；越是保存得长久，越是不值钱，趁着有销路的时候，还是早点把它脱手了的好；时机不可失去。贞操像一个年老的廷臣，虽然衣冠富丽，那一副不合时宜的装束却会使人瞧着发笑，就像别针和牙签似的，现在早不时兴了。做在饼饵里和在粥里的红枣，是悦目而可口的，你颊上的红枣，却会转瞬失去鲜润；你那陈年封固的贞操，也就像一颗干瘪的梨儿一样，样子又难看，入口又无味，虽然它从前也是很甘美的，现在却已经干瘪了。你要它做什么呢？

海丽娜　可是我还不愿放弃我的贞操。你的主人在外面将会博得无数女子的倾心，他会找到一个母亲，一个情人，一个朋友，一个绝世的佳人，一个司令官，一个敌人，一个向导，一个女神，一个君王，一个顾问，一个叛徒，一个亲人；他会找到他的卑微的野心，骄傲的谦逊，他的不和谐的和谐，悦耳的嘈音，他的信仰，他的甜蜜的灾难，以及一大堆瞎眼的爱神编出来的可爱的、痴心的、虚伪的名字。他现在将要——我不知道他将要什么。但愿上帝护佑他！宫廷是可以增长见识的地方，他是一个——

帕　洛　他是一个什么？

海丽娜　他是一个我愿意为他虔诚祝福的人。可惜——

帕　洛　可惜什么？

海丽娜　可惜我们的愿望只是一种渺茫而感觉不到的东西，否则我们这些出身寒贱的人，虽然命运注定我们只能在愿望中消度我们的生涯，也可以借着愿望的力量追随我们的朋友，让他们知道我们的衷曲，而不致永远得不到一点报酬了。

一侍童上。

侍　童　帕洛先生，爵爷叫你去。（下。）

帕　洛　小海伦，再会；我在宫廷里要是记得起你，我会想念你的。

海丽娜　帕洛先生，你降生的时候准是吉星照命。

帕　洛　不错，我是武曲星照命。

海丽娜　我也相信你是地地道道在武曲星下面降生的。

帕　洛　为什么在武曲星下面？

海丽娜　一打起仗来，你就甘拜下风，那还不是在武曲星下面降生的吗？

帕　洛　我是说在武曲星居前的时候。

海丽娜　我看还是在退后的时候吧？

帕　洛　为什么说退后呢？

海丽娜　交手的时候，你总是步步退后呀。

帕　洛　那是为了等待时机。

海丽娜　心中害怕，想寻求安全，掉头就跑，也同样是为了等待时机；勇气和恐惧在你身上倒是蛮协调的，凭你这种打扮，跑起来准能一日千里，花样也很别致。

帕　洛　我事情很忙，没工夫伶牙俐齿地回答你。且等我回来，再叫你看我那副彬彬君子的派头吧。到那时候，我的教养会对你发生作用，你会领略到一个朝廷贵人的善意，对他大开方便之门；如若不然，你就是不知感激，只有自己遭殃，最后一窍不通地死去。你要是有空的话，可以祈祷祈祷；要是没有空，不妨想念想念你的朋友们。早点嫁一个好丈夫，他怎样待你，你也怎样待他。好！再见。（下。）

海丽娜　一切办法都在我们自己，虽然我们把它诿之天意；注定人类运命的上天，给我们自由发展的机会，只有当我们自己冥顽不灵、不能利用这种机会的时候，我们的计划才会遭遇挫折，哪一种力量激起我爱情的雄心，使我能够看见，却不能喂饱我的视欲？尽管地位如何悬殊，惺惺相怜的人，造物总会使他们结合在一起。只有那些斤斤计较、害怕麻烦、认为好梦已成过去的人，他们的希冀才永无实现的可能，能够努力发挥她的本领的，怎么会在恋爱上失败？王上的病——我的计划也许只是一种妄想，可是我的主意已决，一定要把它尝试一下。（下。）

第二场　巴黎。国王宫中一室

喇叭奏花腔。法国国王持书信上，群臣及侍从等随上。

国　王　佛罗伦萨人和西诺哀人相持不下，胜负互见，还在那里继续着猛烈的战争。

臣　甲　是有这样的消息，陛下。

国　王　不，那是非常可靠的消息；这儿有一封从我们的友邦奥地利来的信，已经证实了这件事，他还警告我们，说是佛罗伦萨就要向我们请求给他们迅速的援助，照我们这位好朋友的意思，似乎很不赞同，希望我们拒绝他们的请求。

臣 甲 陛下素来称道奥王的诚信明智，他的意见当然是可以充分信任的。

国 王 他已经替我们决定了如何答复，虽然佛罗伦萨还没有来乞援，我已经决定拒绝他们了。可是我们这儿要是有人愿意参加都斯加的战事，不论他们愿意站在哪一方面，都可以自由前去。

臣 乙 我们这些绅士们闲居无事，本来就感到十分苦闷，渴想到外面去干一番事业，这次战事倒是一个好机会，可以让他们去磨练磨练。

国 王 来的是什么人？

勃特拉姆、拉佛及帕洛上。

臣 甲 陛下，这是罗西昂伯爵，年轻的勃特拉姆。

国 王 孩子，你的面貌很像你的父亲；造物在雕塑你形状的时候，一定是非常用心而不是草率从事的。但愿你也秉有你父亲的德性！欢迎你到巴黎来！

勃特拉姆 感谢陛下圣恩，小臣愿效犬马之劳。

国 王 想起你父亲在日，与我交称莫逆，我们两人初上战场的时候，大家都是年轻力壮，现在要是也像那样就好了！他是个熟谙时务的干才，也是个能征惯战的健儿；他活到很大年纪，可是我们两人都在不知不觉中变成老朽，不中用了，提起你的父亲，使我精神为之一振。他年轻时候的那种才华，我可以从我们现在这辈贵介少年身上同样看到，可是他们的信口讥评，往往来不及遮掩他们的轻薄，已经在无意中自取其辱。你父亲才真是一个有大臣风度的人，在他的高傲之中没有轻蔑，在他的严峻之中没有苛酷；只有当那些和他同等地位的人激起他的不满的时候，他才会对他们作无情的指责，他的良知就像一具时钟！正确地知道在哪一分钟为了特殊的理由使他不能不侃侃而言！那时他的舌头就会听从他的指挥。他把那些在他下面的人当作不同地位的人看待，在他们卑微的身份前降尊纡贵，听了他们贫弱的谀辞，也会谦谢不遑，使他们因他的逊让而受宠若惊。这样一个人是可以作为现在这辈年轻人的模范的。如果他们肯认真效仿他，就会明白自己实际上是大大地后退了。

勃特拉姆　陛下不忘旧人，先父虽死犹生；任何铭刻在碑碣上的文字，都不及陛下口中品题的确当。

国　王　但愿我也和他在一起！他老是这样说——我觉得我仿佛听见他的声音，他的动人的辞令不是随便散播在人的耳中，却是深植在人们的心头，永远存留在那里。每当欢欣和娱乐行将告一段落的时候，他就会发出这样的感喟：“等我的火焰把消油烧干以后，让我不要继续活下去，给那些年轻的人们揶揄讥笑，他们凭着他们的聪明，除了新奇的事物以外，什么都瞧不上眼；他们的思想都花在穿衣服上面，而且变化得比衣服的式样更快。”他有这样的愿望；我也抱着和他同样的愿望，因为我已经是一只无用的衰蜂，不能再把蜜、蜡带回巢中，我愿意赶快从这世上消灭，好给其余做工的人留出一个地位。

臣　乙　陛下圣德恢恢，臣民无不感戴；最不知感恩的人，将是最先悼惜您的人。

国　王　我知道我不过是空占着一个地位。伯爵，你父亲家里的那个医生死了多久了？他的名誉很不错哩。

勃特拉姆　陛下，他已经死了差不多六个月了。

国　王　他要是现在还活着，我倒还要试一试他的本领。请你扶我一下。那些庸医们给我吃这样那样的药，把我的精力完全消磨掉了，弄成这么一副不死不活的样子。欢迎，伯爵，你就像是我自己的儿子一样。

勃特拉姆　感谢陛下。（同下；喇叭奏花腔。）

第三场　罗西昂。伯爵夫人府中一室

伯爵夫人、管家及小丑上。

伯爵夫人　我现在要听你讲，你说这位姑娘怎样？

管　家　夫人，小的过去怎样尽心竭力侍候您的情形，想来您一定是十分明白的；因为我们要是自己宣布自己的功劳，那就太狂妄了，即使我们真的有功，人家也会疑心我们。

伯爵夫人　这狗才站在这儿干吗？滚出去！人家说起关于你的种种坏话，我并不完全相信，可是那也许因为我太忠厚了；照你这样蠢法，是很会去干那些勾当的，而且你也不是没有干坏事的本领。

小　丑　夫人，您知道我是一个苦人儿。

伯爵夫人　好，你怎么说？

小　丑　不，夫人，我是个苦人儿，并没有什么好，虽然有许多有钱的人们都不是好东西。可是夫人要是答应我让我到外面去成家立业，那么伊丝贝尔那个女人就可以跟我成其好事了。

伯爵夫人　你一定要去做一个叫花子吗？

小　丑　在这一件事情上，我不要您布施我别的什么，只要请求您开恩准许。

伯爵夫人　在哪一件事情上？

小　丑　在伊丝贝尔跟我的事情上。做佣人的不一定世世代代做佣人，我想我要是一生一世没有一个亲生的骨肉，就要永远得不到上帝的祝福,因为人家说有孩子的人才是有福气的。

伯爵夫人　告诉我你一定要结婚的理由。

小　丑　夫人,贱体有这样的需要;我因为受到肉体的驱使,不能不听从魔鬼的指挥。

伯爵夫人　那就是尊驾的理由了吗?

小　丑　不,夫人,我还有其他神圣的理由,这样的那样的。

伯爵夫人　那么可以请教一二吗?

小　丑　夫人,我过去是一个坏人,正像您跟一切血肉的凡人一样;老实说吧,我结婚是为了要痛悔前非。

伯爵夫人　你结了婚以后,第一要懊悔的不是从前的错处,而是你不该结婚。

小　丑　夫人,我是个举目无亲的人;我希望娶了老婆以后,可以靠着她结识几个朋友。

伯爵夫人　蠢材,这样的朋友是你的仇敌呢。

小　丑　夫人,您还不懂得友谊的深意哩;那些家伙都是来替我做我所不耐烦做的事的。耕耘我的田地的人,省了我牛马之劳,使我不劳而获,坐享其成;虽然他害我做了王八,可是我叫他替我干活儿。夫妻一体,他安慰了我的老婆,也就是看重我;看重我,也就是爱我;爱我,也就是我的好朋友。所以吻我老婆的人,就是我的好朋友。人们只要能够乐天安命,结了婚准不会闹什么意见。因为吃肉的少年清教徒,和吃鱼的老年教皇党,虽然论起心来,在宗教问题上大有分歧;论起脑袋来,却完全一式一样;他们可以用犄角相互顶撞,就跟一帮鹿似的。

伯爵夫人　你这狗嘴里永远长不出象牙来吗?

小　丑　夫人,我是一个先知,我用讽喻的方式,宣扬人生的真理:

我要重新唱那首歌曲，
列位要洗耳恭听：
婚姻全都是命里注定，
乌龟是天性生成。

伯爵夫人　滚出去吧，混账东西；等会儿再跟你说话。

管　家　夫人，请您叫他去吩咐海丽娜姑娘出来；我要跟您讲的就是关于她的事。

伯爵夫人　蠢材，去对我的侍女说，我有话对她讲——就是那海丽娜姑娘。

小　丑

是不是为了这张俊脸，
希腊人把特洛伊攻陷？
做的好事，做的好事，
这就是普里阿摩斯的心肝？
她长叹一声站在那里，
她长叹一声站在那里，
这样把道理说明：
有九个坏的，有一个好的，
有九个坏的，有一个好的，
总算还落下一成。①

伯爵夫人　什么，十个人里才有一个好的？你把歌词也糟蹋了，蠢货。

---

① 歌词中的“她”指特洛伊王普里阿摩斯的王后赫卡柏。赫卡柏悲叹儿子帕里斯把海伦拐至特洛伊，因而引起战争。原歌词应该是：“有九个好的，有一个坏的，总还有一个坏人。”意即：其余九个儿子都很好，只有帕里斯不好。

小　丑　夫人，我指的是女人——十个女人里有一个好的。这是把歌词往好里唱。愿上帝能一年到头保持这个比率！我要是牧师，对这样一个抽什一税的女人，决不会有什么意见。一成，你还嫌少吗？哼，就算每出现一次扫帚星，或是发生一次地震的时候，才有一个好女人降生，这个彩票也是抽得来的。照现在这样，你把心都抽没有了，也不会中彩。

伯爵夫人　混账，你还不快去做我叫你做的事吗？

小　丑　唉，女人反倒骑在男人身上，发号施令，认为算不了什么！当然，作好人，就不能作清教徒，可是那也算不了什么；可以外面穿上一件必恭必敬的袈裟，罩着底下的黑袍子，仍旧心安理得。好，这回我真走了；您的吩咐是叫海丽娜姑娘到这儿来。（下。）

伯爵夫人　现在你说吧。

管　家　夫人，我知道您是非常喜欢这位姑娘的。

伯爵夫人　不错，我很喜欢她。她的父亲在临死的时候，把她托付给我；单单凭着她本身的好处，也就够惹人怜爱了。我欠她的债，多过于已经给她的酬报；我将要报答她的，一定超过她自己的要求。

管　家　夫人，小的最近在无意中，看见她一个人坐在那里自言自语；我可以代她起誓，她是以为她说的话不会给什么人听了去的。原来她爱上了我们的少爷了！她怨恨命运，不该在他们两人之间安下了这样一道鸿沟；她嗔怪爱神，不肯运用他的大力，使地位不同的人也有结合的机会；她说狄安娜不配做处女们的保护神，因为她坐令纤纤弱质受到爱情的袭击甚至成为俘虏而不加援手。她用无限哀怨的语调声诉着她的心事，小的听了之后，因恐万一有什么事情发生，故此不敢疏忽，特来禀知夫人。

伯爵夫人　你把这事干得很好，可是千万不要声张出去。我早已猜疑到几分，因为事无实据，不敢十分相信。现在你去吧，不要让别人知道，我很感谢你的忠心诚实。等会儿咱们再谈吧。（管家下。）

海丽娜上。

伯爵夫人　我在年轻时候也是这样的。我们是自然的子女，谁都有天赋的感情；这一枚棘刺，正是青春的蔷薇上少不了的。有了我们，就有感情；有了感情，就少不了这种事。当热烈的恋情给青春打下了烙印，这正是自然天性的标志和记号。在我们旧日的回忆之中，我们也曾经犯过同样的过失，虽然在那时我们并不以为那有什么不对。我现在可以清楚看见，她的眼睛里透露着因相思而憔悴的神色。

海丽娜　夫人，您有什么吩咐？

伯爵夫人　海丽娜，你知道我可以说就是你的母亲。

海丽娜　不，您是我的尊贵的女主人。

伯爵夫人　不，我是你的母亲，为什么不是呢？当我说“我是你的母亲”的时候，我觉得你仿佛看见了一条蛇似的；为什么你听了“母亲”两个字，就要吃惊呢？我说，我是你的母亲；我把你当作我自己的亲生骨肉一样看待。异姓的子女，有时往往胜过自己生养的孩子；外来的种子，也一样可以长成优美的花木。你不曾使我忍受怀胎的辛苦，我却像母亲一样关心着你。天哪，这丫头！难道我说了我是你的母亲，你就这样惊惶失色吗？为什么你的眼边会润湿而起了一重重的红晕？难道因为你是我的女儿吗？

海丽娜　因为我不是您的女儿。

伯爵夫人　我说！我是你的母亲。

海丽娜　恕我，夫人，罗西昂伯爵不能做我的哥哥；我的出身这样寒贱，他的家世这样高贵；我的父母是闾巷平民，他的都是簪缨巨族。他是我的主人，我活着是他的婢子，到死也是他的奴才。他一定不可以做我的哥哥。

伯爵夫人　那么我也不能做你的母亲吗？

海丽娜　您是我的母亲，夫人；我也愿意您真做我的母亲，只要您的儿子不是我的哥哥。我希望您是我的母亲也是他的母亲，只要我不是他的妹妹，那么其他一切都没有关系。是不是我做了您的女儿以后，他必须做我的哥哥呢？

伯爵夫人　不，海伦，你可以做我的媳妇；上帝保佑你不在转着这样的念头！难道女儿和母亲竟会这样扰乱了你的心绪？怎么，你又脸色惨白起来了？你的心事果然被我猜中了。现在我已经明白了你的寂寞无聊的缘故，发现了你的伤心挥泪的根源。你爱着我的儿子，这是显明的事实。你的感情既然已经完全暴露，想来你也不好意思再编造谎话企图抵赖了。还是告诉我老实话吧；告诉我真有这样的事，因为瞧，你两颊的红云，已经彼此互相招认了；你自己的眼睛也可以从你自己的举止上，看出你的踌躇不安来；只有罪恶的感觉和无理的执拗使你缄口无言，不敢吐露真情。你说，是不是真有这回事？要是真有这回事，那么这场麻烦你已经惹上了，不然的话，你就该发誓否认。无论如何，你不要瞒住我吧，我总是会尽力帮助你的。

海丽娜　好夫人，原谅我吧！

伯爵夫人　你爱我的儿子吗？

海丽娜　请您原谅我，夫人！

伯爵夫人　你是爱我的儿子的。

海丽娜　夫人，您不也是爱他的吗？

伯爵夫人　不要绕圈子说话；我爱他是理所当然，用不到向世人讳饰；你究竟爱他到什么程度，还是快说吧，因为你的感情早就完全泄露出来了。

海丽娜　既然如此，我就当着上天和您的面前跪下，承认我是爱着您的儿子，并且爱他胜过您，仅次于爱上天。我的亲友虽然贫寒，都是正直的人；我的爱情也是一样。不要因此而恼怒，因为他被我所爱，对他并不损害！我并不用僭越名分的表示向他追求，在我不配得到他的眷爱以前，决不愿把他占有，虽然我不知道怎样才可以配得上他，我知道我的爱是没有希望的徒劳，可是在这罗网一样千孔万眼的筛子里，依然把我如水的深情灌注下去，永远不感到干涸。我正像印度人一样虔信而执迷，我崇拜着太阳，它的光辉虽然也照到它的信徒的身上，却根本不知道有这样一个人存在。我的最亲爱的夫人，不要因为我爱了您所爱的人而憎恨我，您是一位年高德劭的人，要是在您纯洁的青春，也曾经燃起过同样真诚的情热，怀抱着无邪的愿望和深挚的爱慕，使您同时能忠实于贞操和恋情，那么请您可怜可怜我这命薄缘悭、自知无望、拼着在默默无闻中了此残生的人儿吧！

伯爵夫人　你最近不是想要到巴黎去吗？老实告诉我你有没有过这个意思。

海丽娜　有过，夫人。

伯爵夫人　为什么呢？

海丽娜　我不愿向夫人说谎；您知道先父在日，曾经传给我几种灵验的秘方，是他凭着潜心研究和实际经验配合起来的，对一般病症都有卓越的效能；他嘱咐我不要把它们轻易授人，因为它们都是世间不大知道的珍贵的方剂。在这些秘方之中，有一种是专门医治王上现在所患一般认为无法医治的那种痼疾的。

伯爵夫人　这就是你要到巴黎去的动机吗？你说吧。

海丽娜　您的儿子使我想起了这一个念头；不然的话，什么巴黎，什么药方，什么王上的病，都是我永远不会想到的事物。

伯爵夫人　可是海伦，你想你要是自请为王上治病，他就会接受你的帮助吗？他跟他那班医生们已经意见归于一致，他认为他的病已经使群医束手，他们认为一切药石都已失去效力，那些熟谙医道的大夫们都这样敬谢不敏了，他们怎么会相信一个不学无术的少女呢？

海丽娜　我相信这药方，不仅因为我父亲的医术称得上并世无双，而且我觉得他传给我这一份遗产，一定会带给我极大的幸运。只要夫人允许我冒险一试，我愿意就在此日此时动身前去，拼着这一条没有什么希冀的微命，为王上治疗他的疾病。

伯爵夫人　你相信你会成功吗？

海丽娜　是的，夫人，我相信我会成功。

伯爵夫人　那么很好，海伦，你不但可以得到我的准许，也可以得到我的爱，我愿意为你置备行装，派仆从护送你前去，还要请你传言致候我那些在宫廷中的熟人。我在家里愿意为你祈祷上帝，保佑你达到目的。你明天就去吧，你尽管放心，只要是我能够助你一臂之力的事情，我一定会做的。（同下。）

第二幕

第一场　巴黎。宫中一室

喇叭奏花腔。国王、出发参加佛罗伦萨战争之若干少年廷臣、勃特拉姆、帕洛及侍从等上。

国　王　诸位贤卿,再会,希望你们恪守骑士的精神;还有你们诸位,再会,我的话你们可以分领;但是即使双方都打算独占,我的忠告也可以自行扩大,供你们双方听取。

臣　甲　但愿我们立功回来,陛下早已恢复了健康。

国　王　不,不,那可是没有希望的了,虽然我的未死的雄心,还不肯承认它已经沾上了不治的痼疾。再会,诸位贤卿,无论我是死是活,你们总要做个发扬祖国光荣的法兰西好男儿,让那些国运凌夷的意大利人知道你们去不是向光荣求婚,而是去把它迎娶回来。当那些意气纵横的勇士知难怯退的时候,便是你们奋身博取世人称誉的机会。再会!

臣　乙　但愿陛下早复健康。

国　王　那些意大利的姑娘们是要留心提防的;人家说,要是她们有什么请求,我们法文中缺少拒绝她们的字眼;倘然你们还没有上战场,就已经做了俘虏,那可不行的。

臣　甲

臣　乙　我们诚心接受陛下的警告。

国　王　再会！你们跟我过来。（侍从扶下。）

臣　甲　啊，大人，真想不到您不能跟我们一起出去！

帕　洛　那不是他自己的错处，他是个汉子。

臣　乙　啊，打仗是怪好玩的。

帕　洛　真有意思，我也经历过这种战争哩。

勃特拉姆　王上命令我留在这儿，无微不至地照顾我，说我太年轻，叫我明年再去，说是现在太早了。

帕　洛　哥儿，您要是立定主意，就该放大胆子，偷偷地逃跑出去。

勃特拉姆　我留在这儿，就像一匹给妇人女子驾驭的辕下驹，终日在石道上消磨我的足力，等着人家一个个夺了光荣回来，再没有机会一试我的身手，让腰间的宝剑除了作跳舞的装饰以外！没有一点别的用处！不，天日在上，我一定要逃跑出去。

臣　甲　这虽然是一件偷偷摸摸干着的事，可是并不丢脸。

帕　洛　爵爷，您就这么干吧。

臣　乙　您要是有需要我的地方，我愿意尽力帮您的忙。回头见。

勃特拉姆　咱们已经成了好朋友，我真不忍和你们分别。

臣　甲　再见，队长。

臣　乙　好帕洛先生，回头见！

帕　洛　高贵的英雄们，我的剑和你们的剑是同气相求的：同样晶莹，同样明亮，一句话！同样是用上等精钢铸成的。让我告诉你们，在斯宾那人的营伍里有一个史布利奥上尉，他那凶神一样的脸上有一道疤痕，那就是我亲手用这柄剑给他刻下来的；你们要是见了他，请告诉他我还活着，听他怎样说我。

臣　乙　我们一定这样告诉他，队长。（廷臣等下。）

帕　洛　战神保佑你们这批新收的门徒！您怎么办呢？

勃特拉姆　且住,王上来了。

国王重上;帕洛及勃特拉姆退后。

帕　洛　你应该对那些出征的同僚们表现得更殷勤一些;方才你和他们道别的神气未免过于冷淡。应该多奉承奉承他们,因为他们代表着时髦的尖端;他们办事、吃喝、言谈和举止行为是受到普遍瞻仰的;即使领队跳舞的是魔鬼,也应该跟随在这些人后面。快追上去,和他们作一次更从容的叙别吧。

勃特拉姆　好吧,我就这样作。

帕　洛　他们都是些有身份的小伙子,要起剑来,胳臂也蛮有劲的。(勃特拉姆、帕洛下。)

拉佛上。

拉　佛　(跪)陛下,请您恕我冒昧,禀告您一个消息。

国　王　站起来说吧。

拉　佛　好,我得到宽恕,站起来了。陛下,我希望原来是您跪着向我求恕,我叫您站起来,您也能这样不费力地站起来。

国　王　我也愿意这样,我很想打破你的头,再请你原谅。

拉　佛　那可不敢当。可是陛下,您愿意医好您的病吗?

国　王　不。

拉　佛　啊,我尊贵的狐狸,不吃葡萄了吗?但是我这些葡萄品种特别优良,只要您够得着,您一定会吃的!我刚看到一种药,可以使顽石有了生命,您吃了之后,就会生龙活虎似的跳起舞来;它可以使培平大王重返阳世,它可以使查里曼大帝拿起笔来,为她写一行情诗。

国　王　是哪一个"她"

拉　佛　她就是我所要说的那位女医生。陛下,她就在外边,等候着您的赐见。我敢凭着我的忠诚和信誉发誓,要是您不以为我的话都是随便说着玩玩,不足为准的话,那么像她这样一位有能耐,聪明而意志坚定的青年女子,的确使我惊奇钦佩,我相信那不能归咎于我的天生的弱点。她现在要求拜见陛下,不知道陛下愿不愿意准如所请,问一问她的来意?要是您在见了她之后,觉得我说的全都是虚话,那时再请您把我大大地取笑一番吧。

国　王　好拉佛,那么你去带那个奇女子进来,让我们大家也像你一样惊奇,或者挖苦你无故地大惊小怪。

拉　佛　请陛下等着瞧,没错,我马上就来。(下。)

国　王　他无论有什么事,总是先拉上一堆废话。

拉佛率海丽娜重上。

拉　佛　来,这儿来。

国　王　这么快!他倒真是插着翅膀飞的。

拉　佛　来,这儿来,这位就是王上陛下,你有什么话可以对他说。瞧你的样子像一个叛徒,可是你这样的叛徒,王上是不会害怕的。我就是克瑞西达的舅父,把青年男女留在一块,毫不担心。再见。(下。)

国　王　姑娘,你是有什么事情来见我的吗?

海丽娜　是的,陛下。吉拉·德·拿滂是我的父亲,他在医道上是颇有研究的。

国　王　我知道他。

海丽娜　陛下既然知道他,我也不必再多费唇舌夸奖他了。他在临死的时候,传给我许多秘方,其中主要的一个,是他积多年悬壶的经验配制而成,他对它十分珍惜,叫我用心保藏起来,把它当作自己心头一块肉一样珍爱着。我听从着他的嘱咐,从来不敢把它轻易示人,现在闻知陛下的症状,正是先父所传秘方主治的一种疾病,所以甘冒万死前来,把它和我的技术呈献陛下。

国　王　谢谢你，姑娘，可是我不能轻信你的药饵；我们这里最高明的医生都已经离开了我，众口一词地断定病入膏肓，决非人力所能挽回的了。我怎么可以糊里糊涂地把我的痴心妄想，寄托在庸医的试验上，认为它可以医治我的不治之症呢？我不能让人家讥笑我的昏愦，当一切救助都已无能为力的时候，再去相信一种无意识的救助呀。

海丽娜　陛下既然这么说，我也不敢勉强陛下接纳我的微劳，总算我跋涉了这一趟，略尽我对陛下的一番忠悃，也可以说是不虚此行了。我别无所求，但求陛下放我回去。

国　王　你来此也是一番好意，这一个要求当然可以准许你。你想来帮助我，一个垂死之人，对于希望他转死回生的人，不用说是十分感激的；可是我自己充分知道我的病状已经险恶到什么程度，你却没有着手成春的妙术，又有什么办法呢？

海丽娜　既然陛下已经断定一切治疗都已无望，那么就给我一个机会，让我试一试我的本领，又有什么妨碍呢？创造世界的神，往往借助于最微弱者之手，当士师们有如童騃的时候，上帝的旨意往往借着婴儿的身上显示；洪水可以从涓滴的细流中发生；当世间的君王不肯承认奇迹的时候，大海却会干涸。最有把握的希望，往往结果终于失望，最少希望的事情，反会出人意外地成功。

国　王　我不能再听你说下去了；再会，善心的姑娘！你的殷勤未邀采纳，只好徒然往返；未被接受的帮助，只能以感谢为报酬。

海丽娜　天启的智能，就是这样为一言所毁。人们总是凭着外表妄加臆测，无所不知的上帝却不是这样，明明是来自上天的援助，人们却武断地诿之于人力。陛下，请您接受我的劳力吧，这并不是试验我的本领，乃是试验上天的意旨。我不是一个大言欺人的骗子，而能够说到做到；我知道我有充分的把握，我也确信我的医方决不会失去效力,陛下的病也决不会毫无希望。

国　王　你是这样确信着吗?那么你希望在多少时间内把我的病医好?

海丽娜　只要慈悲的上帝鉴临垂佑,在太阳神的骏马拖着火轮兜了两个圈子,阴沉的暮色两次吹熄了朦胧的残辉,或是航海者的滴漏二十四回告诉人们那窃贼一样的时间怎样偷溜过去以前,陛下身上的病痛便会霍然脱体,重享着自由自在的健康生活。

国　王　你有这样的自信,要是结果失败呢?

海丽娜　请陛下谴责我的鲁莽,把我当作一个无耻的娼妓,让世人编造诽谤的歌谣,宣扬我的耻辱;我的处女的清名永远丧失,如果这还不够,我的生命也可以在最苛虐的酷刑中毁灭。

国　王　我觉得仿佛有一个天使,借着你柔弱的口中发出他的有力的声音;虽然就常识判断起来应该是不可能的事,却使我不能不信。你的生命是可贵的,因为在你身上具备一切生命中值得赞美的事物,青春、美貌、智慧、勇气、贤德,这些都是足以使人生幸福的;你愿意把这一切作为孤注,那必然表示你有非凡的能耐,否则你一定有一种异常胆大妄为的天性,好医生,我愿意试一试你的药方,要是我死了,你自己可也不免一死。

海丽娜　要是我不能按照限定的时间把陛下治愈,或者医治的结果,跟我说过的话稍有不符之处,我愿意引颈就戮,死而无怨,药方若不能奏效,死就是我的犒赏,不过要是我把陛下的病治好了,那么陛下答应给我什么酬报呢?

国　王　你可以提出无论什么要求。

海丽娜　可是陛下是不是能够满足我的要求呢?

国　王　凭着我的王杖和死后超生的希望起誓,我一定答应你。

海丽娜　那么我要请陛下亲手赐给我一个我所选中的丈夫,我不敢冒昧在法兰西的王族中寻求选择的对象，把我这卑贱的名姓攀附金枝玉叶；只要陛下准许我在您的臣仆之中，拣一个我可以向您要求、您也可以允许给我的人，我就感激不尽了。

国　王　那么一言为定，你治好了我的病，我也一定帮助你如愿以偿。我已经决心信赖着你的治疗，你等着自己选择吧。我本来还有一些问题要问你，我也必须知道你是从什么地方来的，和谁一起来的；可是即使我不问你这些问题，我也可以完全相信你，因此，不问也罢。请你接受我真心的欢迎和诚意的祝福。来人！扶我进去。你的手段倘使果然像你所说的那样高明，我一定不会辜负你的好处。（喇叭奏花腔。同下。）

第二场　罗西昂。伯爵夫人府中一室

伯爵夫人及小丑上。

伯爵夫人　来，小子，现在我要试试你的教养如何了。

小　丑　人家会说我是个锦衣玉食的鄙夫。您的意思不过是要叫我上宫廷里去吗？

伯爵夫人　上宫廷里去！你到过些什么好地方，说的话儿这样神气活现，"不过是上宫廷里去。"

小　丑　不说假话，太太，一个人只要懂得三分礼貌，在宫廷里混混是再容易不过的事。谁要是连屈个膝儿，脱个帽儿，吻个手儿，说些个空话儿也不会，那简直是个不生腿、不生手、不生嘴唇的木头人。这种家伙当然是不配到宫廷里去的，可是我有一句话儿，什么问话都可以应付过去。

伯爵夫人　啊，一句答话可以回答一切问题，这倒是闻所未闻。

小　丑　它就像理发匠的椅子一样，什么屁股坐上去都合适；尖屁股，扁屁股,瘦屁股,肥屁股,或是无论什么屁股。

伯爵夫人　那么你的答话对于无论什么问题也都一样合适吗?

小　丑　正像律师手里的讼费、娼妓手里的夜度资、新郎手指上的婚戒、忏悔火曜日①的煎饼、五朔节②的化装跳舞一样合适也正像钉之于孔、乌龟之于绿头巾、尖嘴姑娘之于泼皮无赖、尼姑嘴唇之于和尚嘴巴,或者说,腊肠之于腊肠皮一样天造地设。

伯爵夫人　你果然有这样一句百发百中的答话吗?

小　丑　上至公卿,下至皂隶,什么问话都可以用这句话回答。

伯爵夫人　那准是个又臭又长的答话,才能应付所有的问题。

小　丑　再简单没有了,真的,有学问的老先生都这么说。一共不过几个字,我来给您演一下。您先问我我是不是个官儿;问啊,这有什么关系呢?

伯爵夫人　好,我就充一会儿傻瓜,也许可以跟你学点儿乖。请问足下是不是在朝廷里得意?

小　丑　啊,岂敢岂敢!——这不是很便当地应付过去了吗?再问下去,再问我一百个问题。

伯爵夫人　老兄,咱们是老朋友,小弟一向佩服您的。

小　丑　啊,岂敢岂敢!——再来,再来,不要放过我。

伯爵夫人　这肉煮得太不入味,恐怕不合老兄胃口。

小　丑　啊,岂敢岂敢!——再问下去!尽管问下去。

伯爵夫人　听说最近您曾经给人家抽了一顿鞭子。

小　丑　啊,岂敢岂敢!——不要放过我。

---

① 忏悔火曜日(Shrove Tuesday):四旬斋前的星期二,例于是日忏悔,以便开始斋戒。

② 五朔节(May-day):在五月一日举行的节日。

伯爵夫人　你在给人家鞭打的时候，也是喊着“岂敢岂敢”，还要叫他们不要放过你吗？可是你在挨一顿鞭子之后，也的确应该喊几声“岂敢岂敢！”只要叫你手脚老实些，你对鞭子准能够应答如流。

小　丑　我的“岂敢岂敢”百试百灵，今天却是第一次倒了霉。看来无论怎样经久耐用的东西，也总有一天失去效用的。

伯爵夫人　我就像是个大手大脚的女管家，对时间不肯精打细算，所以才跟你这傻瓜胡扯了半天。

小　丑　啊，岂敢岂敢！你看，不是又用上了吗？

伯爵夫人　住口吧，老兄，现在还是谈正事吧。你看见了海伦姑娘，就把这封信交给她，请她立刻答复我；还给我致意问候我的那些亲戚们，也去问问少爷安好。这算不了什么吧？

小　丑　您是说您的问候算不了什么吗？

伯爵夫人　我是说这点事算不了什么。你听懂了吧？

小　丑　哦，恍然大悟。我这就叫腰腿活动起来。

伯爵夫人　你快去吧。（各下。）

第三场　巴黎。宫中一室

勃特拉姆、拉佛、帕洛同上。

拉　佛　人家说奇迹已经过去了，我们现在这一辈博学深思的人们，惯把不可思议的事情看做平淡无奇，因此我们把惊骇视同儿戏，当我们应当为一种不知名的恐惧而战栗的时候，我们却用谬妄的知识作为护身符。

帕　洛　可不是吗？这件事真称得起是我们这个时代里发生的最了不起的奇闻。

勃特拉姆　正是正是。

拉　佛　当精通医道的人都束手无策了——

帕　洛　是是。

拉　佛　什么伽伦，什么巴拉塞尔萨斯[①]——

帕　洛　是是。

拉　佛　以及那一大群有学问的专家们——

帕　洛　是是。

拉　佛　他们都断定他无药可治——

帕　洛　对啊，一点不错。

拉　佛　毫无痊愈的希望——

帕　洛　对啊，他正像是——

拉　佛　风中之烛，吉少凶多。

帕　洛　正是，您说得真对。本来我也想这样说的。

拉　佛　像这样的事情，真可以说是不世的奇迹。

帕　洛　正是正是，要是您想知道舆论对这件事的反应，您就可以去看看那篇——叫什么来着？

拉　佛　"上苍借手人力表现出来的灵异。"

帕　洛　对了，那正是我所要说的话。

拉　佛　现在他简直比海豚还壮健；这不是我故意说着不敬的话。

帕　洛　总而言之，这真是奇事；只有最顽愚不化的人，才会不承认那是——

拉　佛　上天借手于——

帕　洛　是是。

拉　佛　一个最柔弱无能的使者，表现他的伟大超越的力量；感谢上

---

① 伽伦（Caken）公元二世纪时希腊名医，巴拉塞尔萨斯（Paracelsus，1493—1541）：炼金士，医生；生于瑞士，执业于瑞士德国各地；对于医学的进步贡献甚多。

天的眷顾，他不但保佑我们王上恢复健康，一定还会赐更多的幸福给我们。

帕　洛　您说得真对，我也是这个意思。王上来了。

国王、海丽娜及侍从等上。

拉　佛　正像荷兰人爱说的口头语："可喜可庆。"我以后要格外喜欢姑娘们了，趁着我的牙齿还没有完全掉下。瞧，他简直可以拉着她跳舞呢。

帕　洛　哎哟！这不是海伦吗？

拉　佛　我相信是的。

国　王　去，把朝廷中所有的贵族一起召来。（一侍从下）我的恩人，请你坐在你病人的旁边。我这一只手多亏你使它恢复了知觉，现在它将要给予你我已经允许你的礼物，只等你指点出来。

若干廷臣上。

国　王　好姑娘，用你的眼睛观看，这一群年轻未婚的贵人，我对他们都可以运用君上和严亲的两重权力，把他们中间的任何一人许配给你；你可以随意选择，他们都不能拒绝你。

海丽娜　愿爱神保佑你们每一个人都能得到一位美貌贤淑的爱人！除了你们中间的一个人之外。

拉　佛　啊，我宁愿把我那匹短尾巴的棕色马连同鞍勒一齐送掉，只要我能恢复青春，像这些孩子们一样——嘴里牙齿生得满满的，唇上胡须没多少。

国　王　仔细看看他们，他们谁都有一个高贵的父亲。

海丽娜　各位大人，上天已经假手于我，治愈了王上的疾病。

众　人　是，我们感谢上天差遣您前来。

海丽娜　我是一个简单愚鲁的女子，我可以向人夸耀的，只是我是一个清白的少女。陛下，我已经选好了。我颊上的羞红向我低声耳语："我们为你害羞，因为你竟敢选择你自己的意中人；可是你倘然给人拒绝了，那么让苍白的死亡永远罩在你的颊上吧，我们是永不再来的了。"

国　王　你尽管放心选择吧，谁要是躲避你的爱情，让他永远得不到我的眷宠。

海丽娜　狄安娜女神，现在我要离开你的圣坛，把我的叹息奉献给至高无上的爱神龛下了。大人，您愿意听我的诉请吗？

臣　甲　但有所命，敢不乐从。

海丽娜　谢谢您，大人；我没有什么话要对您说的。

拉　佛　我要是也能站在队里应选，就是叫我拿生命去押宝我也甘心。

海丽娜　（向臣乙）大人，我还没有向您开口，您眼睛里闪耀着的威焰，已经使我自惭形秽、望而却步了。但愿爱神赐给您幸运，使您得到一位胜过我二十倍的美人！

臣　乙　得遇仙姿，已属万幸，岂敢更有奢求？

海丽娜　请您接受我的祝愿，少陪了。

拉　佛　难道他们都拒绝了她吗？要是他们是我的儿子，我一定要把他们每人抽一顿鞭子，或者把他们赏给土耳其人做太监去。

海丽娜　（向臣丙）不要害怕我会选中您，我决不会使您难堪的。上帝祝福您！要是您有一天结婚，希望您娶到一位更好的妻子。

拉　佛　这些孩子们放着这样一个人不要，难道都是冰做成的不成，他们一定是英国人的私生子，咱们法国人决不会这样的。

海丽娜　（向臣丁）您是太年轻、太幸福、太好了，我配不上给您生儿养女。

臣　丁　美人，我不能同意您的话。

拉　佛　还剩下一颗葡萄。你的父亲大概是喝酒的。可是你倘然不是一头驴子，就算我是一个十四岁的小娃娃；我早知道你是个什么人。

海丽娜 （向勃特拉姆）我不敢说我选取了您，可是我愿意把我自己奉献给您，终身为您服役，一切听从您的指导。——这就是我选中的人。

国　王　很好，勃特拉姆，那么你娶了她吧，她是你的妻子。

勃特拉姆　我的妻子，陛下！请陛下原谅！在这一件事情上，我是要凭着自己的眼睛做主的。

国　王　勃特拉姆，你不知道她给我做了什么事吗？

勃特拉姆　我知道，陛下；可是我不知道为什么我必须娶她。

国　王　你知道她把我从病床上救了起来。

勃特拉姆　所以我必须降低身份，和一个下贱的女子结婚吗？我认识她是什么人，她是靠着我家养活长大的。一个穷医生的女儿做我的妻子！我宁可一辈子倒霉！

国　王　你看不起她，不过因为她地位低微，那我可以把她抬高起来。要是把人们的血液倾注在一起，那颜色、重量和热度都难以区别，偏偏在人间的关系上，会划分这样清楚的鸿沟，真是一件怪事。她倘然是一个道德上完善的女子，你不喜欢她，只因为她是一个穷医生的女儿，那么你重视虚名甚于美德，这就错了。穷巷陋室，有德之士居之，可以使蓬荜增辉，世禄之家，不务修善，虽有盛名，亦将隳败。善恶的区别，在于行为的本身，不在于地位的有无。她有天赋的青春、智慧和美貌，这一切的本身即是光荣；最可耻的，却是那些席父祖的余荫、不知绍述先志、一味妄自尊大的人，最好的光荣应该来自我们自己的行动，而不是倚恃家门。虚名是一个下贱的奴隶，在每一座墓碑上说着谎话，倒是在默默无言的一抔荒土之下，往往埋葬着忠臣义士的骸骨。有什么话好说呢？

只要你能因为这女子的本身而爱她，我可以给她其余的一切；她的贤淑美貌是她自己的嫁奁，光荣和财富是我给她的赏赐。

勃特拉姆　我不能爱她，也不想爱她。

国　王　你要是抗不奉命，一定要自讨没趣的。

海丽娜　陛下圣体复原，已经使我欣慰万分；其余的事情，不必谈了。

国　王　这与我的信用有关，为使它不受损害，我必须运用我的权力。来，骄横傲慢的孩子，握着她的手，你才不配接受这一件卓越的赐予呢。你的愚妄狂悖，不但辜负了她的好处，也已经丧失了我的欢心。你以为她和你处在天平的不平衡的两端，却不知道我站在她的一面，便可以把两方的轻重倒转过来；你也没有想到你的升沉荣辱，完全操纵在我的手中。为了你自己的好处，赶快抑制你的轻蔑，服从我的旨意；我有命令你的权力，你有服从我的天职；否则你将永远得不到我的眷顾，让年轻的愚昧把你拖下了终身蹭蹬的深渊，我的愤恨和憎恶将要用王法的名义降临到你的头上，没有一点怜悯宽恕。快回答我吧。

勃特拉姆　求陛下恕罪，我愿意捐弃个人的爱憎，服从陛下的指示。当我一想起多少恩荣富贵，都可以随着陛下的一言而予夺，我就觉得适才我所认为最卑贱的她，已经受到陛下的宠眷，而和出身贵族的女子同样高贵了。

国　王　搀着她的手，对她说她是你的。我答应给她一份财产，即使不比你原有的财产更富，也一定可以和你的互相匹敌。

勃特拉姆　我愿意娶她为妻。

国　王　幸运和国王的恩宠祝福着你们的结合；你们的婚礼在双方同意之后应该尽快举行，时间就订在今晚。至于隆重的婚宴，那么等远道的亲友到来以后再办吧。你既然答应娶她，就该真诚爱她，不可稍有二心。去吧。（国王、勃特拉姆、海丽娜、群臣及侍从等同下。）

拉　佛　对不起！朋友！跟你说句话儿。

帕　洛　请问有何见教？

拉　佛　贵主人一见形势不对就改变口气！倒很见机乖巧。

帕　洛　改变口气！贵主人！

拉　佛　啊，难道是我说错了吗？

帕　洛　岂有此理！人家对我这样说话，我可不肯和他甘休的。贵主人！

拉　佛　难道尊驾是罗西昂伯爵的朋友吗？

帕　洛　什么伯爵都是我的朋友，是个男子汉大丈夫我就跟他做朋友。

拉　佛　你只好跟伯爵们的跟班做朋友，伯爵们的主人你是攀不上的。

帕　洛　你年纪太老了，老人家，你年纪太老了，还是少找些是非吧。

拉　佛　浑蛋，我是个男子汉大丈夫，你再活上一把年纪去也够不上做个汉子。

帕　洛　要不是为了礼节和体统，我准会给你点厉害。

拉　佛　原先有一段时候（也就是吃两顿饭的光景）我本来以为你是个有几分聪明的家伙，你的故事也编造得有几分意思，可是一看你的装束，就知道你不是个怎样了不起的人。我现在总算把你看透了，希望你以后少跟我往来。像你这样的家伙，真是俯拾即是，不值得人家理睬。

帕　洛　倘不是瞧在你这一把年纪份上——

拉　佛　别太动肝火了吧，那会促短你的寿命的；上帝大发慈悲，可怜可怜你这只老母鸡吧！再见，我的好格子窗；我不必打开窗门，因为我早已看得你雪亮了。来，拉拉手。

帕　洛　大人，你给我太难堪的侮辱了。

拉　佛　是的，我诚心侮辱你，你可以受之无愧。

帕　洛　大人，我没有任何理由该受您的侮辱。

拉　佛　哪里的话？你不但该受，而且休想叫我减掉一分半毫。

帕　洛　算了，以后我学乖一点。

拉　佛　还是趁早吧；你吃的全是学呆而不是学乖的药。如果有一天别人拿你的肩巾把你捆起来，好生揍你一顿，你就会领略到打扮成这份奴才相还扬扬得意是什么滋味了。我倒想继续和你结交，至少认识你，这样你以后再出丑的时候，我可以说："那家伙我认识。"

帕　洛　大人，您这样招惹我！真是忍无可忍。

拉　佛　但愿我给你点起来的是地狱的烈火，可以把你烧个没完。可惜论我这个年岁，是不能再叫你忍什么了，所以让我把这几根老骨头活动活动，就此告辞。（下。）

帕　洛　哼，你还有一个儿子，我一定要向他报复这场耻辱，这卑鄙龌龊的老官儿！我且按下这口气！他们这些有权有势的人不是好惹的。要是我有了下手的机会，不管他是怎么大的官儿，我一定要把他揍一顿，决不因为他有了年纪而饶过他。等我下次碰见他的时候，非把他揍一顿不可！

拉佛重上。

拉　佛　喂，我告诉你一个消息，你的主人结了婚了，你有了一位新主妇啦。

帕　洛　千万请求大人不要欺人太过，他是我的好长官，在我顶上我所服侍的才是我的主人。

拉　佛　谁？上帝吗？

帕　洛　是的。

拉　佛　魔鬼才是你的主人。为什么你要把带子在手臂上绑成这个样子？你把衣袖当作袜管吗？人家的仆人也像你这样吗？你还是把你的鸡巴装在你鼻子的地方吧。要是我再年轻一些儿，我一定要给你一顿好打；谁见了你都会生气，谁都应该打你一顿；我看上帝造下你来的目的，是为给人家嘘气用的。

帕　洛　大人，你这样无缘无故破口骂人，未免太不讲理啦。

拉　佛　去你的吧，你在意大利因为从石榴里掏了一颗核，也被人家揍过。你是个无赖浪人，哪里真正游历过，见过世面啊？不想想你自己的身份，胆敢在贵人面前放肆无礼，对于你这种人真不值得多费唇舌，否则我可要骂你是个混账东西啦。我不跟你多讲话了。（下。）

帕　洛　好，很好，咱们瞧着吧。好，很好。现在我暂时不跟你算账。

勃特拉姆重上。

勃特拉姆　完了，我永远倒霉了。

帕　洛　什么事，好人儿？

勃特拉姆　我虽然已经在尊严的牧师面前起过誓，我却不愿跟她同床。

帕　洛　什么，什么，好亲亲？

勃特拉姆　哼，帕洛，他们叫我结了婚啦！我要去参加都斯加战争去，永远不跟她同床。

帕　洛　法兰西是个狗窠，不是堂堂男子立足之处。从军去吧！

勃特拉姆　我母亲有信给我，我还不知道里面说些什么话。

帕　洛　噢，那你看了就知道了。从军去吧，我的孩子！从军去吧！在家里抱抱娇妻，把豪情壮志消磨在温柔乡里，不去驰骋疆场，建功立业，岂不埋没了自己的前途，到别的地方去吧！法兰西是一个马棚，我们住在这里的都是些不中用的驽马。还是从军去吧！

勃特拉姆　我一定这样办。我要叫她回到我的家里去，把我对她的嫌恶告知我的母亲,说明我现在要出走到什么地方去。我还要把我当面不敢出口的话用书面禀明王上;他给我的赏赐,正好供给我到意大利战场上去,和那些勇士们在一起作战,与其闷在黑暗的家里,和一个可厌的妻子终日相对,还不如冲锋陷阵,死也死得痛快一些。

帕　洛　你现在乘着一时之兴!将来会不会反悔?你有这样的决心吗?

勃特拉姆　跟我到我的寓所去,帮我出些主意。我可以马上打发她动身,明天我就上战场,让她守活寡去。

帕　洛　啊,你倒不是放空炮,那好极了。一个结了婚的青年是个泄了气的汉子,勇敢地丢弃了她,去吧。不瞒你说,国王真是亏待了你。(同下。)

第四场　同前。宫中另一室

海丽娜及小丑上。

海丽娜　我的婆婆很关心我。她老人家身体好吗?

小　丑　不算好,但是还算硬朗;兴致很高,但是身体不好。不,感谢上帝,她身体很好,什么都不缺;不,她身体不好。

海丽娜　要是她身体很好,那么犯了什么毛病又叫她身体不好了呢?

小　丑　说真的,她身体很好;只有两件事不顺心。

海丽娜　哪两件事?

小　丑　一,她还没升天,愿上帝快些送她去。二,她还在人世,愿上帝叫她快些离开。

帕洛上

帕　洛　祝福您,幸运的夫人!

海丽娜　但愿如你所说！我能够得到幸运。

帕　洛　我愿意为您祈祷，愿您诸事顺利，永远幸福。啊，好小子！我们那位老太太好吗？

小　丑　要是把她的皱纹给了你，把她的钱给了我，我愿她像你所说的一样。

帕　洛　我没有说什么呀。

小　丑　对了，所以你是个聪明人；因为舌头往往是败事的祸根。不说什么，不做什么，不知道什么，也没有什么，就可以使你受用不了什么。

帕　洛　滚开！你这浑蛋。

小　丑　先生，你应该说："气死浑蛋的浑蛋！"也就是"气死我的浑蛋！"那就对了。

帕　洛　你这傻子就会耍嘴皮，你那一套我早摸透了。

小　丑　你是从自己身上把我摸透的吗，先生，还是别人教你的？你应该好好摸摸，从你身上多摸出几个傻瓜来，可以叫世界上的人多取乐，多笑笑。

帕　洛　倒是个聪明的傻瓜，脑满肠肥的。夫人，爵爷因为有要事，今晚就要动身出去。他很不愿剥夺您在新婚燕尔之夕应享的权利，可是因为迫不得已，只好缓日向您补叙欢情。良会匪遥，请夫人暂忍目前，等待将来别后重逢的无边欢乐吧。

海丽娜　他还有什么吩咐？

帕　洛　他说您必须立刻向王上辞别，设法找出一个可以使王上相信的理由来，能够动身得越快越好。

海丽娜　此外还有什么命令？

帕　洛　他叫您照此而行，静候后命。

海丽娜　我一切都遵照他的意旨。

帕　洛　好,我就这样回复他。

海丽娜　劳驾你啦。来,小子。(各下。)

第五场　同前。另一室

拉佛及勃特拉姆上。

拉　佛　我希望大人不要把这人当作一个军人。

勃特拉姆　不,大人,他的确是一个军人,而且有很勇敢的名声。

拉　佛　这是他自己告诉您的。

勃特拉姆　我还有其他方面的证明。

拉　佛　那么也许是我看错了人,把这只鸿鹄看成了燕雀了。

勃特拉姆　我可以向大人保证,他是一个见多识广、而且很有胆量的人。

拉　佛　那么我对于他的见识和胆量真是太失敬了,可是我却执迷不悟,因为心里一点不觉得有抱歉的意思。他来了,请您给我们和解和解吧。我一定要进一步和他结交。

帕洛上。

帕　洛　(向勃特拉姆)一切事情都照您的意思办理。

拉　佛　请问,大人,谁是他的裁缝?

帕　洛　大人?

拉　佛　哦,我认识他。不错,“大人”,他手艺不坏,是个顶好的裁缝。

勃特拉姆　(向帕洛)她去见王上了吗?

帕　洛　是的。

勃特拉姆　她今晚就动身吗?

帕　洛　您要她什么时候走她就什么时候走。

勃特拉姆　我已经写好信,把贵重的东西装了箱,叫人把马也备好了;

就在洞房花烛的今夜，我要和她一刀两断。

拉　佛　一个好的旅行者讲述他的见闻，可以在宴会上助兴；可是一个尽说谎话、拾掇一两件大家知道的事实遮掩他的一千句废话的人，听见一次就该打他三次。上帝保佑您，队长！

勃特拉姆　这位大人跟你有点儿不和吗？

帕　洛　我不知道我在什么地方得罪了大人。

拉　佛　你是浑身披挂，还带着马刺，硬要往我的怒火里闯；就像杂耍演员往蛋糕里跳一样；可是我要揪住你问个底细，你准会跑得飞快。

勃特拉姆　大人，也许您对他有点儿误会吧。

拉　佛　我永远不想了解他，就是对他的祈祷，我也有些怀疑。再见，大人，相信我吧，这个轻壳果里是找不出核仁来的；这人的灵魂就在他的衣服上。不要信托他重要的事情，这种家伙我豢养过很多，他们的性格我是知道的。再见，先生，我并没有把你说得太难堪，照你这样的人，我应该把你狠狠骂一顿，可是我也犯不着和小人计较了。（下。）

帕　洛　真是一个混账的官儿。

勃特拉姆　我并不以为如此。

帕　洛　啊，您还不知道他是个怎么样的人吗？

勃特拉姆　不，我跟他很熟悉，大家都说他是个好人。我的绊脚的东西来了。

海丽娜上。

海丽娜　夫君，我已经遵照您的命令，见过王上，已蒙王上准许即日离京，可是他还要叫您去作一次私人谈话。

勃特拉姆　我一定服从他的旨意。海伦，请你不要惊奇我这次行动的突兀，我本不该在现在这样的时间匆匆远行，实在我自己在事先也毫无所知，所以弄得这样手足失措，我必须恳求你立刻动身回家，也不要问我为什么我叫你这样做，虽然看上去好像很奇怪，可是我是在详细考虑过了之后才这样决定的；你不知道我现在将要去做一番什么事情，所以当然不知道它的性质是何等重要。这一封信请你带去给我的母亲。（以信给海丽娜）我在两天之后再来看你，一切由你自己斟酌行事吧。

海丽娜　夫君，我没有什么话可以对您说，只是我是您的最恭顺的仆人。

勃特拉姆　算了，算了，那些话也不用说了。

海丽娜　今后我一定要尽力在各方面顺从你，借以弥补我卑微的出身和目前的好运中间的距离。

勃特拉姆　算了吧，我现在匆促得很。再见，回家去吧。

海丽娜　夫君，请您恕我。

勃特拉姆　啊，你还有什么话说？

海丽娜　我不配拥有我所有的财富，我也不敢说它是我的，虽然它是属于我的！我就像是一个胆小的窃贼，虽然法律已经把一份家产判给他，他还是想把它悄悄偷走。

勃特拉姆　你想要些什么？

海丽娜　我的要求是极其微小的，实在也可以说毫无所求。夫君，我不愿告诉您我要些什么。好吧，我说。陌路之人和仇敌们在分手的时候，是用不到亲吻的。

勃特拉姆　请你不要耽搁，赶快上马吧。

海丽娜　我决不违背您的嘱咐，夫君。

勃特拉姆　（向帕洛）还有那些人呢？（向海丽娜）再见。（海丽娜下）你回家去吧；只要我的手臂能够挥舞刀剑，我的耳朵能够听辨鼓声，我是永不回家的了，去。我们就此登程。

帕　洛　好，放出勇气来！（同下。）

第三幕

第一场 佛罗伦萨。公爵府中一室

喇叭奏花腔。公爵率侍从、二法国廷臣及兵士等上。

公 爵 现在你们已经详详细细知道了这次战争的根本原因,无数的血已经为此而流,以后兵连祸结,更不知何日是了。

臣 甲 殿下这次出师,的确是名正言顺,而在敌人方面,也太过于暴虐无道了。

公 爵 所以我很诧异我们的法兰西王兄对于我们这次堂堂正正的义师,竟会拒绝给我们援手。

臣 甲 殿下,国家政令的决定,不是个人好恶所能左右,小臣地位卑微,更不敢妄加臆测,因为既然没有充分的根据,猜度也是枉然。

公 爵 既然贵国这样决定,我们当然也不便强人所难。

臣 乙 可是小臣相信在敝国有许多青年朝士,因为厌于安乐,一定会陆续前来,为贵邦效命的。

公 爵 那我们一定非常欢迎,他们一定将在我们这里享受最隆重的礼遇。两位既然迢迢来此,诚心投效,就请各就部位;将来有什么优缺,一定首先提拔你们。明天我们就要整队出发了。(喇叭奏花腔。众下。)

第二场　罗西昂。伯爵夫人府中一室

伯爵夫人及小丑上。

伯爵夫人　一切事情都适如我的愿望，唯一的遗憾，是他没有陪着她一起回来。

小　丑　我看我们那位小爵爷心里很有点儿不痛快呢。

伯爵夫人　请问何以见得？

小　丑　他在低头看着靴子的时候也会唱歌；拉正绉领的时候也会唱歌；向人家问话的时候也会唱歌；剔牙齿的时候也会唱歌。我知道有一个人在心里不痛快的时候也有这种脾气，曾经把一座大庄子半卖半送地给了人家呢。

伯爵夫人　（拆信）让我看看他信里写些什么！几时可以回来。

小　丑　我自从到了京城以后！对于伊丝贝尔的这颗心就冷了起来。咱们乡下的咸鱼没有京城里的咸鱼好，咱们乡下的姑娘也比不上京城里的姑娘俏。我对于恋爱已经失去了兴趣，正像老年人把钱财看做身外之物一样。

伯爵夫人　啊，这是什么话？

小　丑　您自己看是什么话吧。（下。）

伯爵夫人　（读信）“儿已遣新妇回家，渠即为国王疗疾之人，而令儿终天抱恨者也。儿虽被迫完婚，未尝与共枕席；有生之日，誓不与之同处。儿今已亡命出奔，度此信到后不久，消息亦必将达于吾母耳中矣。从此远离乡土，永作他乡之客，幸母勿以儿为念。不幸儿勃特拉姆上。”岂有此理，这个鲁莽倔强的孩子！这样一个帝王也不敢轻视的贤惠的妻子还不中他的意，竟敢拒绝王上的深恩,不怕激起他的嗔怒,真太不成话了!

小丑重上。

小　丑　啊,夫人!那边有两个将官护送着少夫人,带着不好的消息来了。

伯爵夫人　什么事?

小　丑　不,还好,还好,少爷还不会马上就送命。

伯爵夫人　他为什么要送命?

小　丑　我也这样说哪,夫人——我听说他逃了,那就不会送命了;只有呆着不走才是危险的;许多男人都是那样丢了性命,虽然也弄出不少孩子来。他们来了,让他们告诉您吧;我只听见说少爷逃走了。(下。)

海丽娜及二臣上。

臣　甲　您好,夫人。

海丽娜　妈,我的主去了,一去不回了!

臣　乙　别那么说。

伯爵夫人　你耐着点儿吧。对不起,两位,我已经尝惯人世的悲欢苦乐;因此不论什么突如其来的事变,也不能使我软下心来,流泪哭泣。请问两位,我的儿子呢?

臣　乙　夫人,他去帮助佛罗伦萨公爵作战去了,我们碰见他往那边去的。我们刚从佛罗伦萨来,在朝廷里办好了一些差事。仍旧要回去的。

海丽娜　妈,请您瞧瞧这封信,这就是他给我的凭证:"汝倘能得余永不离手之指环,且能腹孕一子,确为余之骨肉者,始可称余为夫;然余可断言永无此一日也。"这是一个可怕的判决!

伯爵夫人　这封信是他请你们两位带来的吗?

臣　甲　是的,夫人;我们很抱歉,因为它使你们看了不高兴。

伯爵夫人　媳妇,你不要太难过了;要是你把一切的伤心都归在你一个人身上,那么你就把我应当分担的一部分也夺去了。他虽然是我的儿子,我从此和他断绝母子的情分,你是我的唯一的孩子了。他是到佛罗伦萨去的吗?

臣　乙　是的,夫人。

伯爵夫人　是从军去吗?

臣　乙　这是他的英勇的志愿;相信我吧,公爵一定会依照他的身份对他十分看重的。

伯爵夫人　二位还要回到那里去吗?

臣　甲　是的,夫人,我们要尽快赶回去。

海丽娜　"余一日有妻在法兰西,法兰西即一日无足以令余眷恋之物。"好狠心的话!

伯爵夫人　这些话也是在那信里的吗?

海丽娜　是的,妈。

臣　甲　这不过是他一时信笔写下去的话,并不是真有这样的心思。

伯爵夫人　"一日有妻在法兰西,法兰西即一日无足以令余眷恋之物。"法兰西没有什么东西比你的妻子更被你所辱没了;她是应该嫁给一位堂堂贵人,让二十个像你这样无礼的孩子供她驱使,在她面前太太长、太太短地小心侍候。谁和他在一起?

臣　甲　他只有一个跟班,那个人我也跟他有一点认识。

伯爵夫人　是帕洛吗?

臣　甲　是的,夫人,正是他。

伯爵夫人　那是一个名誉扫地的坏东西。我的儿子受了他的引诱,把他高贵的天性都染坏了。

臣　甲　是啊,夫人,他确是倚靠花言巧语的诱惑,才取得了公子的欢心。

伯爵夫人　两位远道来此，恕我招待不周。要是你们看见小儿，还要请你们为我向他寄语，他的剑是永远赎不回他所已经失去的荣誉的。我还有一封信，写了要托两位带去。

臣　乙　夫人但有所命，鄙人等敢不效劳。

伯爵夫人　两位太言重了。里边请坐吧。（夫人及二臣下。）

海丽娜　“余一日有妻在法兰西，法兰西即一日无足以令余眷恋之物。”法兰西没有可以使他眷恋的东西，除非他在法兰西没有妻子！罗西昂伯爵，你将在法兰西没有妻子，那时你就可以重新得到你所眷恋的一切了。可怜的人！难道是我把你逐出祖国，让你那娇生惯养的身体去当受无情的战火吗？难道是我害你远离风流逸乐的宫廷，使你再也感受不到含情的美目对你投射的箭镞，却一变而成为冒烟的枪炮的鹄的吗？乘着火力在天空中横飞的弹丸呀，愿你们能够落空；让空气中充满着你们穿过气流而发出的歌声吧，但不要接触到我的丈夫的身体！谁要是射中了他，我就是主使暴徒行凶的祸首；谁要是向他奋不顾身的胸前挥动兵刃的，我就是陷他于死地的巨恶；虽然我不曾亲手把他杀死，他却是由我而死。我宁愿让我的身体去膏饿狮的馋吻，我宁愿世间所有的惨痛集于我的一身。不，回来吧，罗西昂伯爵！不要冒着丧失一切的危险，去换来一个光荣的创疤，我会离此而去的。既然你的不愿回来，只是因为我在这里的缘故，难道我会继续留在这里吗？不，不，即使这屋子里播满着天堂的香味，即使这里是天使们遨游的乐境，我也不能作一日之留。我一去之后，我的出走的消息也许会传到你的耳中，使你得到安慰。快来吧，黑夜；快快结束吧，白昼！因为我这可怜的贼子，要趁着黑暗悄悄溜走。（下。）

第三场　佛罗伦萨。公爵府前

喇叭奏花腔。公爵、勃特拉姆、帕洛及兵士等上；鼓角声。

公　爵　我们的马队归你全权统率，但愿你马到功成，不要有负我的厚望和重托。

勃特拉姆　多蒙殿下以这样重大的责任相加，只恐小臣能力微薄，难以胜任，唯有誓竭忠忱，为殿下尽瘁，任何危险，在所不辞。

公　爵　那么你就向前猛进吧，但愿命运照顾着你，做你的幸运的情人！

勃特拉姆　从今天起，伟大的战神！我投身在你的麾下，帮助我使我像我的思想一样刚强，使我只爱听你的鼓声，厌恶那儿女的柔情。（同下。）

第四场　罗西昂。伯爵夫人府中一室

伯爵夫人及管家上。

伯爵夫人　唉！你就这样接下了她的信吗？你不知道她留给我一封书信，就是表示要不别而行吗？再念一遍给我听。

管　家　（读）

为爱忘畛域，致触彼苍怒，
赤足礼圣真，忏悔从头误。
沙场有游子，日与死为伍，
莫以薄命故，甘受锋镝苦。

还君自由身，弃捐勿复道！
慈母在高堂，归期须及早。
为君炷瓣香，祝君永康好，
挥泪乞君恕，离别以终老。

伯爵夫人　啊，在她的最温婉的字句里，是藏着多么尖锐的刺！里那多，你问也不仔细问一声就让她这样去了，真是糊涂透顶了。我要是能够当面用话劝劝她，也许可以使她打消原来的计划！现在可来不及了。

管　家　小的真是该死，要是把这封信昨夜就送给夫人，也许还可以把她追回来，现在就是去追也是白追的了。

伯爵夫人　哪一个天使愿意祝福这个无情无义的丈夫呢？像他这样的人，是终身不会发达的，除非因为上苍喜欢听她的祷告，乐意答应她的祈愿，才会赦免他那弥天的大罪。里那多，赶快替我写信给这位好妻子的坏丈夫，每一字每一句都要证明她的贤德，来反衬出他自己的薄情；我心里的忧虑悲哀，虽然他一点不曾感觉到，你也要给我切切实实地写在信上。尽快把这封信寄出去，也许他听见了她已经出走，就会回到家里来；我还希望她知道他已经回来，纯洁的爱情也会领导她重新回来。我分别不出他们两个人之中，谁是我所最疼爱的。快去把送信人找来。我的心因忧伤而沉重，年龄使我变成这样软弱，我不知道应该流泪呢，还是向人诉述我的悲哀。（同下。）

第五场　佛罗伦萨城外

远处号角声。佛罗伦萨一寡妇、狄安娜、薇奥兰塔、玛利安娜及其他市民上。

寡　妇　快来吧，要是他们到了城门口，咱们就瞧不见啦。

狄安娜　他们说那个法国伯爵立了很大的功劳。

寡　妇　听说他捉住了他们的主将，还亲手杀死他们公爵的兄弟。倒霉！咱们白赶了一趟，他们往另外一条路上去了；听！他们的喇叭声越来越远啦。，

玛利安娜　来，咱们回去吧，看不见就听人家说说也好。喂，狄安娜，你留心这个法国伯爵吧；贞操是处女唯一的光荣，名节是妇人最大的遗产。

寡　妇　我已经告诉我的邻居他的一个同伴曾经来作过说客。

玛利安娜　我认识那个坏蛋死东西！他的名字就叫帕洛，是个卑鄙龌龊的军官，那个年轻伯爵就是给他诱坏的。留心着他们吧，狄安娜！他们的许愿、引诱、盟誓、礼物以及这一类煽动情欲的东西，都是害人的圈套，不少的姑娘们都已经上过他们的当了；最可怜的是，这种身败名裂的可怕的前车之鉴，却不曾使后来的人知道警戒，仍旧一个个如蚁附膻，至死不悟，真可令人叹息。我希望我不必给你更多的劝告，但愿你自己能够立定主意，即使除去失掉贞操之外！别无任何其他危险。

狄安娜　你放心吧，我不会上人家当的。

寡　妇　但愿如此。瞧，一个进香的人来了；我知道她会住在我的客

店里的，来来往往的进香人都向朋友介绍我的客店。让我去问她一声。

海丽娜作进香人装束上。

寡　妇　上帝保佑您，进香人！您要到哪儿去？

海丽娜　到圣约克·勒·格朗。请问您，朝拜圣地的人都是在什么地方住宿的？

寡　妇　在圣法兰西斯，就在这港口的近旁。

海丽娜　是不是打这条路过去的？

寡　妇　正是，一点不错。你听！（远处军队行进声）他们往这儿来了。进香客人，您要是在这儿等一下，等军队过去以后，我就可以领您到下宿的地方去。特别是因为我认识那家客店的女主人，正像认识我自己一样。

海丽娜　原来大娘就是店主太太吗？

寡　妇　岂敢岂敢。

海丽娜　多谢您的好意，那么有劳您啦。

寡　妇　我看您是从法国来的吧？

海丽娜　是的。

寡　妇　您可以在这儿碰见一个同国之人，他曾经在佛罗伦萨立下很大的功劳。

海丽娜　请教他姓甚名谁？

寡　妇　他就是罗西昂伯爵。您认识这样一个人吗？

海丽娜　但闻其名，不识其面，他的名誉很好。

狄安娜　不管他是一个何等样人，他在这里是很出风头的。据说他从法国出亡来此，因为国王强迫他跟一个他所不喜欢的女人结婚。您想会有这回事吗？

海丽娜　是的，真有这回事；他的夫人我也认识。

狄安娜　有一个跟随这位伯爵的人,对她的批评不是顶好。

海丽娜　他叫什么名字?

狄安娜　他叫帕洛。

海丽娜　啊! 我完全同意他的意见,若论声誉和身价,和那位伯爵那样的大人物比较起来,她的名字的确是不值得挂齿的。她唯一的好处,只有她的贞静、缄默、我还不曾听见人家在这方面讥议过她。

狄安娜　唉,可怜的女人! 做一个失爱于夫主的妻子,真够受罪了。

寡　妇　是啦;好人儿,她无论在什么地方,她的心永远是载满了凄凉的。这小妮子要是愿意,也可以做一件对她不起的事呢。

海丽娜　您这句话是什么意思,是不是这个好色的伯爵想要勾引她?

寡　妇　他确有这个意思,曾经用尽各种手段想要破坏她的贞操,可是她对他戒备森严,绝不让他稍有下手的机会。

玛利安娜　神明保佑她守身如玉!

佛罗伦萨兵士一队上,旗鼓前导,勃特拉姆及帕洛亦列队中。

寡　妇　瞧,现在他们来了。那个是安东尼奥,公爵的长子;那个是埃斯卡勒斯。

海丽娜　那法国人呢?

狄安娜　他——那个帽子上插着羽毛的,他是一个很有气派的家伙。我希望他爱他的妻子;他要是老实一点,就会显得更漂亮了。他不是一个很俊的男人吗?

海丽娜　我很喜欢他。

狄安娜　可惜他太不老实。那一个就是诱他为非作恶的坏家伙;倘然我是他的妻子,我一定要用毒药毒死那个混账东西。

海丽娜　哪一个是他?

狄安娜　就是披着肩巾的那个鬼家伙。他为什么好像闷闷不乐似的?

海丽娜　也许他在战场上受了伤了。

帕　洛　把我们的鼓也丢了!哼!

玛利安娜　他好像有些心事。瞧,他看见我们啦。

寡　妇　嘿,死东西!

玛利安娜　谁稀罕你那些鬼殷勤儿!(勃特拉姆、帕洛、军官及兵士等下。)

寡　妇　军队已经过去了。来,进香客人,让我领您到下宿的地方去。咱们店里已经住下了四五个修行人,他们都是去朝拜伟大的圣约克的。

海丽娜　多谢多谢。今晚我还想作个东道,请这位嫂子和这位好姑娘陪我们一起吃饭;为了进一步答报你,我还要给这位小姐讲一些值得她听取的道理。

玛利安娜
狄安娜　谢谢您,我们一定奉陪。(同下。)

第六场　佛罗伦萨城前营帐

勃特拉姆及二臣上。

臣　甲　不,我的好爵爷,让我们试他一试,看他怎么样。

臣　乙　您要是发现他不是个卑鄙小人,请您从此别相信我。

臣　甲　凭着我的生命起誓,他是一个骗子。

勃特拉姆　你们以为我一直受了他的骗吗?

臣　甲　相信我,爵爷,我一点没有恶意;照我所知道的,就算他是我的亲戚,我也得说他是一个天字第一号的懦夫,一个到处造谣言说谎话的骗子,每小时都在做着背信爽约的事,在他身上没有一点可取之处。

臣　乙　您应该明白他是怎样一个人,否则要是您太相信了他,有一天他会在一件关系重大的事情上连累了您的。

勃特拉姆　我希望我知道用怎样方法去试验他。

臣　乙　最好就是叫他去把那面失去的鼓夺回来,您已经听见他自告奋勇过了。

臣　甲　我就带着一队佛罗伦萨兵士,专挑那些他会误认做敌军的人在半路上突然拦截他;我们把他捉住捆牢,蒙住了他的眼睛,把他兜了几个圈子,然后带他回到自己的营里,让他相信他已经在敌人的阵地里了。您可以看我们怎样审问他,要是他并不贪生怕死,出卖友人,把他所知道的我们这里的事情指天誓日地一古脑儿招出来,那么请您以后再不要相信我的话好了。

臣　乙　啊!叫他去夺回他的鼓来!好让我们解解闷儿;他说他已经有了一个妙计;可以去把它夺回来。您要是看见了他怎样完成他的任务,看看他这块废铜烂铁究竟可以熔成什么材料,那时你倘不揍他一顿拳头,我才不信呢。他来啦。

臣　甲　啊!这是个绝妙的玩笑,让我们不要阻挡他的壮志,让他去把他的鼓夺回来。

帕洛上。

勃特拉姆　啊,队长!你还在念念不忘这面鼓吗?

臣　乙　妈的!这算什么,左右不过是一面鼓罢了。

帕　洛　不过是一面鼓!怎么叫不过是一面鼓?难道这样丢了就算了,真是高明的指挥——叫我们的马队冲向我们自己的两翼,把我们自己的步兵截断了。

臣　乙　那可不能怪谁的不是啊;这种挫折本来是战争中所不免的,就是凯撒做了大将,也是没有办法的。

勃特拉姆　究竟我们这回是打了胜仗的。丢了鼓虽然有点失面子，已经丢了没有法子夺回来，也就算了。

帕　洛　它是可以夺回来的。

勃特拉姆　也许可以，可是现在已经没法想了。

帕　洛　没法想也得夺它回来。倘不是因为论功行赏往往总是给滥竽充数的人占了便宜去，我一定要去拼死夺回那面鼓来。

勃特拉姆　很好，队长，你要是真有这样胆量，你要是以为你的神出鬼没的战略，可以把这三军光荣所系的东西重新夺回来；那么请你尽量发挥你的雄才；试一试你的本领吧。要是你能够成功，我可以给你在公爵面前特别吹嘘，他不但会大大地褒奖你，而且一定会重重赏你的。

帕　洛　我愿意举着这一只军人的手郑重起誓，我一定要干它一下。

勃特拉姆　好，现在你可不能含含糊糊赖过去了。

帕　洛　我今晚就去；现在我马上就把一切步骤拟定下来，鼓起必胜的信念，打起视死如归的决心，等到半夜时候，你们等候我的消息吧。

勃特拉姆　我可不可以现在就去把你的决心告诉公爵殿下？

帕　洛　我不知道此去成败如何，可是大丈夫说做就做，决无反悔。

勃特拉姆　我知道你是个勇敢的人，凭着你的过人的智勇，一定会成功的。再会。

帕　洛　我不喜欢多说废话(下。)

臣　甲　你要是不喜欢多说废话！那么鱼儿也不会喜欢水了。爵爷，您看他自己明明知道这件事情办不到，偏偏会那样大言不惭地好像看得那样有把握；虽然夸下了口，却又硬不起头皮来，真是个莫名其妙的家伙！

臣　乙　爵爷，您没有我们知道他那样详细；他凭着那副吹拍的功夫，果然很会讨人喜欢，别人在一时之间也不容易看破他的真相，可是等到你知道了他究竟是一个怎么样的人以后，你就永远不会再相信他了。

勃特拉姆　难道你们以为他这样郑重其事地一口答应下来，竟会是空口说说的吗？

臣　甲　他绝对不会认真去做的；他在什么地方溜了一趟，回来编一个谎，造两三个谣言，就算完事了。可是我们已经布下陷阱，今晚一定要叫他出丑。像他这样的人，的确是不值得您去抬举的。

臣　乙　我们在把这狐狸关进笼子以前，还要先把他戏弄一番。拉佛老大人早就知道他不是个好人了。等他原形毕露以后，请您瞧瞧他是个什么东西吧；今天晚上您就知道了。

臣　甲　我要去找我的棒儿来，今晚一定要捉住他。

勃特拉姆　我要请你这位兄弟陪我走走。

臣　甲　悉随爵爷尊便，失陪了。（下。）

勃特拉姆　现在我要把你带到我跟你说起的那家人家去，让你见见那位姑娘。

臣　乙　可是您说她是很规矩的。

勃特拉姆　就是这一点讨厌。我只跟她说过一次话，她对我冷冰冰的一点笑容都没有。我曾经叫帕洛那浑蛋替我送给她许多礼物和情书，她都完全退还了，把我弄得毫无办法。她是个很标致的人儿。你愿意去见见她吗？

臣　乙　愿意，愿意。（同下。）

第七场　佛罗伦萨。寡妇家中一室

海丽娜及寡妇上。

海丽娜　您要是不相信我就是她，我不知道怎样才可以向您证明，我的计划也就没有法子可以实行了。

寡　妇　我的家道虽然已经中落，可是我也是好人家出身，这一类事情从来不曾干过；我不愿现在因为做了不干不净的勾当，而玷污了我的名誉。

海丽娜　如果是不名誉的事，我也决不希望您去做。第一，我要请您相信我，这个伯爵的确就是我的丈夫，我刚才对您说过的话，没有半个字虚假；所以您要是答应帮助我，决不会有错的。

寡　妇　我应当相信您，因为您已经向我证明您的确是一位名门贵妇。

海丽娜　这一袋金子请您收了，略为表示我一点感谢您好心帮助我的意思，等到事情成功以后，我还要重重谢您。伯爵看中令爱的姿色，想要用淫邪的手段来诱惑她；让她答应了他的要求吧，我们可以指导她用怎样的方式诱他入彀；他在热情的煽动下，一定会答应她的任何条件。他的手指上佩着一个指环，是他四五代以前祖先的遗物，世世相传下来的，他把它看得非常宝贵；可是令爱要是向他讨这指环，他为了满足他的欲念起见，也许会不顾日后的懊悔，毫无吝啬地送给她的。

寡　妇　现在我明白您的用意了。

海丽娜　那么您也知道这一件事情是合法的了。只要令爱在假装愿意之前，先向他讨下了这指环，然后约他一个时间相会，事情就完了;到了那时间,我会顶替她赴约,她自己还是白璧无瑕,不会受他的污辱。事成之后,我愿意在她已有的嫁奁上,再送她三千克朗,答谢她的辛劳。

寡　妇　我已经答应您了,可是您还得先去教我的女儿用怎样一种不即不离的态度,使这场合法的骗局不露破绽,他每夜都到这里来,弹唱着各种乐曲歌颂她的庸姿陋质;我们也没有法子把他赶走,他就像攸关生死一样不肯离开。

海丽娜　那么好,我们就在今夜试一试我们的计策吧;要是能够干得成功,那就是男的有邪心,女的无恶意,看似犯奸淫,实则行婚配。我们就这样进行起来吧。(同下。)

第四幕

第一场　佛罗伦萨军营外

臣甲率埋伏兵士五六人上。

臣　甲　他一定会打这篱笆角上经过。你们向他冲上去的时候，大家都要齐声乱嚷，讲着一些稀奇古怪的话，即使说得自己都听不懂也没有什么关系；我们都要假装听不懂他的话，只有一个人听得懂，我们就叫那个人出来做翻译。

兵士甲　队长！让我做翻译吧。

臣　甲　你跟他不熟悉吗？他听不出你的声音来吗？

兵士甲　不，队长，我可以向您担保他听不出我的声音。

臣　甲　那么你向我们讲些什么南腔北调呢？

兵士甲　就跟你们向我说的那些话一样。

臣　甲　我们必须使他相信我们是敌人军队中的一队客籍军。他对于邻近各国的方言都懂得一些，所以我们必须每个人随口瞎嚷一些大家听不懂的话儿！好在大家都知道我们的目的是什么，因此可以彼此心照不宣，假装懂得就是了，尽管像老鸦叫似的，叽哩咕噜一阵子。越糊涂越好。至于你做翻译的，必须表示出一副机警调皮的样子来。啊，快快埋伏起来！他来了，他一定是到这里来睡上两点钟，然后回去编造一些谎话哄人。

帕洛上

帕　洛　十点钟了,再过三点钟便可以回去。我应当说我做了些什么事情呢？这谎话一定要编造得十分巧妙,才会叫他们相信,他们已经有点疑心我,倒霉的事情近来接二连三地落到我的头上。我觉得我这一条舌头太胆大了,我那颗心却又太胆小了,看见战神老爷和他的那些喽啰们的影子,就会战战兢兢,话是说得出来,一动手就吓软了。

臣　甲　(旁白)这是你第一次说的老实话。

帕　洛　我明明知道丢了的鼓夺不回来,我也明明知道我一点没有去夺回那面鼓的意思,什么鬼附在我身上,叫我夸下这个海口？我必须在我身上割破几个地方,好对他们说这是力战敌人所留的伤痕;可是轻微的伤口不会叫他们相信,他们一定要说,“你这样容易就脱身出来了吗？”重一点呢,又怕痛了皮肉,这怎么办呢？闯祸的舌头呀,你要是再这样瞎三话四地害我,我可要割下你来,放在老婆子的嘴里,这辈子宁愿做个哑巴了。

臣　甲　(旁白)他居然也会有自知之明吗？

帕　洛　我想要是我把衣服撕破了,或是把我那柄西班牙剑敲断了,也许可以叫他们相信。

臣　甲　(旁白)没有那么便宜的事。

帕　洛　或者把我的胡须割去了,说那是一个计策。

臣　甲　(旁白)这不行。

帕　洛　或者把我的衣服丢在水里！说是给敌人剥去了。

臣　甲　(旁白)也不行。

帕　洛　我可以赌咒说我从城头上跳下来,那个城墙足有——

臣　甲　(旁白)多高？

帕　洛　三十丈。

臣　甲　(旁白)你赌下三个重咒人家也不会信你。

帕　洛　可是顶好我能够拾到一面敌人弃下来的鼓，那么我就可以赌咒说那是我从敌人手里夺回来的了。

臣　甲　（旁白）别忙，你就可以听见敌人的鼓声了。

帕　洛　哎哟，真的是敌人的鼓声！（内喧嚷声。）

臣　甲　色洛加·摩伏塞斯，卡哥，卡哥，卡哥。

众　人　卡哥，卡哥，维利安达·拍·考薄，卡哥。（众擒帕洛，以巾掩其目）

帕　洛　啊！救命！救命！不要遮住我的眼睛。

兵士甲　波斯哥斯·色洛末尔陀·波斯哥斯。

帕　洛　我知道你们是一队莫斯科兵；我不会讲你们的话，这回真的要送命了。要是列位中间有人懂得德国话、丹麦话、荷兰话、意大利话或者法国话的，请他跟我说话，我可以告诉他佛罗伦萨军队中的秘密。

兵士甲　波斯哥斯·伏伐陀。我懂得你的话，会讲你的话。克累利旁托，朋友！你不能说谎，小心点吧，十七把刀儿指着你的胸口呢。

帕　洛　哎哟。

兵士甲　哎哟！跪下来祷告吧。曼加·累凡尼亚·都尔契。

臣　甲　奥斯考皮都尔却斯·伏利伏科。

兵士甲　将军答应暂时不杀你；现在我们要把你这样蒙着眼睛，带你回去盘问！也许你可以告诉我们一些军事上的秘密，赎回你的狗命。

帕　洛　啊，放我活命吧！我可以告诉你们我们营里的一切秘密：一共有多少人马，他们的作战方略，还有许多可以叫你们吃惊的事情。

兵士乙　可是你不会说谎话吧？

帕　洛　要是我说了半句谎话，死后不得超生。

兵士甲　阿考陀·林他。来，饶你多活几个钟点。（率若干兵士押帕洛下，内起喧嚷声片刻。)

臣　甲　去告诉罗西昂伯爵和我的兄弟,说我们已经把那只野鸟捉住了,他的眼睛给我们蒙着,请他们决定如何处置。

兵士乙　是,队长。

臣　甲　你再告诉他们,他将要在我们面前泄漏我们的秘密。

兵士乙　是,队长。

臣　甲　现在我先把他好好地关起来再说。(同下。)

第二场　佛罗伦萨。寡妇家中一室

勃特拉姆及狄安娜上。

勃特拉姆　他们告诉我你的名字是芳提贝尔。

狄安娜　不,爵爷,我叫狄安娜。

勃特拉姆　果然你比月中的仙子还要美上几分！可是美人,难道你外表这样秀美,你的心里竟不让爱情有一席地位吗？要是青春的炽烈的火焰不曾燃烧着你的灵魂,那么你不是女郎,简直是一座石像了。你倘然是一个有生命的活人,就不该这样冷酷无情。你现在应该学学你母亲开始怀孕着你的时候那种榜样才对啊。

狄安娜　她是个贞洁的妇人。

勃特拉姆　你也是。

狄安娜　不,我的母亲不过尽她应尽的名分,正像您对您夫人也有应尽的名分一样。

勃特拉姆　别说那一套了！请不要再为难我了吧。我跟她结婚完全出于被迫,可是我爱你却是因为我自己心里的爱情在鞭策着我。我愿意永远供你驱使。

狄安娜　对啦,在我们没有愿意供你们驱使之前！你们是愿意供我们驱使的；可是一等到你们把我们枝上的蔷薇采去以后，你们就把棘刺留着刺痛我们，反倒来嘲笑我们的枝残叶老。

勃特拉姆　我不是向你发过无数次誓了吗？

狄安娜　许多誓不一定可以表示真诚，真心的誓只要一个就够了，我们在发誓的时候，哪一回不是指天誓日，以最高的事物为见证？请问要是我实在一点不爱你，我却指着上帝的名字起誓，说我深深地爱着你，这样的誓是不是可以相信的呢？口口声声说敬爱上帝，用他的名义起誓，干的却是违反他意旨的事，这太说不通了。所以你那些誓言都是空话，等于没有打印信的契约——至少我认为如此。

勃特拉姆　不要这样想。不要这样神圣而残酷。恋爱是神圣的，我的纯洁的心，从来不懂得你所指斥男子们的那种奸诈。不要再这样冷淡我，你快来安慰安慰我的饥渴吧。你只要说一声你是我的，我一定会始终如一地永远爱着你。

狄安娜　人们都是用这种手段诱我们失身的。把那个指环给我。

勃特拉姆　好人，我可以把它借给你，可是我不能给你。

狄安娜　您不愿意吗，爵爷？

勃特拉姆　这是我家世世相传的荣誉，如果我把它丢了，那是莫大的不幸。

狄安娜　我的荣誉也就像这指环一样；我的贞操也是我家世世相传的宝物，如果我把它丢了，那是莫大的不幸。我正可借用您的说法，拿“荣誉”这个词来抗拒您的无益的试探。

勃特拉姆　好，你就把我的指环拿去吧；我的家、我的荣誉甚至于我的生命，都是属于你的！我愿意一切听从你。

狄安娜　今宵半夜时分，你来敲我卧室的窗门，我可以预先设法调开我的母亲。可是你必须依从我一个条件，当你征服了我的童贞之身以后，你不能耽搁一小时以上，也不要对我说一句话。为什么要这样是有很充分的理由的，等这指环还给你的时候，你就可以知道。今夜我还要把另一个指环套在你的手指上，留作日后的信物。晚上再见吧，可不要失约啊。你已经赢得了一个妻子，我的终身却也许从此毁了。

勃特拉姆　我得到了你，就像是踏进了地上的天堂。（下。）

狄安娜　有一天你会感谢上天，幸亏遇见了我。我的母亲告诉我他会怎样向我求爱，她就像住在他心里一样说得一点不错；她说，男人们所发的誓，都是千篇一律的。他发誓说等他妻子死了，就跟我结婚；我宁死也不愿跟他同床共枕。这种法国人这样靠不住，与其嫁给他，还不如终身做个处女好。他想用欺骗手段诱惑我，我现在也用欺骗手段报答他，想来总不能算是罪恶吧。（下。）

第三场　佛罗伦萨军营

二臣及兵士二三人上。

臣　甲　你还没有把他母亲的信交给他吗？

臣　乙　我已经在一点钟前给了他；信里好像有些什么话激发了他的天良，因为他读了信以后，就好像变了一个人似的。

臣　甲　他抛弃了这样一位温柔贤淑的妻子，真不应该。

臣　乙　他更不应该拂逆王上的旨意，王上不是为了他的幸福作出格外的恩赐吗？我可以告诉你一件事情，可是你不能讲给别人听。

臣　甲　你告诉了我以后，我就把它埋葬在自己的心里，决不再向别人说起。

臣　乙　他已经在这里佛罗伦萨勾搭上了一个良家少女，她的贞洁本来是很出名的；今夜他就要逞他的淫欲去破坏她的贞操，他已经把他那颗宝贵的指环送给她了，还认为自己这桩见不得人的勾当十分上算。

臣　甲　上帝饶恕我们！我们这些人类真不是东西！

臣　乙　人不过是他自己的叛徒；正像一切叛逆的行为一样，在达到罪恶的目的之前，总要泄漏出自己的本性。他干这种事实际会损害他自己高贵的身份，但是他虽然自食其果，却不以为意。

臣　甲　我们对自己龌龊的打算竟然这样吹嘘，真是罪该万死。那么今夜他不能来了吗？

臣　乙　他的时间表已经排好，一定要在半夜之后方才回来。

臣　甲　那么再等一会儿他也该来了。我很希望他能够亲眼看见他那个同伴的本来面目，让他明白明白他自己的判断有没有错误，他是很看重这个骗子的。

臣　乙　我们还是等他来了再处置那个人吧，这样才好叫他无所遁形。

臣　甲　现在还是谈谈战事吧，你近来听到什么消息没有？

臣　乙　我听说两方面已经在进行和议了。

臣　甲　不，我可以确实告诉你！和议已经成立了。

臣　乙　那么罗西昂伯爵还有些什么事好做呢？他是再到别处去旅行呢，还是打算回法国去？

臣　甲　你这样问我，大概他还没有把你当作一个心腹朋友看待。

臣　乙　但愿如此，否则他干的事我也要脱不了干系了。

臣　甲　告诉你吧，他的妻子在两个月以前已经从他家里出走，说是要去参礼圣约克·勒·格朗；把参礼按照最严格的仪式执行完毕以后，她就在那地方住下，因为她的多愁善感的天性经不起悲哀的袭击，所以一病不起，终于叹了最后一口气，现在是在天上唱歌了。

臣　乙　这消息也许不确吧？

臣　甲　她在临死以前的一切经过，都有她亲笔的信可以证明；至于她的死讯，当然她自己无法通知，但是那也已经由当地的牧师完全证实了。

臣　乙　这消息伯爵也完全知道了吗？

臣　甲　是的，他已经知道了详详细细的一切。

臣　乙　他听见这消息，一定很高兴！想起来真是可叹。

臣　甲　我们有时往往会把我们的损失当作莫大的幸事！

臣　乙　有时我们却因为幸运而哀伤流泪！他在这里凭着他的勇敢，虽然获得了极大的光荣，可是他回家以后将遭遇的耻辱！也一定是同样大的。

臣　甲　人生就像是一匹用善恶的丝线交错织成的布；我们的善行必须受我们的过失的鞭挞，才不会过分趾高气扬；我们的罪恶又依赖我们的善行把它们掩盖，才不会完全绝望。

一仆人上。

臣　甲　啊，你的主人呢？

仆　人　他在路上遇见公爵，已经向他辞了行，明天早晨他就要回法国去了。公爵已经给他写好了推荐信，向王上竭力称道他的才干。

臣　乙　为他说几句即使是溢美的好话，倒也是不可少的。

臣　甲　怎样好听恐怕也不能平复国王的怒气。他来了。

勃特拉姆上。

臣　甲　啊，爵爷！已经过了午夜了吗？

勃特拉姆　我今晚已经干好了十六件每一件需要一个月时间才办得了的事情。且听我一一道来：我已经向公爵辞行，跟他身边最亲近的人告别，安葬了一个妻子，为她办好了丧事，写信通知我的母亲我就要回家了，并且雇好了护送我回去的卫队；除了这些重要的事情以外,还干好了许多小事情;只有一件最重要的事情还不曾办妥。

臣　乙　要是这件事情有点棘手,您又一早就要动身,那么现在您该把它赶快办好才是。

勃特拉姆　我想把它不了了之,以后也希望不再听见人家提起它了。现在我们还是来演一出傻子和大兵的对话吧。来,把那个冒牌货抓出来;他像一个妖言惑众的江湖术士一样欺骗了我。

臣　乙　把他抓出来。(兵士下)他已经锁在脚梏里坐了一整夜了,可怜的勇士!

勃特拉姆　这也是活该,他平常脚跟上戴着马刺也太大模大样了。他被捕以后是怎样一副神气?

臣　甲　我已经告诉您了,爵爷,要没有脚梏,他连坐都坐不直。说得明白些:他哭得像一个倒翻了牛奶罐的小姑娘。他把摩根当作了一个牧师,把他从有生以来直到锁在脚梏里为止的一生经历原原本本向他忏悔;您想他忏悔些什么?

勃特拉姆　他没有提起我的事情吧?

臣　乙　他的供状已经笔录下来,等会儿可以当着他的面公开宣读;要是他曾经提起您的事情——我想您是被他提起过的——请您耐着性子听下去。

兵士押帕洛上。

勃特拉姆　该死的东西!还把脸都遮起来了呢!他不会说我什么的。我且不要作声,听他怎么说。

臣　甲　蒙脸人来了!浦托·达达洛萨?

兵士甲　他说要对你用刑,你看怎样。

帕　洛　你们不必逼我,我会把我所知道的一切招供出来;要是你们把我炸成了肉酱,我也还是说这么几句话。

兵士甲　波斯哥·契末却。

臣　甲　波勃利平陀·契克末哥。

兵士甲　真是一位仁慈的将军。这里有一张开列着问题的单子,将爷叫我照着它问你,你须要老实回答。

帕　洛　我希望活命,一定不会说谎。

兵士甲　"第一,问他公爵有多少马匹。"你怎么回答?

帕　洛　五六千匹,不过全是老弱无用的,队伍分散各处,军官都像叫花子,我可以用我的名誉和生命向你们担保。

兵士甲　那么我就把你的回答照这样记下来了。

帕　洛　好的,你要我发无论什么誓都可以。

勃特拉姆　他可以什么都不顾,真是个没有救药的狗才!

臣　甲　您弄错了,爵爷;这位是赫赫有名的军事专家帕洛先生,这是他自己亲口说的,在他的领结里藏着全部战略,在他的刀鞘里安放着浑身武艺。

臣　乙　我从此再不相信一个把他的剑擦得雪亮的人;我也再不相信一个穿束得整整齐齐的人会有什么真才实学。

兵士甲　好,你的话已经记下来了。

帕　洛　我刚才说的是五六千匹马,或者大约这个数目,我说的是真话,记下来吧,我说的是真话。

臣　甲　他说的这个数目,倒有八九分真。

勃特拉姆　像他这样的说真话,我是不感激他的。

帕　洛　请您记好了,我说那些军官们都像叫花子。

兵士甲　好,那也记下了。

帕　洛　谢谢您啦。真话就是真话,这些家伙都是寒碜得不成样子的。

兵士甲　"问他步兵有多少人数。"你怎么回答?

帕　洛　你们要是放我活命,我一定不说谎话。让我看:史卑里奥,一百五十人;西巴斯辛,一百五十人;柯兰勃斯,一百五十人;杰奎斯,一百五十人;吉尔辛、考斯莫、洛多威克、葛拉提,各二百五十人;我自己所带的一队,还有契托弗伏蒙特、本提,各二百五十人:一共算起来,好的歹的并在一起,还不到一万五千人,其中的半数连他们自己外套上的雪都不敢拂掉,因为他们唯恐身子摇了一摇,就会像朽木一样倒塌下来。

勃特拉姆　这个人应当把他怎样处治才好?

臣　甲　我看不必,我们应该谢谢他。问他我这个人怎样,公爵对我信任不信任。

兵士甲　好,我已经把你的话记下来了。"问他公爵营里有没有一个法国人名叫杜曼上尉的;公爵对他的信用如何;他的勇气如何,为人是否正直,军事方面的才能怎样;假如用重金贿赂他,能不能诱他背叛。"你怎么回答,你所知道的怎样?

帕　洛　请您一条一条问我,让我逐一回答。

兵士甲　你认识这个杜曼上尉吗?

帕　洛　我认识他,他本来是巴黎一家缝衣铺里的徒弟,因为把市长家里的一个不知人事的傻丫头弄大了肚皮,被他的师傅一顿好打赶了出来。(臣甲举手欲打。)

勃特拉姆　且慢,不要打他;他的脑袋免不了要给一片瓦掉下来砸碎的。

兵士甲　好,这个上尉在不在佛罗伦萨公爵的营里?

帕　洛　他在公爵营里,他的名誉一塌糊涂。

臣　甲　不要这样瞧着我,我的好爵爷,他就会说起您的。

兵士甲　公爵对他的信用怎样?

帕　洛　公爵只知道他是我手下的一个下级军官,前天还写信给我叫我把他开革;我想他的信还在我的口袋里呢。

兵士甲　好，我们来搜。

帕　洛　不瞒您说，我记得可不大清楚，也许它在我口袋里，也许我已经把它跟公爵给我的其余的信一起放在营里归档了！

兵士甲　找到了；这儿是一张纸，我要不要向你读一遍？

帕　洛　我不知道那是不是公爵的信。

勃特拉姆　我们的翻译装得真像。

臣　甲　的确像极了。

兵士甲　"狄安娜，伯爵是个有钱的傻大少——！"

帕　洛　那不是公爵的信，那是我写给佛罗伦萨城里一位名叫狄安娜的良家少女的信，我劝她不要受人家的引诱，因为有一个罗西昂伯爵看上了她，他是一个爱胡调的傻哥儿，一天到晚转女人的念头。请您还是把这封信放好了吧。

兵士甲　不，对不起，我要把它先读一遍。

帕　洛　我写这封信的用意是非常诚恳的，完全是为那个姑娘的前途着想；因为我知道这个少年伯爵是个危险的淫棍，他是色中饿鬼，出名的破坏处女贞操的魔王。

勃特拉姆　该死的反复小人！

兵士甲

他要是向你盟山誓海，
你就向他把金银索讨；
你须要半推半就，若即若离，
莫让他把温柔的滋味尝饱。
一朝肥肉咽下了他嘴里，
你就永远不要想他付钞。
一个军人这样对你忠告：
宁可和有年纪人来往，

不要跟少年郎们胡调。

你的忠仆帕洛上。

勃特拉姆　我要把这首诗贴在他的额角上，拖着他游行全营，一路上用鞭子抽他。

臣　甲　爵爷，这就是您的忠心的朋友，那位精通万国语言的专家，全能百晓的军人。

勃特拉姆　我以前最讨厌的是猫，现在他在我眼中就是一只猫。

兵士甲　朋友，照我们将军的面色看来，我们就要把你吊死了。

帕　洛　将爷，无论如何，请您放我活命吧。我并不是怕死，可是因为我自知罪孽深重，让我终其天年，也可以忏悔忏悔我的余生。将爷，把我关在地牢里，锁在脚梏里，或者丢在无论什么地方都好，千万饶我一命！

兵士甲　要是你能够老老实实招认一切，也许还有通融余地。现在还是继续问你那个杜曼上尉的事情吧。你已经回答过公爵对他的信用和他的勇气！现在要问你他这人为人是否正直？

帕　洛　他会在和尚庙里偷鸡蛋，讲到强奸妇女，没有人比得上他；毁誓破约，是他的拿手本领；他撒起谎来，可以颠倒黑白，混淆是非；酗酒是他最大的美德，因为他一喝酒便会烂醉如猪，倒在床上，不会再去闯祸，唯一倒霉的只有他的被褥，可是人家知道他的脾气，总是把他抬到稻草上去睡。关于他的正直，我没有什么话好说；凡是一个正人君子所不应该有的品质，他无一不备；凡是一个正人君子所应该有的品质，他一无所有。

臣　甲　他说得这样天花乱坠，我倒有点喜欢他起来了。

勃特拉姆　因为他把你形容得这样巧妙吗？该死的东西！他越来越像一只猫了。

兵士甲　你说他在军事上的才能怎样？

帕　洛　我不愿说他的谎话，他曾经在英国戏班子里擂过鼓，此外我就不知道他的军事上的经验了；他大概还在英国某一个迈兰德广场上教过民兵两人一排地站队。我希望尽量说他的好话，可是这最后一件事我不能十分肯定。

臣　甲　他的无耻厚脸，简直是空前绝后，这样一个宝货倒也是不可多得的。

勃特拉姆　该死！他真是一只猫。

兵士甲　他既然是这样一个卑鄙下流的人，那么我也不必问你贿赂能不能引诱他反叛了。

帕　洛　给他几毛钱，他就可以把他的灵魂连同世袭继承权全部出卖，永不反悔。

兵士甲　他还有一个兄弟，那另外一个杜曼上尉呢？

臣　乙　他为什么要问起我？

兵士甲　他是怎样一个人？

帕　洛　也是一个窠里的老鸦；从好的方面讲，他还不如他的兄长，从坏的方面讲，可比他的哥哥胜过百倍啦。他的哥哥是出名的天字第一号的懦夫，可是在他面前还要甘拜下风。退后起来，他比谁都奔得快；前进起来，他就寸步难移了。

兵士甲　要是放你活命，你愿不愿意作内应，把佛罗伦萨公爵出卖给我们？

帕　洛　愿意愿意，连同他们的骑兵队长就是那个罗西昂伯爵。

兵士甲　我去对将军说，看他意思怎样。

帕　洛　（旁白）我从此再不打什么倒霉鼓了！我原想冒充一下好汉，骗骗那个淫荡的伯爵哥儿，结果闯下这样大的祸；可是谁又想得到在我去的那个地方会有埋伏呢？

兵士甲　朋友，没有办法，你还是不免一死。将军说，你这样不要脸地泄漏了自己军中的秘密，还把知名当世的贵人这样信口诋毁，留你在这世上，没有什么用处，所以必须把你执行死刑。来，刽子手，把他的头砍下来。

帕　洛　哎哟，我的天爷爷，饶了我吧，倘然一定要我死，那么也让我亲眼看个明白。

兵士甲　那倒可以允许你，让你向你的朋友们辞行吧。（解除帕洛脸上所缚之布）你瞧一下，有没有你认识的人在这里？

勃特拉姆　早安，好队长！

臣　乙　上帝祝福您，帕洛队长！

臣　甲　上帝保佑您，好队长！

臣　乙　队长，我要到法国去了，您要我带什么信去给拉佛大人吗？

臣　甲　好队长，您肯不肯把您替罗西昂伯爵写给狄安娜小姐的情诗抄一份给我？可惜我是个天字第一号的懦夫，否则我一定会强迫您默写出来；现在我不敢勉强您，只好失陪了。（勃特拉姆及甲乙二臣下。）

兵士甲　队长，您这回可出了丑啦！

帕　洛　明枪好躲，暗箭难防，任是英雄好汉，也逃不过诡计阴谋。

兵士甲　要是您能够发现一处除了荡妇淫娃之外没有其他的人居住的国土，您倒很可以在那里南面称王，建立起一个无耻的国家来。再见，队长；我也要到法国去，我们会在那里说起您的。（下。）

帕　洛　管他哩，我还是我行我素。倘然我是个有几分心肝的人，今天一定会无地自容；可是虽然我从此掉了官，我还是照旧吃吃喝喝，照样睡得烂熟，像我这样的人，到处为家，什么地方不可以混混过去。可是我要警告那些喜欢吹牛的朋友们，不要太吹过了头，有一天你会发现自己是一头驴子的。我的剑呀，你从此锈起来吧！帕洛呀，不要害臊。厚着脸皮活下去吧！人家作弄你，你也可以靠让人家作弄走运，天生世人，谁都不会没有办法的。他们都已经走了,待我追上前去,(下。)

第四场　佛罗伦萨。寡妇家中一室

海丽娜、寡妇及狄安娜上。

海丽娜　为了使你们明白我并没有欺弄你们,一个当今最伟大的人物可以替我作保证;在我还没有完成我的目的以前,我必须在他的宝座之前下跪。过去我曾经替他做过一件和他的生命差不多同样宝贵的事,即使是蛮顽无情的鞑靼人,也不能不由衷迸出一声感谢。有人告诉我他现在在马赛,正好有仆人可以护送我们到那儿去,我还要告诉你们知道,人家都当我已经死了,现在军队已经解散,我的丈夫也回家去了,要是我能够得到上天的默佑和王上的准许,我们也可以早早回家。

寡　妇　好夫人,请您相信我,我是您的最忠实的仆人,凡是您信托我做的事,我无不乐意为您效劳。

海丽娜　大娘,你也可以相信我是你的一个最好的朋友。无时无刻不在想着怎样才可以报答你的厚意。你应该相信,既然上天注定使你的女儿帮助我得到一个丈夫,它也一定会使我帮助她称心如意地嫁一位如意郎君。我就是不懂男子们的心理,他们竟会向一个被认为厌物的女子倾注他们的万种温情!沉沉的黑夜使他觉察不出自己已经受人愚弄,抱着一个避之唯恐不及的蛇蝎,还以为就是那已经杳如黄鹤的玉人,可是这些话我们以后再说吧。狄安娜,我还要请你为了我的缘故,稍为委屈一下。

狄安娜　您无论吩咐我做什么事,只要不亏名节,我都愿意为您忍受一切,死而无怨。

海丽娜　请再忍耐片时,转眼就是夏天了,野蔷薇快要绿叶满枝,遮掩了它周身的棘刺；苦尽之后会有甘来。我们可以出发了，车子已经预备好，疲劳的精神也已经养息过来。万事吉凶成败，须看后场结局；倘能如愿以偿，何患路途迂曲。（同下。）

第五场　罗西昂。伯爵夫人府中一室

伯爵夫人、拉佛及小丑上。

拉　佛　不，不，不，令郎都是因为受了那个无赖的引诱，才会这样胡作非为，那家伙一日不除，全国的青年都要中他的流毒。倘然没有这只大马蜂，令媳现在一定好好地活在世上，令郎也一定仍旧在家里不出去，受着王上的眷宠。

伯爵夫人　我但愿我从来不曾认识他，都是他害死了一位世上最贤德的淑女。她即使是我亲生骨肉，曾经使我忍受过怀胎的痛苦的，也不能使我爱她更为深切了。

拉　佛　她真是一位好姑娘，所谓灵芝仙草，可遇而不可求。

小　丑　可不是吗，大人，把她拌在菜里吃，一定也很香。

拉　佛　浑蛋，谁跟你说香草来着？我们说的是仙草。

小　丑　我不是《圣经》上说的尼布甲尼撒大王①。他发起疯来，整天吃草，大人，我对吃草可并不在行。

拉　佛　你认为自己是哪个——是坏蛋呢，还是傻瓜？

小　丑　给女人干活的时候，我是个傻瓜，大人；给男人干活的时候，我是个坏蛋。

拉　佛　这个分别由何而来？

---

① 尼布甲尼撒（Nebuchadnezz--ar）：巴比伦王，吃草故事见《圣经》《但以理书》第四章。

小　丑　我把男人的妻子骗走,替他越俎代庖。

拉　佛　那你果然成了替男人干活的坏蛋。

小　丑　我把我常要的这小棍给他妻子,这就也为她干活了。

拉　佛　言之有理;又是坏蛋,又是傻瓜。

小　丑　请您多照顾。

拉　佛　不,不,不。

小　丑　没关系,您要不肯照顾我,我还可以找一个身份不下于您的贵人。

拉　佛　那是谁,是个法国人吗?

小　丑　说真的,大人,论起姓名来,他是个英国人;可是看模样,他在法国比在英国更得意。

拉　佛　你说的是哪位贵人?

小　丑　黑太子,大人;也就是黑暗之王!也就是魔鬼。

拉　佛　别扯啦,把这袋钱拿去。我不是要引诱你离开你方才说起的主人;还是好生侍奉他吧。

小　丑　我是从山林里来的,大人,最喜欢生火取暖;我方才说起的主人也总是把火烧得热热的。他是统治全世界的大王;可是,叫那班贵族在他的宫廷里待着吧,我还是到那窄门的小屋里住着去,那是坐享荣华的人不屑于光临的。少数肯贬低自己的也许能去,可是大多数娇生惯养的准会怕冷,他们宁可沿着布满鲜花的大路,走向宽门,直趋烈火。[①]

拉　佛　去吧,我有点厌烦你了;我先告诉你,免得惹你不痛快。去吧,好好看着我那几匹马,别胡闹。

小　丑　要是我在看马的时候胡闹,大人,那也不过是"马胡"

① 窄门宽门的比喻,见《圣经》《马太福音》第七章第十三节。

而已。（下。）

拉　佛　真是个机灵的，会捣乱的坏蛋。

伯爵夫人　您说得很对。先夫在世的时候很喜欢他，命令我们把他养在家里；这一来，他就认为自己有肆口胡言的权利了。他说话真是很没有分寸的，爱拿谁开玩笑，就拿谁开玩笑。

拉　佛　我也觉得他怪有意思的，叫他说说没有关系。我刚才正要告诉您，自从我听见了少夫人的噩耗，并且知道令郎就要回来的消息以后，我就央求王上替小女作成一桩亲事；实在说起来，他们两个人都还年幼，这是王上首先想起，向我当面提起过的。王上已经答应我亲任冰人；他对令郎本来颇有几分不高兴，借此正可使他忘怀旧事。不知道夫人的意思怎样？

伯爵夫人　我很满意，大人；希望这件事情能够圆满成功。

拉　佛　王上已经从马赛动身来此，他的身体健壮得像刚满三十岁的人一样。他明天就可以到这里，这消息是一个一向靠得住的人告诉我的，大概不会有错。

伯爵夫人　我能够在未死之前，再见王上一面，真是此生幸事。我已经接到小儿来信，说他今晚便可以到家；大人要是不嫌舍间窄陋，就请在此耽搁一两天，等他们两人见了面再去好不好？

拉　佛　夫人，我正在想他们两人商谈的时候，我以怎样的资格参与。

伯爵夫人　只凭你尊贵的身份就够了。

拉　佛　我谈不上什么尊贵，但是感谢上帝，总还算过得去。

小丑上。

小　丑　啊，夫人！少爷就要来了，他脸上还贴着一块天鹅绒片呢？那天鹅绒片底下有没有伤疤，要去问那天鹅绒才知道，可是它的确是一块很好的天鹅绒。他的左脸肿起来足有两寸半，可是右脸却是光光的。

拉　佛　光荣的疤痕是最好的装饰。……我看那多半是疤痕。

小　丑　我看准是杨梅疮。

拉　佛　让我们去迎接令郎吧，我渴想跟这位英勇的少年战士谈谈呢。

小　丑　他们一共有十多个人，大家戴着漂亮的帽子，帽子上插着羽毛，那羽毛看见每一个人都会点头招呼哩。（同下。）

第五幕

第一场　马赛。一街道

海丽娜、寡妇、狄安娜及二侍从上。

海丽娜　像这样急如星火的昼夜奔波，一定使两位十分疲倦了；这也实在没有办法。可是你们既然为了我的事情，不分昼夜地受了这许多辛苦，我一定会知恩图报，没齿不忘的。来得正好。

一朝士上。

海丽娜　这个人要是肯替我们出力，也许可以帮我带信给王上。上帝保佑您，先生！

朝　士　上帝保佑您！

海丽娜　尊驾好像曾经在宫廷里见过。

朝　士　我在那面曾经住过一些时间。

海丽娜　向来我听人家说您是个热心的好人，今天因为有一件非常迫切的事情，不揣冒昧，想要借重大力，倘蒙见助，永感大德。

朝　士　您要我做什么事？

海丽娜　我想劳驾您把这一通诉状转呈王上，再请您设法带我去亲自拜见他。

朝　士　王上已经不在这里了。

海丽娜　不在这里了。

朝　士　不骗你们，他已经在昨天晚上离开此地，他去得很是匆忙，平常他可不是这样子的。

寡　妇　主啊，我们白费了一场辛苦！

海丽娜　只要能够得到圆满的结果，何必顾虑眼前的挫折。请问他到什么地方去了？

朝　士　大概是到罗西昂去；我也正要到那里去。

海丽娜　先生，您大概会比我早一步看见王上，可不可以请您把这一纸诉状递到他的手里？我相信您给我做了这一件事，不但不会受责，而且一定对您大有好处的。我们虽然缺少高车骏马，一定会尽我们的力量追踪着您前去。

朝　士　我愿意效劳。

海丽娜　不管将来发生什么事，您的好心决不会没有酬报。咱们应该赶快上路了，去，去，把车马驾好了。（同下。）

第二场　罗西昂。伯爵夫人府中的内厅

小丑及帕洛上。

帕　洛　好拉瓦契先生，请你把这封信交给拉佛大人。我从前穿绸着缎的时候，你也是认识我的，现在因为失欢于命运，所以才沾上了这一身肮脏的气味。

小　丑　嘿，若照你那么说，失欢于命运可真够臭的。以后，凡是从命运的泥坑里捞上来的鱼，我是一条也不吃了。请你往那边站站。

帕　洛　不，你不必堵住你的鼻子，我不过比方这样说说而已。

小　丑　不管是你的比方也好，别人的比方也好，气味这样难闻，我总是得堵鼻子的。请你再站远点。

帕　洛　有劳你，大哥，给我送一送这封信。

小　丑　嘿，对不起，你站开点吧；从命运的茅厕里送信给一位贵人！

瞧,他自己来啦。

拉佛上。

小　丑　大人,这儿有一只猫,可不是带麝香味的猫,他自己说因为失欢于命运,所以跌在他的烂泥潭里,沾上了满身的肮脏。我瞧他的样子,像是一个寒酸倒霉的蠢东西坏家伙,我很可怜他这副穷相,所以才用那番话捧他,现在请大人随便发落他吧。(下。)

帕　洛　大人,我是一个不幸在命运的利爪下受到重伤的人。

拉　佛　那么你要我怎么办呢?现在再去剪掉命运的利爪也太迟了。命运是一个很好的女神,她不愿让小人永远得志,一定是你自己做了坏事,她才会加害于你。这几个钱你拿去吧。让保甲长给你找点活干,替你向命运说合说合。我还有别的事情,少陪了。

帕　洛　请大人再听我说一句话。

拉　佛　你嫌这钱太少吗?好,再给你一个,不用多说啦。

帕　洛　好大人,我的名字是帕洛。

拉　佛　这可不止是一句话。哎哟,失敬失敬!你的那面宝贝鼓儿怎样啦?

帕　洛　啊,我的好大人,您是第一个揭破我的人。

拉　佛　是真的吗?我也是第一个甩掉你的人。

帕　洛　您是有能力拉我一把的,大人,因为我是由于您才落到这个地步。

拉　佛　滚开,浑蛋!你要我一面做坏人,一面做好人,推了你下去,再把你拉上来吗?(内喇叭声)王上来了,这是他的喇叭的声音。你等几天再来找我吧。我昨天晚上还说起你;你虽然是一个傻瓜又是一个坏人,可是我也不愿瞧着你饿死。你去吧。

帕　洛　谢谢大人。(各下。)

第三场　同前。伯爵夫人府中一室

喇叭奏花腔。国王、伯爵夫人、拉佛、群臣、朝士、侍卫等上。

国　王　她的死对于我无疑是丧失了一件珍贵的宝物,可是我真想不到你的儿子竟会这样痴愚狂悖,不知道她的真正的价值。

伯爵夫人　陛下,现在事情已经过去了,总是他年少无知,乘着一时的血气,受不住理智的节制,才会有这样乖张的行动,请陛下不必多计较了吧。

国　王　可尊敬的夫人,我曾经对他怀着莫大的愤怒,只待找到机会,便想把重罚降在他的身上,可是现在我已经宽恕一切、忘怀一切了。

拉　佛　请陛下恕我多言,我说,这位小爵爷太对不起陛下,太对不起他的母亲,也太对不起他的夫人了,可是他尤其对不起他自己;他所失去的这位妻子,她的美貌足以使人间粉黛一齐失色,她的言辞足以迷醉每一个人的耳朵,她的尽善尽美,足以使最高傲的人俯首臣服。

国　王　赞美已经失去的事物!使它在记忆中格外显得可爱。好,叫他过来吧;我们已经言归于好,从此不再重提旧事了。他无须向我求恕;他所犯的重大过失,已经成为过去的陈迹,埋葬在永久的遗忘里了。让他过来见我吧,他现在是一个不相识者,不是一个罪人,告诉他,这就是我的旨意。

近　侍　是,陛下。(下。)

国　王　他对于你的女儿怎么说?你跟他说起过这回事吗?

拉　佛　他说一切都要听候陛下的旨意。

国　王　那么我们可以作成这一头婚事了。我已经接到几封信,对他都是备极揄扬。

勃特拉姆上。

拉　佛　他今天打扮得果然英俊不凡。

国　王　我的心情是变化无常的天气，你在我身上可以同时看到温煦的日光和无情的霜霰；可是当太阳大放光明的时候，蔽天的阴云是会扫荡一空的。你近前来吧，现在又是晴天了。

勃特拉姆　小臣罪该万死！请陛下原谅。

国　王　既往不咎，从前的种种，以后不用再提了，让我们还是迎头抓住眼前的片刻吧。我老了，时间的无声的脚步，往往不等我完成最紧急的事务就溜过去了。你记得这位大臣的女儿吗？

勃特拉姆　陛下，她在我脑中留着极好的印象。当我第一眼看见她的时候，我就钟情于她；可是我的含情欲吐的舌头还没有敢大胆倾诉我心中的爱慕；她的记忆深深铭刻在我的心里，使我看世间粉黛只能用轻蔑的歪曲的眼光，觉得任何女子的面貌都不及她齐整秀丽，任何女子的肤色都不及她自然匀称，任何女子的身材都不及她修短合度。正因为如此，我那受尽世人赞美而我自己直到她死后才觉得她可爱的亡妻，才像是迷眼的灰尘，使我不能看中。

国　王　你给自己辩护得很好，你对她还有这么一些情谊，也可以略略抵销你这一笔负心的债了。可是来得太迟了的爱情，就像已经执行死刑以后方才送到的赦状，不论如何后悔，都没有法子再挽回了，我们粗心的错误，往往不知看重我们自己所有的可贵的事物，直至丧失了它们以后，方始认识它们的真价。我们的无理的憎嫌，往往伤害了我们的朋友，然后再在他们的坟墓之前捶胸哀泣。我们让整个白昼在憎恨中昏睡过去，而当我们清醒转来以后，再让我们的爱情因为看见已经铸成的错误而恸哭。温柔的海伦是这样地死了，我们现在把她忘记了吧。把你的定情礼物送去给美丽的穆德琳吧；两家的家长都已彼此同意，我们现在正在等着参加我们这位丧偶郎君的再婚典礼呢。

伯爵夫人　天啊，求你祝福这一次婚姻比上一次美满！不然，在他们会面之前，就叫我命终吧！

拉　佛　来，贤婿。从今以后，我家的姓名也归并给你了，请你快快拿出一点什么东西来，让我的女儿高兴高兴，好叫她快点儿来。（勃特拉姆取指环予拉佛）哎哟！已故的海伦是一个可爱的姑娘，我还记得最后一次我在宫廷里和她告别的时候，我也看见她的手指上有这样一个指环。

勃特拉姆　这不是她的。

国　王　请你让我看一看；我刚才在说话的时候，就已经注意到这个指环了。——这是我的！我把它送给海伦的时候，曾经对她说过，要是她有什么为难的事，凭着这个指环，我就可以给她帮助。你居然会用诡计把她这随身的至宝夺了下来吗？

勃特拉姆　陛下，您一定是看错了，这指环从来不曾到过她的手上。

伯爵夫人　儿呀，我可以用我的生命为誓，我的确曾经看见她戴着这指环，她把它当作生命一样重视。

拉　佛　我也可以确确实实地说我看见她戴过它。

勃特拉姆　大人，您弄错了，她从来不曾看见过这个指环。它是从佛罗伦萨一家人家的窗户里丢出来给我的，包着它的一张纸上还写着丢掷这指环的人的名字。她是一位名门闺秀，她以为我收了这指环，等于默许了她的婚约，可是我自忖自己是一个有妇之夫，不敢妄邀非分，所以坦白地告诉了她我不能接受她的好意；她知道事情无望，也就死下心来，可是一定不肯收回这个指环。

国　王　能够辨别和冶炼各种金属的财神也不能比我自己更清楚地认出这个指环了。不管你从哪一个人手里得到它，它是我的，也是海伦的。所以你要放明白一些，快给我招认出来，你用怎样的暴力从她手里把它夺了来。她曾经指着神圣的名字为证，发誓决不让它离开她的手指，只有当她遭到极大不幸的时候，她才会把它送给我，或者当你和她同床的时候。她可以把它交给你，可是你从来不曾和她同过枕席。

勃特拉姆　她从来不曾见过这指环。

国　王　你还要胡说？凭我的名誉起誓，你使我心里起了一种不敢想起的可怕的推测。要是你竟会这样忍心害理——这样的事情是不见得会有，可是我不敢断定，她是你痛恨的人，现在她死了；除非我亲自在她旁边看她死去，不然只有这指环才能使我相信她确已不在人世。把他押起来。（卫士捉勃特拉姆）已有的证据已经足够说明我的怀疑不是没有根据的，相反，我过去倒是太大意了。抓他下去！我们必须把事情查问一个水落石出。

勃特拉姆　您要是能够证明这指环曾经属她所有，那么您也可以证明我曾经在佛罗伦萨和她睡在一个床上，可是她从来不曾到过佛罗伦萨。（卫士押下。）

国　王　我心中充满了可怖的思想。

第一场中之朝士上。

朝　士　请陛下恕小臣冒昧，小臣在路上遇见一个佛罗伦萨妇人，要向陛下呈上一张状纸，因为赶不上陛下大驾，要我代她收下转呈御目。小臣因为看这个告状的妇人举止温文，言辞优雅，听她说来，好像她的事情非常重要，而且和陛下也有几分关系！所以大胆答应了她。她本人大概也就可以到了。

国　王　“告状人狄安娜·卡必来特，呈为被诱失身恳祈昭雪事：窃告状人前在佛罗伦萨因遭被告罗西昂伯爵甘言引诱，允于其妻去世后娶告状人为妻，告状人一时不察，误受其愚，遂致失身。今被告已成鳏夫，理应践履前约，庶告状人终身有托；乃竟意图遗弃，不别而行。告状人迫不得已，唯有追踪前来贵国，叩阍鸣冤，伏希王上陛下俯察下情，主持公道，拯弱质于颠危，示淫邪以儆惕，实为德便。”

拉　佛　我宁愿在市场上买一个女婿，把这一个摇着铃出卖给人家。

国　王　拉佛，这是上天有心照顾你才会有这一场发现。把这些告状的人找来，快去再把那伯爵带过来。（朝士及若干侍从下）夫人，我怕海伦是死于非命的。

伯爵夫人　但愿干这样事的人都逃不了国法的制裁！

卫士押勃特拉姆上。

国　王　伯爵，我可不懂，既然在你看来，妻子就像妖怪一样可怕，你因为不愿做丈夫，嘴里刚答应了立刻就远奔异国，那么你何必又想跟人家结婚呢？

朝士率寡妇及狄安娜重上。

国　王　那个妇人是谁？

狄安娜　启禀陛下，我是一个不幸的佛罗伦萨女子，旧家卡必来特的后裔；我想陛下已经知道我来此告状的目的了，请陛下量情公断，给我做主。

寡　妇　陛下，我是她的母亲。我活到这一把年纪，想不到还要出头露面，受尽羞辱，要是陛下不给我们做主，那么我的名誉固然要从此扫地，我这风烛残年，也怕就要不保了。

国　王　过来，伯爵，你认识这两个妇人吗？

勃特拉姆　陛下，我不能否认，也不愿否认我认识她们；她们还控诉我些什么？

狄安娜　你不认识你的妻子了吗？

勃特拉姆　陛下，她不是我的什么妻子。

狄安娜　你要是跟人家结婚,必须用这一只手表示你的诚意,而这一只手是已经属于我的了。你必须对天立誓,而那些誓也已经属于我的了。凭着我们两人的深盟密誓,我已经与你成为一体,谁要是跟你结婚,就必须同时跟我结婚,因为我也是你的一部分。

拉　佛　(向勃特拉姆)你的名誉太坏了,配不上我的女儿,你不配做她的丈夫。

勃特拉姆　陛下,这是一个痴心狂妄的女子,我以前不过跟她开过一些玩笑,请陛下相信我的人格,我还不至于堕落到这样一个地步。

国　王　除非你能用行动赢回我的信任,不然我对你的人格只能作很低的评价。但愿你的人格能证明比我想的要好一些!

狄安娜　陛下,请您叫他宣誓回答,我的贞操是不是他破坏的?

国　王　你怎么回答她?

勃特拉姆　陛下,她太无耻了,她是军营里一个人尽可夫的娼妓。

狄安娜　陛下,他冤枉了我;我倘然是这样一个人,他就可以用普通的价钱买到我的身体。不要相信他。瞧这指环吧!这是一件稀有的贵重的宝物,可是他却会毫不在意地丢给一个军营里人尽可夫的娼妓!

伯爵夫人　他在脸红了,果然是的;这指环是我们家里六世相传的宝物。这女人果然是他的妻子,这指环便是一千个证据。

国　王　你说你看见这里有一个人!可以为你作证吗?

狄安娜　是的,陛下,可是他是个坏人,我很不愿意提出这样一个人来;他的名字叫帕洛。

拉　佛　我今天看见过那个人,如果他也可以算是个人的话。

国　王　去把这人找来。(一侍从下。)

勃特拉姆　叫他来干什么呢?谁都知道他是一个无耻之尤的小人,什么坏事他都做得,讲一句老实话就会不舒服。难道随着他的信口胡说,就可以断定我的为人吗?

国　王　你的指环在她手上,这可是抵赖不了的。

勃特拉姆　我想这是事实,我的确曾经喜欢过她,也曾经和她发生过一段缱绻,年轻人爱好风流,这些逢场作戏的事实是免不了的,她知道与我身份悬殊!有心诱我上钩!故意装出一副冷若冰霜的神气来激动我。因为在恋爱过程中的一切障碍,都是足以挑起更大的情热的。凭着她的层出不穷的手段和迷人的娇态,她终于把我征服了。她得到了我的指环,我向她换到的,却是出普通市价都可以买得到的东西。

狄安娜　我必须捺住我的怒气。你会抛弃你从前那位高贵的夫人,当然像我这样的女人,更不值得你一顾,玩够了就可以丢了。可是我还要请求你一件事,你既然是这样一个薄情无义的男人,我也情愿失去你这样一个丈夫,叫人去把你的指环拿来还给我,让我带回家去;你给我的指环,我也可以还你。

勃特拉姆　我没有什么指环。

国　王　你的指环是什么样子的?

狄安娜　陛下,就跟您手指上的那个差不多。

国　王　你认识这个指环吗?它刚才还是他的。

狄安娜　这就是他在我床上的时候我给他的那一个。

国　王　那么说你从窗口把它丢下去给他的话,完全是假的了。

狄安娜　我说的句句都是真话。

侍从率帕洛重上。

勃特拉姆　陛下,我承认这指环是她的。

国　王　你太会躲闪了,好像见了一根羽毛的影子都会吓了一跳似的。这就是你说起的那个人吗?

狄安娜　是,陛下。

国　王　来,老老实实告诉我,你知道你的主人和这个妇人有什么关系? 尽管照你所知道的说来,不用害怕你的主人,我不会让他碰你的。

帕　洛　启禀陛下,我的主人是一位规规矩矩的绅士,有时他也有点儿不大老实,可是那也是绅士们所免不了的。

国　王　来,来,别说废话,他爱这个妇人吗?

帕　洛　不瞒陛下说,他爱过她;可是——

国　王　可是什么?

帕　洛　陛下,他爱她就像绅士们爱着女人一样。

国　王　这是怎么说的?

帕　洛　陛下,他爱她,但是他也不爱她。

国　王　你是个浑蛋,但是你也不是个浑蛋。这家伙怎么说话这样莫名其妙的?

帕　洛　我是个苦人儿,一切听候陛下的命令。

拉　佛　陛下,他只会打鼓,不会说话。

狄安娜　你知道他答应娶我吗?

帕　洛　不说假话,我有许多事情心里明白,可是嘴上却不便说。

国　王　你不愿意说出你所知道的一切吗?

帕　洛　陛下要我说,我就说,我的确替他们两人做过媒;而且他真是爱她,简直爱到发了疯,什么魔鬼呀,地狱呀,还有什么什么,这一类话他都说过;那个时候他们把我当作心腹看待,所以我知道他们在一起睡过觉,还有其余的花样儿,例如答应娶她哪,还有什么什么哪,这些我实在不好意思说出来,所以我想我还是不要把我所知道的事情说出来的好。

国　王　你已经把一切都说出来了,除非你还能够说他们已经结了婚。可是你这证人说话太绕弯了。站在一旁。——你说这指环是你的吗?

狄安娜　是,陛下。

国　王　你从什么地方买来的? 还是谁给你的?

狄安娜　那不是人家给我,也不是我去买来的。

国　王　那么是谁借给你的?

狄安娜　也不是人家借给我的。

国　王　那么你在什么地方拾来的。

狄安娜　我也没有在什么地方拾来?

国　王　不是买来,又不是人家送给你,又不是人家借给你,又不是在地上拾来,那么它怎么会到你手里,你怎么会把它给了他呢?

狄安娜　我从来没有把它给过他。

拉　佛　陛下,这女人的一条舌头翻来覆去;就像一只可以随便脱下套上的宽手套一样。

国　王　这指环是我的,我曾经把它赐给他的前妻。

狄安娜　它也许是陛下的,也许是她的,我可不知道。

国　王　把她带下去,我不喜欢这个女子。把她关在监牢里;把他也一起带下去。你要是不告诉我你在什么地方得到这个指环,我就立刻把你处死。

狄安娜　我永远不告诉你。

国　王　把她带下去。

狄安娜　陛下,请您让我交保吧。

国　王　我现在知道你也不是好东西。

狄安娜　老天在上,要说我和什么男人结识过,那除非是你。

国　王　那么你究竟为什么要控诉他呢?

狄安娜　因为他有罪,但是他没有罪。他知道我已经不是处女,他会发誓说我不是处女；可是我可以发誓说我是一个处女；这是他所不知道的。陛下，我愿意以我的生命为誓，我并不是一个娼妓，我的身体是清白的，要不然我就配给这老头子为妻。

国　王　她越说越不像话了；把她带下监牢里去。

狄安娜　妈，你给我去找那个保人来吧。（寡妇下）且慢，陛下，我已经叫她去找那指环的原主人来了，他可以做我的保人的。至于这位贵人，他虽然不曾害了我，他自己心里是知道他做过什么对不起我的事的，现在我且放过了他吧。他知道他曾经玷污过我的枕席，就在那个时候，他的妻子跟他有了身孕，她虽然已经死去，却能够觉得她的孩子在腹中跳动。你们要是不懂得这个生生死死的哑谜，那么且看，解哑谜的人来了。

寡妇偕海丽娜重上。

国　王　我的眼睛花了吗？我看见的是真的还是假的？

海丽娜　不，陛下，您所看见的只是一个妻子的影子，但有虚名，并无实际。

勃特拉姆　虚名也有，实际也有。啊，原谅我吧！

海丽娜　我的好夫君！当我冒充着这位姑娘的时候，我觉得您真是温柔体贴，无微不至。这是您的指环；瞧，这儿还有您的信，：“它说汝倘能得余永不离手之指环，且能腹孕一子，确为余之骨肉者，始可称余为夫。”现在这两件事情我都做到了，您愿意做我的丈夫吗？

勃特拉姆　陛下，她要是能够把这回事情向我解释明白，我愿意永远永远爱她。

海丽娜　要是我不能把这回事情解释明白，要是我的话与事实不符，我们可以从此劳燕分飞，人天永别！啊，我的亲爱的妈，想不到今生还能够看见您！

拉　佛　我的眼睛里酸溜溜的，真的要哭起来了。（向帕洛）朋友，借块手帕儿给我，谢谢你。等会儿你跟我回去吧，你可以给我解解闷儿。算了，别打拱作揖了，我讨厌你这个鬼腔调儿。

国　王　让我们听一听这故事的始终本末，叫大家高兴高兴。（向狄安娜）你倘然果真是一朵未经攀折的鲜花，那么你也自己选一个丈夫吧，我愿意送一份嫁奁给你；因为我可以猜到多亏你的好心的帮助，这一双怨偶才会变成佳偶，你自己也保全了清白。这一切详详细细的经过情形，等着我们慢慢儿再谈吧。正是——

团圆喜今夕，艰苦愿终偿，
不历辛酸味，奚来齿颊香。（喇叭奏花腔。众下。）

收场诗（饰国王者向观众致辞）

袍笏登场本是虚，王侯卿相总堪嗤，
但能博得观众喜，便是功成圆满时。（下。）